お狐様の異類婚姻譚

元旦那様に求婚されているところです

環

T A M A K I　I T O M O R I

一迅社文庫アイリス

CONTENTS

白月《しろつき》
八尾の白狐の大妖で、雪緒の元夫。人型時は白髪金目の美丈夫の姿。紅椿ヶ里の長で、郷全体の頭領である御館の地位にある。一見穏やかそうだが、本性は怪らしく苛烈で残酷。
お狐様の異類婚姻譚
元旦那様に求婚されているところです
雪緒《ゆきお》
幼い頃に神隠しにあい、もののけたちが暮らす世界で薬屋をしている少女。黒髪黒目。素直な性格でのんびりしている。人間の世界にいた当時の記憶はほとんどない。

宵《よい》丸《まる》

大妖の黒獅子。人型時は目元の涼しい文士のような美男子だが、手のつけられない暴れ者として悪名高い。白月との離縁後、雪緒に絡んでくることが多くなった。

設楽《しだら》の翁《おきな》

童子の姿をした古老の怪。雪緒の育ての親。

雷《らい》王《おう》

紅椿ヶ里の元頭領。

由《ゆ》良《ら》

白桜ヶ里の長の子で鵺《ぬえ》。口は悪いが根は真面目。

鈴《すず》音《ね》

白月の妹。白月に恋慕している。

天昇［てんしょう］
怪が地上での死ののち、天界に生まれ変わること。怪としての格が上がる。

十六夜郷［いざよいごう］
七つの里にひとつの鬼里、四つの大山を抱える地。

紅椿ヶ里［あかつばきがさと］
十六夜郷の東に位置する、豊かな自然に囲まれた里。

白桜ヶ里［しろざくらがさと］
十六夜郷の南東に位置する里。

御館［みたち］
郷全体の頭領のこと。それぞれの里には長が置かれている。

耶陀羅神［やだらのかみ］
怪が気を淀ませ変化した、邪の神。自我がなく、穢れをまとう化け物。

悪鬼［あっき］
他者を害することにためらいがなく、災いをもたらす存在。

イラストレーション◆凪かすみ

◎壱・鶴女神具女《かくめかぐめ》と告げやらば

「嫁いできてくれ、雪緒《ゆきお》」

そんなふうに白月《しろつき》が優しく言うものだから、この瞬間、紅椿ヶ里《あかつばきがさと》にあるすべての花が一度に撩乱《りょうらん》の有様で。

雪緒は今、白月と二人で、豊かな自然に囲まれた里を一望できる小高い場所に立っている。幽玄そのものの眺めだ。雪をまとう木々の枝は、羽根を広げた白孔雀《しろくじゃく》のよう。清らかな純白の景色に、花々が色と艶を与えている。

「赤い花も白い花もみな、やろう。目に映る花を残らず雪緒の足元に敷いてやる。だから、妻になれ。花の褥《しとね》の上で、俺《おれ》を旦那《だんな》にしてくれ」

蜜《みつ》をからめたかのような甘い声が耳に滑り込む。雪緒は目を伏せ、ひそかに身を硬くした。騙《だま》されてはいけない。ふんわりと無害そうな微笑を浮かべているが、白月の本性はもっと怖いものなのだから。

「なあ雪緒。いいだろう?」

彼の声に呼応するように周囲の花々がいっそうの艶を放つ。

――白狐《びゃっこ》の大妖《たいよう》たる白月は、紅椿ヶ里を含む十六夜郷《いざよいごう》の新しい御館《みたち》様。彼の妖力《ようりょく》はこの広大な領地全域を覆っている。だから先ほど雪緒に求婚した際も、その大きな感情の揺らめきが里の象徴たる椿に影響を及ぼした。

「俺をおまえのものに」

雪緒は、隣に並ぶ彼の横顔をひっそりとうかがう。丈は立派、頭ひとつ分も自分と違うので自然と見上げる形になる。見た目の年は二十二、三か。光をはじく絹糸のような真白の髪は頰《ほお》に少々かかる程度で、同色の狐耳《きつねみみ》が頭から飛び出している。

顔はきりりと整い、また色気がある。目は月の色。けだものの色。

薄藍《うすあい》の羽織りの下からはみ出た尾などは、思わず顔をうずめたくなるくらいにふっさりと太く、長い。小葵《こあおい》の捺染《なっせん》をほどこした広袖《ひろそで》は濡《ぬ》れたような質感を持つ上等なもの。金糸で編まれた飾り紐《ひも》を垂らす帯は、華やかな瑠璃《るり》の色。よく似合う。

非の打ちどころがないこの堂々たる立ち姿に、雪緒は一瞬見惚《みと》れる。

彼は、遠くの郷にまで名が知れ渡るほどの美しき怪《かい》だ。

対して雪緒はというと、正真正銘ただの「人」である。

里で細々と暮らす一介の薬屋にすぎない。

「雪緒、惚《ほう》けていないで返事をくれ」

白月がこちらに向き直り、困ったように笑う。

目が合って、雪緒は我に返った。力ある郷の長からの求婚だ。誰《たれ》もが羨《そねや》む申し出であって、こんな僥倖《ぎょうこう》はそう容易《たやす》く転がりこんでくるものじゃない。雪緒はごくりと喉《のど》を鳴らす。涼やかさの中に毒のような甘さを隠し持つ人外の美丈夫を、正面から見つめる。

返事は——。

「ごめんなさい」

断った。……断るだろう、こんなの。

なぜなら白月は、元夫である。

離縁して半年が経っている。

「ううん、手強《てごわ》い」

おもしろそうに口元をほころばせる白月から、ぎこちなく目を逸《そ》らす。

手強くって、当然じゃないだろうか？

最初の結婚生活はわずか二ヶ月で幕が下ろされている。いわゆるお見合い結婚で結びついたため、そこに恋や愛といった燃え盛る炎のような激しい感情は存在しなかった。会話すらろくになかったのだ。

だからこうしていきなり呼び出され、再婚を申しこまれても「なぜ？」としか。

❀

――話は一年と数ヶ月前に遡《さかのぼ》る。

茶室にて。

「私がお見合い？」

「そうだ」

耳を疑う雪緒に、設楽《しだら》の翁《おきな》が深々とうなずく。

翁といってもその容貌《ようぼう》は十歳程度のほっそりした優しげな童子。十七の雪緒よりもっと年若に見える。けれど翁は化生の者、力溢《ちからあふ》れる怪なので、容姿は稚《いとけな》くともずいぶんな古老である。

「俺はあと月を三つ跨《また》いだら天昇《てんしょう》するだろう？　そうなればおまえは里で一人っきりになる」

翁の、春を連想させる鶯《うぐいす》色の瞳《ひとみ》に、憂いの影がよぎる。

月を三つ。つまり三ヶ月後の春に別れが待っている。

雪緒は俯《うつむ》く。天昇とは即《すなわ》ち転生《てんしょう》である。怪は老いて一度滅し、天界で生まれ変わる。

人の身の雪緒には死も同然だが、怪や妖《あやかし》にとってはおのれの格が上がることなので、そうもぐすぐすと嘆いたり忌避したりするものじゃないという。設楽の翁の場合は天昇後、神に変ずるため、なおさらだ。が、どう言おうと今生の別れには違いなく、里に取り残される雪緒は心細いことこの上ない。

「あまり思いつめないでおくれ。少し時間はかかるやもしれんが、きっとまた雪緒のもとに戻ってきてやる。な?」

「戻ってくるなんて無理だよ。そういう嘘《うそ》はいらない……」

「無理なもんか」

神の位に駆け上がった者が、俗界たる里にわざわざおりてくるはずがない。怪としての意識も前とは変わってくるだろう。それに雪緒は翁と違って、特別な力を持たぬただの人間にすぎない。翁が戻ってくるまでに寿命も尽きる。どちらにせよ、二度と会えないのだ。

「偽りの慰めと思われるのは心外だ。おまえにそんな不実な真似《まね》をするとでも?」

設楽の翁は苦笑を見せるとゆるく袖を払い、両手で雪緒の頬をすくった。しばらく労《いたわ》るようにこちらの頬を撫《な》でていたが、雪緒がなにも答えぬためか、気まずげに座り直す。

雪緒は口を噤《つぐ》んだまま設楽の翁を見つめ返した。あでやかな菊の模様を散らした紺の上衣《うわぎぬ》に山吹色の袴《はかま》。華がありながらも落ち着いた色合いだ。髪は目と同じ色で、童女のように顎《あご》のあたりで切り揃えられている。

「俺だって寂しいぞ。こうも離れがたいという切なげな顔をされると、とくになあ」

そう言って伏し目がちに微笑《ほほえ》み、雪緒が淹《い》れた薬湯を一口。その湯呑《ゆの》みを黒漆の盆に戻し、過去を懐かしむ目をする。

「雪緒を預かってもう十二年になるか。はじめて会ったのは月夜の晩だったな。まんまるの明るい月がおまえを見守るように照らしていた。さて、気の向くまま生きてきた俺に、子育てなどできるものかと思ったが……元気にすくすくと育ってくれた。なにも知らぬおまえに世の中の理を教えるのはおもしろかった。日々の細かな物事から薬草の扱い方、果てには人にも使える妖術《ようじゅつ》だって教えてやったしなあ」

　感慨深いといった様子で翁が囁《ささや》く。

　一方、雪緒はいずれ来る別れの日に囚《とら》われ、意気消沈、答えられない。

「紅椿ヶ里で人の子といえば、雪緒の他《ほか》に二、三の数しかおらん。とくに拾い子、まれ児《ご》のおまえは、怪を舌なめずりさせるようなよい匂《にお》いをいつも漂わせている。今後は大きな怪の庇護《ひご》の下で暮らしたほうがいい」

「私は一人で生きていけるよ。匂い消しの薬の作り方も覚えたし……」

　設楽の翁は、薬屋である。当然、養女の立場にある雪緒もその業を継ぐ。ともに暮らすこの屋敷の屋根には『くすりや』という太く流麗な文字が書かれた赤い看板が飾られている。

「どれほど薬学に通じていようとな、それで悪さをする輩《やから》を追い払えるわけじゃない。俺が里を去れば、ちょっと味見しようとする愚か者も出てくるだろう。人の子は、かわいいからな」

　むっと翁は眉根《まゆね》を寄せる。えー…どうかなあ、と雪緒は半信半疑だ。

　紅椿ヶ里には半神から怪まで様々な者が暮らしているが、雪緒なんて逆立ちしてもかなわないくらいの美女や美男がごろごろ存在する。たとえば次期御館様との噂《うわさ》がある大妖の白狐。同じく大妖の黒獅子《くろじし》。半神の木霊……。

そんな目立つ者が複数存在するというのに、あえて雪緒に手を出すなんて、よほどの物好きとしか。

「で、婿候補だが」と、設楽の翁が咳払《せきばら》い。

「里の者らを見て回って、これぞと思ったのは白狐の白月だ。そいつと同等の力を持つ獅子のやつでもよいのだが、どうもなぁ、素行の悪さが目についてなあ……。あとのやつらといえば食い気と情愛がまぜこぜになっていて、いつおまえがむしゃりとやられるか不安でならん」

「それは私も不安いっぱい！」

そんな恐ろしい婿は嫌だ。おののいたあとで、んんっと雪緒は首を捻《ひね》る。

（今、翁はなんて言った？）

「えっと、白月様？　白狐の白月様？」

「うむ」

「あの、里の奥深くにある椿屋敷の？」

「だな」

雪緒は引いた。翁がいぶかしげに見つめてくるが、むしろそうしたいのはこっちのほうだ。

（いくらなんでも上を狙いすぎてない⁉）

予想を超えた婿候補のおかげで寂しさや心細さがきれいさっぱり吹き飛ぶ。だって白狐の白月は――。

「翁の気持ちは嬉《うれ》しいけれど、嫁になるのはこの私だよ。しがない里人の雪緒だからね。白月様は高望みしすぎじゃないかな。もっとこう平凡で、穏やかな感じの妖がいいと思う」

「高望みもなにも、もう話はつけたんだぞ」

「いつ!?　だったらそろそろ断りの返事が届く頃《ころ》？」

「断られるもんかね。さっそく明日《あす》にでも会いたいとな」

「会いたいって、白月様が？　私に？」

「もちろんだ」

なんだって、そんなばかな。嬉しさより不信感が先に立つ。

平然としている翁に片手を突き出し、声をひそめて問う。

「待って。白月様にどんな説明をしたの？　まさか、うまそうな血肉を持った娘を一人飼っているので引き取ってくれ、あとは煮るも焼くもご自由に、って……」

「これ。なにを言うか」

翁は懐から扇子を出すと、呆《あき》れたように笑って、ぱちりと雪緒の太腿《ふともも》を軽く叩《たた》く。

「正直に告げたに決まってるわ。俺の娘は郷一の賢い薬屋ぞ。烏の羽よりしっとり濡れた魅惑的な黒い瞳に宿る知性、法師も唸《うな》る才と学」

「やめて。もうその説明だけで色々きつい」

「年は十七の花盛り、器量よし、愛嬌《あいきょう》たっぷり。髪も長くつややかで、微風に揺れたときにはふわりと甘く匂い立つ」

「いたたまれない！　騙し討ちにもほどがある！」

　翁の親ばか、と雪緒は両手で顔を覆った。

「健康でお淑《しと》やか。肌は名の通り雪のよう、ひらりと振り向き微笑めば木々の葉も秋のように赤く染まり」

「むごい」

　ここまでの説明で合っているのは髪の長さと健康という部分のみ。あとはすべて身贔屓《みびいき》を超えに超えた単なる願望じゃないか。年齢だって正直なところ確実ではなく、十六、十七あたりだろう、という曖昧《あいまい》な感じなのだ。翁に拾われたとき、自分が何歳だったかはっきりと覚えていない。この『ゆきお』という名も、間違っているかもしれない。もしかしたら、ゆきこ、か。ゆいこ、という可能性もある。ゆうこ、あるいは、ゆみこ、みゆき。いや、ゆりこ、かも。

「――かように貴重な娘ゆえ命ある限りかしずき慈しみやがれこの狐野郎が、と申し渡しておいたんだ」

「お見合いのお誘いどころか、白月様に真正面から喧嘩《けんか》売ってない？」

　はははと翁はおおらかに笑っているが、雪緒は血の気が引いてきた。

（これっていざ顔合わせしたら、ふざけるなどこが花盛りなんだ話が違う、って逆上されるんじゃ？）

白月は本当に設楽の翁の大嘘につられてお見合い話を受け入れたんだろうか。でも女の容色を重視するような、にやけた妖には見えないのだけれど。

狐の一族は基本的に疑り深く、他者を容易く懐には入れぬところがあると聞く。

だとしたら、なんでお見合い話に乗った？

（設楽の翁が授けてくれた薬学や秘術の書を独占したいとか？）

冷静に考えると、微妙な気持ちになる。こちらは身の安全のため、あちらは秘術を得るためということか。だが、その想像も違和感を拭《ぬぐ》うまでには至らない。

自分が継承した秘術……その秘伝書は長の妻という座と交換できるほどの価値があるのか？という新たな疑問が生まれる。それに雪緒が扱う術は特殊な要素が強いので、誰でも気軽に扱えるわけじゃない。白月が秘伝書を得ても無用の長物と化すのでは――。

普段はこれほど悲観的に考えたりしないのだが、今回はちょっと相手が格上にすぎる。

が、設楽の翁には雪緒がいったいなにを懸念しているのか、わからないらしい。

「俺もな、天昇を間近に控えて反省したんだ。おまえかわいさにずうっと男たちを遠ざけてしまったって。おまえがほしいと望む者もいたのに、俺は邪魔と感じて耳を貸そうとしなかった。人の子は脆《もろ》いから、もっと早く夫を持たせてやるべきだったのにな」

翁は長衣《ながぎぬ》の裾を広げて片膝《かたひざ》を立てると、憂いに沈んだ顔になり、ふうっと溜息《ためいき》をついた。瞳と同じ鶯色の髪を耳にかけ、その幼い姿に似合わぬ重々しい声で悔い始める。

「いや、夫云々《うんぬん》の前にだ。俺のように偏屈な独り者のもとにいつまでも置かず、眷属《けんぞく》の多い化け猫らにでも預けておけばよかったんだ。そうすれば雪緒が一人になる心配をせずにすんだ」

「……私は翁の子がいいよ。家族は翁だけだもの」

「んん、これだから人の子はなあ！　懐こくてなかなか手放せんのよなあ」

設楽の翁は複雑そうに、でも嬉しそうに頬を紅潮させる。

（結婚するより、ずっとここにいたいんだけどな……）

それが偽りない本音であっても、もう口に出せない。設楽の翁の天昇については一年も前から聞かされていたことだ。里に残される雪緒のためにも心構えと準備が必要だと。

薬草用の倉として使われているこの小さな茶室を含めて、翁の屋敷は、そっくりそのまま雪緒に譲渡される。里で唯一の薬屋なので、懇意にしている怪たちから是非に続けてほしいと言われているのだ。

一人になったあとで困らぬよう、冬の薪《たきぎ》も多めに揃《そろ》えているし、金物や着物も新調した。護符だってたくさん作った。でもそれらが屋敷に増えるたび気が重くなった。

こんなに自分をかわいがり成長を見守ってくれた翁が近々、去ってしまう。その後、自分はどうなるんだろう？

「あんまり不安になるな。なに、きっとうまくいく。……狐の者は概して小賢しい面を持つが、愛情深くもあるんだ」

設楽の翁の宥《なだ》めるような声に、雪緒は言葉なくうなずいた。

そして、憂鬱《ゆううつ》な気持ちを薄紅の大袖で隠し、見合いに挑むことになったわけだが——。

「じゃあ、妻ということで」

とは、顔を合わせた直後に白月が放った言葉である。

場所は、雪緒たちが暮らす屋敷……の土間。本来の待ち合わせ場所は里で一番見晴らしがよいとされる国巣《くず》国巣《くず》峠《とうげ》の四阿《あずまや》のはずだったが、彼は伝えていた刻よりずっと早くに屋敷にやってきて、こちらに挨拶《あいさつ》する暇も与えずそう宣った。

雪緒も、設楽の翁も、この急展開に面食らった。

「日取りを決めたい」

黒地の羽織りに紺青の広袖、銀の襟、薄青の腰帯という優美な姿の白月が、真珠のようにまろやかな頬に手を添え、探る目でじっと雪緒を見下ろす。左右の狐耳は糸で吊《つ》ったようにぴんと立っている。噂に違《たが》わぬ堂々とした美男ぶりに、雪緒はひたすら惚けるしかない。

そもそも——この白月という大妖は、雪緒の初恋相手だ。

設楽の翁に拾われてまだ間もない頃の雪緒は、とにかく泣いてばかりいた。

助けて、帰りたい、怖い、戻りたい、どこに。どこに？　そんなことを毎日ぐるぐる考えて悲嘆に暮れた。当時の翁が辟易《へきえき》するくらいに。

そうだ、会ったばかりの翁は畏《かしこ》き怪らしく超然としていて近寄りがたかった。翁は〈ぺっと〉のように雪緒をしばらく飼うつもりでいたのだと思う。おそらくは「人の肝や血肉は霊薬になる」という理由で。だから数ヶ月のあいだ、獣の檻《おり》の中で生活させられていたのだし。

今となっては笑い話だが、当時のこうした冷淡さを雪緒が指摘すると、翁は本気でしょげ返り、奥の間に引きこもってしまう――という余談はさておき、幼い頃の雪緒はある日、檻の鍵《かぎ》が外れていることに気づいて、いちもにもなく逃げ出した。夕飯を持ってきた設楽の翁が鍵をかけ忘れたのだ。

頭に霞《かすみ》がかかってどうしても思い出せぬ〈自分の家〉を、それでも必死に探し回り、やがて雪緒は迷子になった。月も凍って白々と冷たく照る夜だった。

赤い太鼓橋の下で心細さと寒さに震えていると、八尾の大きな狐が目の前に現れた。雪のように真白の毛並みで、もふもふしていた。

狐は、怯《おび》える雪緒の襟をぱくりと咥《くわ》えると、獣の遠吠えが聞こえる怖い月夜の太鼓橋をのんびり渡った。まるで我が子を咥えて連れ歩く猫のように。

そして雪緒を設楽の翁のもとまで無事連れ帰ってくれた。そういう出来事があったのだ。

白月はそんな些細《ささい》な夜の出会いなどきっと忘れているだろうけれども。

（ぐっ……、す、好きだっ）

長いあいだ伏せてきた恋心が燃え上がり、胸中で呻《うめ》く。正直に言うなら白狐姿のほうにより惹《ひ》かれているのだが、人のときとて尾や耳のもふもふ感は健在だ。ちなみに人のときの尾は一本。残りの七尾の妖力は郷を守るために使われているというが、真偽のほどは。

「俺は忙しい。今はおまえ様と、ここでゆるりと話をする時間がない。少々忙《せわ》しないが、ふた月後の桜月に嫁入りでいいか？　そちらも設楽の翁の天昇前に式を挙げたほうが、都合がいいだろう」

白月は表情を変えることなく淡々と問う。羽織りの裾から出ている尾がふさっと揺れた。

「は、はあ」

雪緒は尾に触れたくなる衝動をこらえながら上の空で答えた。

(白月様がお見合い相手とか、本当とんでもないな……。あの日のお礼を言いたいけれど、なにも覚えていないのなら伝えたところで変な顔をされるだけか。間近で姿を見られただけでもよしとしよう——って、さっき妻と聞こえたような？　……妻？　嫁入り⁉)

しょせん初恋は初恋。理想と現実は違うと考えるだけの分別は持っている。

——と、断られる前提のお見合いだと割り切っていたのだが、なんだって？

「ではふた月後に迎えの輿《こし》を寄越す」

白月は一方的にそう告げると身を翻《ひるがえ》した。雪緒は、その広い背中に慌てて声をかける。

「あの、妻とは、夫婦の意味の妻でしょうか⁉」

それ以外にどういう意味があるんだと胸中で突っこんでしまったが、念入りに確認せずにはいられない。視線を寄越した白月が、「その妻だ」と冷静に肯定する。忙しいという言葉はどうやらまことのようで、彼は大きな白狐に化けると、あっという間に駆け去った。

思わずうっとりと白狐姿を見送ったが、すぐさま我に返って設楽の翁を振り向く。

「翁、気のせいじゃなければ私、あのもふもふ様との結婚が成立した？」

顔を合わせて一分足らず。おまけに一言、二言かわしただけ。これぞ狐につままれた状態というもので、どうにも現実感が乏しい。本当に夫婦になるのか？

終始呆気《あっけ》に取られていた翁は「ああ、そうだな」と答えたが、急に険しい顔をした。

「あの狐野郎、俺の娘になんてつれない態度を取りやがる。……はぁ、天昇やめようか……」

――と、こうして雪緒の最初の結婚は、あっさり決まったのだ。

それからは実にめまぐるしく日々がすぎた。

不足していた嫁入り道具を取り寄せ、同時に翁の天昇準備もして。

怪は、天昇間際の様子を決して他者に晒《さら》さない。娘同然の雪緒にも見せられぬということで、嫁入りの日が事実上、翁との別れの日ともなった。

いくら人間の死とは違うと説かれようが、これればかりは素直に納得できるものではない。初恋相手との結婚が決まった喜びよりも断然、翁との別れがつらい。十二年もそばにいた相手を失うのだ。一生独身でいいから今の穏やかな暮らしを続けたかったのに。

が、願いは届かず、時は来る。

約束の桜月。雪の名残も地に解けて、木の花も咲くやという頃だ。

出迎えに現れた狐たちに輿を担がれる中、白無垢《しろむく》姿の雪緒は自分の膝を見つめて必死に涙をこらえていた。

(ああ、寂しいなあ、嫁ぎたくない)

影差す気持ちとはうらはらに、道をゆく行列は華やかだ。嫁入り道具をおさめた側の輿の屋根には紅や紫、橙《だいだい》などといった鮮やかな絹の衣がかぶせられ、雪緒側の輿には鶴《つる》の刺繍《ししゅう》がされた純白の絹の衣がかぶせられる。

郷の長の婚儀なればと行列は、一日かけて、七つの里をぐるりと巡る。

朝、霞の衣まとう深山の峠を越え。昼、霧に煙る木立にささらを響かせ。晩、真っ赤《まっか》な提灯《ちょうちん》を揺らして花咲き乱れる谷地をゆく。里の境界たる虹《にじ》の門をくぐってゆく。

亥の刻には、粛々と進む嫁入り行列に祝いの雨が落ちてくる。すると狐たちは一変、その身の衣を華やかなものに替え、これよこられよ、雨摘《あまつ》み天つ女《あまめ》、雨つつめ、と朗々、空にうたう。

鬼灯《ほおずき》色のからかさを広げる。拍子を取ってかさを回せば、ドンと太鼓が鳴る。笛の音も踊る。

嫁入りを祝い、狐たちが白酒や豆を地面にまく。けれども、妖だろうと人だろうと、明かりと音が揺らめくきらびやかなこの行列を決して覗《のぞ》き見てはならぬ。見れば祟《たた》るぞと狐は言う。末まで化かすぞと脅す。これが狐の嫁入りである。

雨があがる頃には腹が据わった。いつまでもしつこくめそめそするのは性に合わない。翁だって自分が泣き暮らすことなど望んでいないだろう。限りある生を目一杯生きるというのが雪緒の信条だ。

輿がとまったのは紅椿ヶ里の奥深く、霊気帯びる護杖《ごじょう》の森の上。最も椿が爛漫《らんまん》と咲く小高い地で、そこにひときわ立派なお屋城《やしろ》が立っている。造りは人の世の、お武家様の屋敷に似ていると雪緒は思う。朱色の瓦《かわら》屋根に漆喰《しっくい》の壁。広々とした庭園に四阿。

地上付近には薄桃、淡黄、薄紫などの五色の瑞雲《ずいうん》がもくもくと流れてくる。時には様々な精霊も現れる。瑞雲にはそれらの精霊の他にも、木々や花々も乗っていることがある。見渡せば、敷地の外の木々に点々と紗《しゃ》織りの旗が下げられている。それが、はためき、ゆらめき。空からは、きらきらと金銀のしずくが降ることも。まったく桃源郷の風情。

お屋城の前には四十九の朱の鳥居がずらりと並ぶ。行列はまるで蛇のような……洞穴のようなその鳥居を通り抜けて、見上げるほど大きな石の門に着く。

門の前には男雛《おびな》のように麗しい白月が、おつきの童子や眷属らを従えて待っていた。白の広袖に金の羽織り。袴も光をはじくような純白。螺鈿《らでん》の飾りを巻いたつけ毛が色っぽい。

輿をおりた雪緒は、夫となる大妖の美しさにつかの間惚けたが、彼が困り顔をしていることに気づいて戸惑う。おつきの者たちもなにやら表情を硬くしている。

「すまない、俺も皆も、おまえ様の到着を今か今かと待ちわびていたのだが、御館様……雷王《らいおう》の翁が数刻前に昏倒《こんとう》した」

「……えっ!?」

思いもよらぬ凶報に、雪緒は絶句した。

一大事も一大事、郷の守り主たる雷王が倒れたなんて。

「それで、残念だが今日《きょう》は祝言を挙げられそうにない」

「もちろんです、私のことは気にせず、どうぞ御館様のおそばについていてあげてください」

慌ててそう返す雪緒に、白月がわずかに笑う。

「御館様が回復されるまで日を延ばしたい。できれば三つ月を跨いだ後……風待月に。いいだろうか？」

「はい、日取りのほうは白月様におまかせします」

三ケ月後。六月にということだ。

「じゃあ、私はいったん『くすりや』に引き返したほうがいいですよね」

ぎりぎりまで翁のそばにいられるんじゃないだろうか、と思いついたわけだが、白月はすまなそうに首を左右に振る。狐耳がへたりと後ろ側に倒れていた。

「それは俺が寂しい。帰らないでくれ」

甘える声に、雪緒はびっくりする。

「おまえ様には屋敷の離れに入っていてほしい。……主屋には御館様が休まれているから、そちらへは連れていけないが」

「は、はい。でも、私がこちらのお屋城にとどまると、皆さんの迷惑になると思うし、やっぱり『くすりや』に下がらせてもらったほうが」

「なに、おまえ様はしばらくのあいだ、離れでゆるりとしていればいい。手を煩わせることはないので安心してくれ」

愛想のよい言葉の裏に隠された本音に気づき、言葉をなくす。嫁に迎えるとはいえ信頼してはいないから主屋には近づくな、余計な気を回さずおとなしくしていよ、ということらしい。

（だったらなおさらうちの『見世《みせ》』に下がってたほうがいいような）

と、疑念を抱いたあとで白月たちの心算が透けて見えた。御館の不調は郷の存続にも大きく関わってくる。今は不用意に騒ぎを大きくしたくないのだろう。復調したときのことを考え、雷王の容態をなるべく伏せておきたいのだ。

「さあ、さっそくだが離れへ案内しよう」

白月が親しげに見える表情を浮かべて雪緒の手を取る。人間同様、彼の手はあたたかい。だが本音が見えた今、そのぬくもりは寂しさを募らせるだけだった。

あきらめがじわりじわりと胸に広がる。設楽の翁にもう一度会いたかったけれど、やはりかなわないか。薄情者と思われてもしかたがないが、自分には御館の容態よりも長年慈しんでくれた翁の安否のほうが大事である。

しかし嫁入り早々反抗的な態度を取るわけにもいかない。

雪緒は心を隠して従順に白月の手を受け入れた。彼は、なぜ設楽の翁が急に見合い話をねじこんできたのか、その理由を聞いているはずだ。ひとりぼっちになる雪緒の身の安全を保障してもらうためだと。

(本当になんで白月様は私との結婚を決めたんだろう？)

秘伝書のためという説ではやはり弱い。彼なら引く手数多《あまた》だろうに、考えれば考えるほど謎《なぞ》である。

羽織りの裾が汚れないよう軽く指先でつまみながら歩いていると、白月がそれに気づいて微笑んだ。ふさふさと尾が揺れている。

「地面がぬかるんでいるから木履《ぼっくり》では歩きにくいだろう？　どれ、抱き上げてやろうか」

「いっ!?　いいえ！　大丈夫です！」

大慌てで断ると、その遠慮も見越していたのか、とろとろした柔い眼差《まなざ》しを向けてくる。

「なんだ、俺を嫌がるのか？」

「違いますから！　着物、そう、着物が崩れてしまうので」

結婚延期の罪滅ぼしとして甘やかしてくれるつもりなんだろうか。しかし今は白無垢姿なわけで……つまり衣装だけでもけっこうな重さがある。抱き上げられたあとで「猪《いのしし》並みの重みか」などと眉《まゆ》をひそめられたら、それだけで自分の中のなにかが確実に死ぬ。

恥ずかしさで自然と足元に視線が落ちる。夫が美しすぎるのも考えものだ。正視できない。でも早く慣れないと。

(妻になるんだから)

結婚の実感なんてずっと持てずにいたが、ここにきてようやく、(この白狐様が夫になるのか)という思いが芽を出したようだ。

——が、結局その芽は成長する前にあっさり枯れることになる。

風待月までの三ヶ月間、見事に離れに放置されたのだ。

『くすりや』としてならば、幾度か求められた。雷王用の薬を指示されるままに手配した程度だけれども。その煎《せん》じ薬が多少は延命に繫《つな》がったようだが、四診によって病状を把握していたわけじゃないため、実際のところはどうだったのか知らない。

雷王とは結局一度も会わずに終わっている。

わりと親しくなれたのは下働きの狐の子たちだ。大妖たる雷王の歪《ゆが》んだ妖気《ようき》が一種の呪《しゅ》と変わったようで、それをもろに浴びたお屋城仕えの狐たちも不調を訴え始めていた。祝言を挙げる日まで、その子たちの薬作りに勤《いそ》しんでいたと言っていい。

離れにわらわらと集まってくる愛らしい子狐らのおかげで、設楽の翁が天昇する卯花月《うのはなづき》を迎

えたときにも泣き暮らさずにすんだのだ。あの子たちには感謝している。

主屋のほうでは白月や大妖らが薬と祈祷《きとう》の力を借りて雷王を回復させようと必死だったらしい。が、献身的な奮闘虚《むな》しく病は悪化の一途を辿《たど》り。結局、雷王も天昇する運命が決定した。怪は、病魔に冒されて地上を去る場合もある。

どうあっても天昇を避けられぬなら、雷王の命があるうちに祝言を挙げて安心させてやりたい——という流れになるのは必須で、白月が宣言していた通り、雪緒たちは六月に慌ただしく夫婦の誓いをかわすことになった。お屋城に祀《まつ》られている神器のつるぎに触れ、絆《きずな》を結んだ。

——祝言後の白月は多忙を極めた。

郷の新たな御館として封じられたためだ。

顔を合わせることすら難しいというほどのすれ違いの日々。泣きはしなかったが、しとしとと、寂しさが雨のように心に降っていた。降り続けた。空元気で乗り切るのにも限度がある。

そして二ヶ月後、かりそめの妻は呆気なく離縁されたのだった。

◎弐・過去の亥中《いなか》の御通りにと

（もとより自分には高嶺《たかね》の花すぎる相手だと思っていたけれど、それにしたってあの追い出し方はない……）

土間の板敷に座って札に絵を描きながら、雪緒《ゆきお》は回想に耽《ふけ》る。なにひとついいことがなかったとまでは言わないが、虚《むな》しさや孤独感のほうが断然上回る。

「おまえはもはや用無しじゃ、出ておいき」と、ある日、着の身着のままお屋城からつまみ出されたのだ。それも、白月《しろつき》と恋仲にある美貌《びぼう》の女妖《にょよう》に鼻で笑われながら。

（浮気相手をお屋城に通わせるとか！　私の立場って、ないな……）

彼女にしてみれば、雪緒の存在こそお邪魔虫だったに違いない。

離縁後、雪緒は『くすりや』に戻ってきたのだが、お屋城仕えの者と交流があった常連客にその後の白月の様子をあれこれ教えてもらったのだ。白月には複数の兄弟《きょうだい》がいる。とりわけ美しい妹の妖狐《ようこ》とは恋仲同然であったらしい。

だが、当時の御館《みたち》である雷王《らいおう》がなぜか妹を毛嫌いしており、彼らのつき合いを認めなかったのだとか。それで白月は泣く泣く妹を手放すことに決め、半ば自棄《やけ》になって雪緒との結婚に踏み切った……という噂《うわさ》が自分の知らないところで広がっていたそうで。

できるなら結婚する前に教えてほしかった。

（つまり私は病気の雷王様を安心させるためだけに選ばれた都合のいい妻で、本命はあっち）

その雷王も祝言を挙げて間もなく息絶え、二人の恋路を邪魔する者はいなくなった。それでさっそく不要になったお飾りの妻を追い出したと。

（まんまと狐《きつね》に化かされたっていうか）

初恋は、追放された瞬間、砕け散った。

自分と結婚してなんの得になるのかという疑念がいつも胸の底にあったわけだが、その感覚は正しかったらしい。保護者の設楽《しだら》の翁《おきな》が地を去ったあとなら、非力な小娘に配慮する必要はなくなる。

手に職があってよかったとしみじみ思う。野たれ死にするのはごめんだ。

雪緒はぐっと筆を握りしめた。白月たちにとって雪緒の存在は道端の小石以下だったとしても、ともに暮らしていた設楽の翁は違う。唯一無二の宝物として慈しんでくれた。その愛を信じている。どんなに傷つき、心を荒《すさ》ませようとも、自分の命を投げ出すつもりはない。

「……できたか？」

声をかけられ、我に返る。

今は自分一人ではなかった。客が来ているのだ。

板の間の端に、黒髪の青年が座っている。白の糸で刺繍《ししゅう》がされた黒の広袖《ひろそで》に、蘇芳《すおう》と淡黄の帯、下に袴《はかま》といった、目元の涼しい美男である。年は白月と同じくらいで、どことなく文士のような穏やかな雰囲気を持っているが、そのすっきりした見かけによらず彼は手のつけられぬ暴れ者として悪名高い。

彼を宵丸《よいまる》という。前に設楽の翁が見合い相手の候補として挙げていた大妖《たいよう》の黒獅子《くろじし》である。

なぜかこの宵丸、離縁後に見世《みせ》を再開して以来、ちょくちょく顔を出すようになった。勝手に土間の板敷で寝ていくこともある。雪緒に対しては今のところ礼儀正しいので、暴漢という噂はなにかの間違いなんじゃないかと時々疑いそうになる。

が、他《ほか》の客からこれまで何度も宵丸の暴悪なる振る舞いを聞かされてきた。

『くすりや』もそういえば彼の所業に大小の迷惑を被ったことがある。宵丸の蛮行の中でもとくに強烈なのが、獅子姿で里を駆け回り百足《むかで》の大軍を放つというもの。これを新年が来るたびにやるので皆戦々恐々、家から一歩も出られなくなる。陽気に酒を振りまいたり笛や太鼓を鳴らして練り歩いたりする程度ならまだかわいい。時には里の至るところで矢を飛ばし、狩った獣を軒に吊《つ》るす、家畜を勝手に小屋から逃がす……など、とにかくやりたい放題だった。

「なんだ、俺《おれ》の顔をじろじろ見て。まあいいが」

宵丸がうっすらと笑って雪緒のほうにわずかに身を乗り出す。灰色の瞳《ひとみ》に楽しげな光が宿る。

「す、すみません」

「薬屋はこの顔が、好きか？」

「いえ、その……考え事をしていて」

雪緒はしどろもどろに言い返すと、机の上に置いた札に視線を落とした。集中だ、集中。宵丸の依頼で『草』を作るところである。

設楽の翁から継いだのは草木などを生み出す秘術。雪緒はその秘伝書の正式な持ち主となった。まずは札に植物の絵を描く。今回の依頼内容は、よもぎ。できる限り忠実に描かねば。

次にその札を軽く炙《あぶ》る。土間の板敷には小さな囲炉裏があり、そこに網を置いて数分炙る。この作業を、宵丸が興味深いという目で見る。

炙ってからからになった札を、トントンと小刀で刻む。それを指先で軽く丸めたのち、愛用の真《ま》っ赤《か》な煙管《キセル》に詰めこむ。むろんのこと、札も小刀も秘術に則《のっと》って仕上げた特別なもの。

「申し申しと其《そ》れ、起こし。縁《えん》の音《ね》滔々《とうとう》聞召《きこしめ》せ」

火をつけ、吸って、煙をふうっと吐く。

その煙が蛇のようにぐるりと宙で円を描き、形をなして、札にある通りのよもぎに化ける。そういう寸法だ。

術で作られたよもぎは本物と遜色《そんしょく》なく、食してもなんら問題はない。

この秘術を扱えるのは雪緒を入れて、郷でもわずか五人のみと聞く。里では雪緒だけだ。また、術者は純血の人の子に限定される。妖や怪の血がまざった者にはなぜか使えない。秘伝書を授けてくれた設楽の翁でさえも無理だったのだ。

「はは、人の子の術はいつ見ても面妖《めんよう》だ」

宵丸が楽しげに言う。雪緒は愛想笑いを浮かべた。怪しさの最たる存在であろう怪にそう評されると、なんとも言えない気持ちになる。おのれの肉体を獣に変えたり空を自在に飛んだりするほうが、よっぽど奇妙奇天烈《きてれつ》じゃないだろうか。

(私の術は秘伝書で学んだものにすぎないし、とくに他の取り柄があるわけでもないしなあ)

特殊な性癖もない、皆が振り向くほどの美女でもない。普通すぎるほど普通な娘だが、紅《あか》椿《つばき》ヶ《が》里《さと》には人の数自体が少ないので、そういう意味での物珍しさも宵丸は感じているんだろう。

「壁に吊るしている袋の中身も、術で作った葉か？」

「はい。二月……如月《きさらぎ》の紅椿ヶ里は雪が多くて薬草の採取が難しくなります。根を掘るのも大変で……どうしても術頼りになっちゃうんですよね」

宵丸に倣って土間全体を見回す。

土間は作業場としても使っているが、こうして来客も通すため、造りを大きくしている。つやつやした黒い板敷には囲炉裏、作業机、行灯《あんどん》、階段箪笥《だんす》があり、壁と柱にはびっしりと各種の薬草や生薬入りの麻袋を下げている。釣棚にもやはり薬を載せている。梁《はり》から吊り下げた籠《かご》にも。いつもなんだか薬の匂《にお》いがする、そんな木造屋敷である。

ちなみに隅のほうには木戸で囲った風呂場がある。

離れの茶室もほぼ薬草の倉庫状態。たまに片づけて茶を淹《い》れる。

雪緒一人が暮らすのみとなった黒い瓦屋根《かわら》の『くすりや』は、東の角に土間と板敷の間がある。その左、西側の座敷にはもうひとつ囲炉裏の間があって、さらに西には押し入れつきの十畳間が上下に二つ。厠《かわや》と物置は北。南には濡《ぬ》れ縁が設けられている。

他の里の者たちが暮らす屋敷より少し広いという程度か。もともとは設楽の翁が趣味を兼ねてまったりと経営していた見世だ。

十畳の間が自分と翁の寝る部屋。翁の部屋は今も手付かずのままだが、彼は天昇前に自分の持ち物をほとんど処分したので、残されているのは長櫃《ながびつ》ひとつである。寂しいったらない。

屋敷の周囲は豊かな木々。谷地梻《やちだも》に杉、それから椿に百日紅《さるすべり》。といっても少し進めば家屋や畑、里の民がそぞろ歩きする賑《にぎ》やかな盛り場が見られるようになる。

盛り場までの道は設楽の翁と何度も通った記憶がある。東雲《しののめ》の空に見惚《みと》れる春の日も、蝉時雨《せみしぐれ》の降る夏の日も。手を繋《つな》いだり喧嘩《けんか》したり、笑い合ったりして歩いてきた。

「……じゃあ、よもぎを包みますね」

感傷を振り払い、作業机の二段目の引き出しに手をかける。包み紙を取り出して、そこによもぎを乗せる。証《しょう》や気を診て調合した薬だけじゃなく、時には食用の草花を売ることもある。なんなら魚介類も。さすがに鳥獣の類《たぐ》いは事故が怖いので作らないが。

机の上の糸巻き管から麻糸を引っぱり、それを握り鋏《ばさみ》で切って包みを縛ろうとしたとき、宵丸が軽く呼びとめた。

「ああ、待て。芹《せり》と蜜柑《みかん》も追加していいか？　あと、よもぎはもう少し多めにくれ」

「はい」

雪緒は立ち上がって、階段箪笥から新たな札を数枚取り出した。作業机に並べ、顔料を溶かし、筆を浸す。よもぎと芹は他の客からもよく頼まれる植物なので作り慣れており、簡単に仕上げられる。多めの量を用意したいときは、札に数を書きこむ。

「薬屋、お代だ」

からかうような微笑を浮かべて宵丸が作業机に、ちりん、と音の鳴る物を置く。小さな鈴である。

雪緒も笑うと、宵丸は「冗談だ」と言って今度はちゃんと銭を出した。彼は注文のたびに色々な鈴を持ってくる。お土産《みやげ》のつもりらしい。あとで階段箪笥の引き出しにしまおう。

「先年あたりから悪鬼の出没が頻繁になってな。そいつを狩るのは楽しいが、暴れすぎれば身に澱《おり》がたまる。よもぎは茶に、芹は粥《かゆ》にでも入れようかと」

宵丸は清潔そうな表情で物騒な発言をする。

「そ、そうですか」

よもぎも芹も薬草として使えるし、飯の中にまぜてもいい。怪《かい》は気を淀《よど》ませすぎると魂が歪《ゆが》み、祟《たた》るもの、つまり邪《じゃ》の神『耶陀羅神《やだらのかみ》』へと変じてしまう。姿は醜悪、自我も欠く。穢《けが》れをまとう化け物のなれの果てだ。だからそれに変じぬよう、たびたびの潔斎が必要になる。

雪緒は作った札を囲炉裏で炙る途中、ふと宵丸を振り向く。

「よもぎ茶ならすぐ淹れられますが、よかったらどうですか。それのお代はけっこうですよ」

「へえ、いいのか？」

「宵丸さんはお得意様ですもん。今後もうちの『くすりや』をご贔屓《ひいき》に」

「調子がいいのか、人がいいのか」

くつくつ笑う宵丸を横目で見てからふたたび腰を上げる。板敷をおりて、土間の端のほうに並べている水瓶の水を汲《く》む。それを鉄瓶に注ぎ、囲炉裏にかける。釣棚の袋を取り、乾燥させて細かく切ったよもぎの葉をひとつかみ。小さな布袋に詰めて、そのまま鉄瓶に放りこむ。少し考えて、人参や天草などをまぜた丸薬も瓶に入れておく。こちらは疲労を取る薬だ。湯呑《ゆの》みを用意し、よもぎ茶を宵丸に飲ませるあいだに、雪緒は草作りに勤《いそ》しむ。

余談だが、一日に煙管を持つのは九十九回までと決めている。それ以上は気が乱れ、体調を悪化させる。

新たに作ったよもぎの葉と芹、蜜柑を包んでいると、宵丸がまるで自分こそ店の主人であるかのように「まあ、おまえも飲め」と言い、鉄瓶を持ち上げた。

雪緒の『くすりや』は、全体的にゆるい雰囲気。なぜなら気安い談話も問診のうち。常連客とのどかに菓子をつまんだり茶を飲んだりすることも日常茶飯事だ。

自分の分の湯呑みを出せば、宵丸が、ふふと温和な笑みを見せ、注いでくれる。

熱々のよもぎ茶を口に含み、一息つく。少し舌に苦みを感じるか……。疲労時の特徴だ。

「なあ薬屋。おまえ、白月にまた求婚されたと聞いたが本当か？」

茶を噴き出しそうになった。慌てて飲みこみ、咽《む》せる。

「熱っ……！　じゃなくて、な、なぜそれを。誰《だれ》から聞いたんです？」

「はーん。事実か。やはり、それでかあ」

「待ってください、なにを納得しているんですか。やはりってどういう意味ですか」

「で、受け入れたのか？」

「断りましたよ！　あの、それよりやはりってなに!?」

「なんでだ？　あいつは人の子から見ても色男のはずだろう。おまえ好みの顔ではなかったのか？」

次々ととんでもない問いを投げつけられ、雪緒は心の中で荒ぶった。

「こっ、好みとかそういう問題とは違うんですよ」

「あぁそうか、おまえは俺に見惚れていたんだったな。すると、こういう顔のほうが好きということか。よし、あとで白月をからかいに行こう」

「なに考えているんですか、白月様をからかうとか私の心臓とめたいんですか！」

この黒獅子、怖い！　人の話も聞く気がない！

「でもなあ、俺は女を狩るよりも悪鬼を狩るほうがずっと楽しいんだ。……ええと、その、悪いな。おまえの期待に応《こた》えるのは難しいかな……」

「本気の謝罪はやめてくださいい。その気はなくてもわりと傷つく！」

「どうせならそこの囲炉裏で粥も作れ。茸《きのこ》や鮎《あゆ》も焼け。今日は肉より魚の気分だ」

「今日もがっつり夕御飯を食べていくつもりじゃないですか。気がついたら私も二人分用意しちゃっているし。それよりさっきの、やはりってなんですか」

「ところで知っているか？　隣里の境の谷で、火鼠《かそ》が出たぞ」

「この大妖様ったら気ままますぎて会話にならない!!　……え、火鼠？」

火鼠。竜や鴆《ちん》ほどではないが、かなり希少な動物だ。変異の発生時に出現しやすいとされる。火鼠の群れが移動すれば、近々そこで大きな災いが起きるとも。性質だけを見ると座敷童に似ているが、大きな違いがある。火鼠の場合は変事を予知して逃げ出すのだ。

それはともかくも、皮衣《かわごろも》から尾から肝まで、まるっと使い道があるため、ほしがる者は多い。かくいう雪緒もその一人で、とくに皮で作った火浣布《かかんぶ》は喉《のど》から手が出るほどほしい。火に燃えず、邪気も払う素晴らしい衣になる。

しかし煙管の術しか使えないような人の子に易々と捕まる生き物でもない。

「狩ってほしいか？」

いつの間にか宵丸が顔を近づけていて、雪緒は息を呑《の》む。

「そ、そんな。大妖を雇うなんて贅沢《ぜいたく》はできないし」

依頼代、高いに決まっている。お願いしたいけど。ほしいけど！

「粥と鮎を食わせてくれたら、狩りに行ってやってもいいぞ」

「わたくしおもてなし大好き」

雪緒は喜んで夕餉《ゆうげ》の用意をした。宵丸の気前のよさにうっかり惚《ほ》れそうにもなったが、このときの雪緒はまだ知らない。翌日の午後にはそんな浮ついた思いなどかけらも残さず霧散するなんて。

＊

ぎえええ、と雪緒は叫びたい気持ちでいっぱいだった。自分の中にある娘の部分が濁った声の放出を許してくれなかったが。

雪緒は今、猛烈な勢いで地を駆る雄々しい黒獅子の背に乗せられている。

帰るの面倒臭いと訴えて『くすりや』に泊まっていった宵丸に、朝餉《あさげ》と昼餉《ひるげ》も振る舞ったあと。

「じゃ、腹ごなしに火鼠を狩ってくるか」と気楽な調子で立ち上がった彼になぜか腕を取られ、さらに、「ん？　……ん!?」と戸惑うあいだに屋敷の外へ連れ出されたのだ。

そして始まる地獄の試練。

宵丸は里の中を楽しげに咆哮《ほうこう》しながら走り回ったのち、谷を目指した。蒼白《そうはく》になる雪緒を背に乗せて。綱なしで暴れ馬に騎乗させられたも同然の、この所業である。

「荒くれ獅子め……！」と呻《うめ》いてしまったが、これぱかりは許されてしかるべき。

十六夜郷《いざよいごう》は、七つの里にひとつの鬼里《おにざと》、四つの大山を抱えている。

方位盤のように、東に紅椿ヶ里、南東に白桜ヶ里《しろざくらがさと》、南にその次の里、さらに南西、西、北西、北……といった調子でぐるりと七つ。鬼門たる北東に、怖や怖やの鬼里だ。

合わせて八つの里を囲うように、四つの大山が並ぶ。紅椿ヶ里のそばに聳《そび》えるのは羅衣山《らいやま》。いつでもうすぎぬをかぶせたかのように山巓《さんてん》が煙っているからこの名である。

郷《ごう》全体の頭領となるのが御館だが、それぞれの里を治めるために長が置かれる。

十六夜郷の周辺にはまた別の郷が作られている。郷の向こうには天を貫く連峰があり、越えた先にも別の世が存在するようだが、そちらは完全に外《と》つ国となるので雪緒たちの世界とまじわることはない。こちらの郷と区別するために、向こう側を藩《はん》と呼んでいる。

里によっては怪のみで形成されていたり、逆に人間の血が入っていない者以外は禁制にしていたりとそれぞれ特徴が見られるが、紅椿ヶ里はそのどちらでもない。人も怪も、ともに住む。……と言いつつも、実際は圧倒的に怪や妖の数が多い。

怪の血がまざった人の子ならそれなりにいるが、雪緒のように純粋な人の子は希少。十六夜郷全体がそんな風潮で、よその郷とは異なり、純血の人のみで成り立つ里が存在しないと聞く。

宵丸の話では、火鼠は隣里……怪が多数を占める白桜ヶ里の境の谷に出没したとのこと。そこを犀犀谷《さいさいだに》という。深い谷なので気がたまりやすい。そのため他の地より悪鬼が生じやすいのだが、確かに前年あたりから禍事《まがごと》が増えているように思う。

悪鬼は、里に住む怪とは違って他者を害することにためらいがない。里に災いをもたらす存在は、その正体が人であろうが怪であろうが鬼であろうが無関係に、討伐する必要がある。それら外敵はすべて『禍月毘《まがつひ》』と呼ばれる。穢れた怪の耶陀羅神もこう呼ばれる場合がある。火鼠は禍月毘に含まれぬ怪なのだが、時に木々を燃やすことがあるので、見かけた際には捕らえたほうがいい。

――で、雪緒たちは現在、その犀犀谷を目指して崖《がけ》を下っているわけだ。

だがわかってほしい。今は二月。一年で最も凍える季節。雪もたっぷり積もっている。

（……さっ、寒い!!　風が刃のようだ!!）

密に織られた厚地の羽織りに、顎《あご》まで埋まりそうな毛皮の襟巻きを合わせているが、寒風を完全に遮断できるわけもなく。皮膚どころか骨まで凍りついてしまいそうだ。

おまけに黒獅子の駆ける速度といったら目を剥《む》くほどで。

こんなの、ちょこりと品よく座ってなどいられない。雪緒は両手で黒獅子の毛を力いっぱい掴《つか》み、背を跨《また》ぐ両太腿《ふともも》にも力をこめ、顔を押しつけるようにしてぐっと上体を倒していた。そうしないとこの風圧に負けて吹き飛ばされてしまう。

速度を落としてほしいと頼みたくても、揺れる揺れる。とても話せる状態じゃない。

恐怖しか生まれないような体験だったが、人とはなんでも慣れるもので、しばらくすると少しだけ顔を上げる余裕が出てきた。涙すら凍りそうな寒さ。けれども雪景色の美しさときたら。木々は真白に輝く雪の袖に枝を通し、清楚《せいそ》な白無垢《しろむく》をまとったよう。川の流れは銀の色、静寂の音がどこまでも響く。浄土のごとき静けさ、儚《はかな》さである。

(あぁ、私が住んでいた場所とは全然違う。ここには、くるまも、びるもなくて――)

厳かな雪の情景にぼんやりと感嘆したのち、目を瞬《まばた》かせる。

今、なにを思った?

急に不安のような、焦りのような、なんとも言いがたい感覚が身体《からだ》の中心を駆け抜けた。はっとして、自分の心をもっと探ろうとしたときだ。

ふいに黒獅子が動きをとめた。左右に尾をゆっくり揺らし、白い息を吐き出しながら雪緒を振り向く。水晶めいた灰色の目が、「背からおりろ」と言っている。

慌てて従うと、黒獅子はぶるりと大きく頭を振る。すると綿雲みたいな白煙が獅子のまわりに生じ、渦を巻いて、一瞬の強風を放つ。

白煙が消え去ったあとには、黒獅子から人に変じた宵丸がそこに立っていた。衣は、あたたかそうな外出着仕様になっている。毛皮の襟巻きに真っ黒い羽織り。足元は革の深沓《ふかぐつ》。

「火鼠が出たのはこのあたりだったぞ」

宵丸が額にかかった前髪を掻《か》き上げて笑う。

雪緒は息を整えながら、周囲を見回す。ここは崖の下、平らになっている場所のようだ。木々がまばらに生えていて、少し行った先にもまた崖があるようだった。

近くに大木が立っており、そこの根元に犬が通れる程度の小さな鳥居がある。左右の柱の前には狛犬《こまいぬ》像も設置されていた。

これは『神風』を通し、邪気を吹き払うための風穴で、里の辻《つじ》にも置かれている。雪緒は鳥居に近づき、髪に挿していた花飾りを抜き取って狛犬像のもとに置いた。

拝礼していると、宵丸が横に並んだ。彼も同じように手を合わせる。その後、なぜか感心したように雪緒をじろじろ眺め回した。色を含まぬ視線、珍かなものを見る視線だ。なので恥ずかしくはないが、子どものような純粋さを感じてしまい、少々居心地が悪くなる。

「なんですか？　……ひょっとして髪がすごく乱れてます？」

ぎこちなく自分の髪に触れる雪緒に、宵丸がふるふると首を横に振った。

「そうじゃない。薬屋は思いのほか肝が据わっているなと」

「はい？」

「いやな、何度断っても俺と寄り添いたいとしつこくせがむ女妖が多くてな、まぁそこまで言うならと折れて、そいつを背に乗せてやるわけだ。で、雪山をあちこち駆け回ったり狩りにもつき合わせたりするんだが、皆、途中で泣き出す」

「待って待って、なにやってるんです宵丸さん」

「誰も彼もな、後生だから帰らせてくれ、と懇願して逃げるように去ってゆくんだ。……おまえは、ひ弱な人の子のくせに、よく振り落とされずに耐え抜いたなあ」

やけに澄んだ表情を浮かべる宵丸を見て、思わずぐっと拳《こぶし》を握る。

(この男、わざと荒っぽく走ったな!?)

雪緒がおののいたり呻いたりする様子をひそかに楽しんでいたに違いない。

「しかし、薬屋を乗せているあいだ、俺はちょっと妙な気分になったぞ」

宵丸はほんの少し困ったように笑った。澄み切っていた表情に、とろっと一匙《さじ》分の艶が落ちる。それに驚き目を見張ると、宵丸が首を傾け、雪緒の顔を覗《のぞ》きこむ。動きに合わせて彼の黒い髪が揺れた。白い肌にかぶる毛先の柔らかさがなんだか美しくて、目を離せなくなった。

「おまえってば俺の背を腿でぐいぐい挟んでいただろう。あのな、獣のなりに変化したからといって心までも動物的になるわけじゃないんだぞ？　あんなに全身でしがみつかれちゃあ、その気がなくたって、むむむと思うじゃないか」

「しがみつかなきゃ吹き飛んでしまうような速さで走ったのは誰ですか」

「あ、そうだ。今日の昼餉はうまかったな。佃煮《つくだに》うまいよな」

「脈絡！　意思の疎通！　心を通わせ合うって大事ですよ」

一瞬前に見せた繊細な美男の顔はどうした！

「……なあ、人のなりのときって、なぜこんなに寒く感じるんだ？　獅子のときはそうでもないのに」

「私に聞かれても！」

話が変わる、変わる。

「里を出る前だがな、実は、お屋城の白月に届くよう『薬屋と谷へ火鼠を狩ってくる』って咆哮しながら走り回っていたんだ。おまえは気づいていなかったな。案外鈍いな？」

「いきなりとんでもない暴露やめてくれませんか!?」

「白月と俺、どちらが強い怪だと思う？　陰湿さではあっちが上だが、力比べなら俺だろ」

「話が無惨なくらいに飛び散っていますけど！」

宵丸の頭の中はどうなっているんだろうか。もしかして遊ばれているのかと疑わずにはいられない。

「薬屋、あんまり騒ぐな。せっかくそこに火鼠が現れたのに、逃げられるじゃないか」

「誰のせい!?　――死ぬ気で!!　捕らえてくださいよ!!」

「ああ、狩ってやるぞ」

なぜか背に乗っているときよりも息が荒くなってしまったが、そこで薄く笑った宵丸に今度は獣じみた色気を感じ、知らず知らず凝視してしまう――って今『そこに火鼠が現れた』と言った？

「見てな。仕留めてくる」

宵丸はふたたび黒獅子に化けると、鬣《たてがみ》を靡《なび》かせて疾駆した。とっさに追おうとして、黒獅子と同じ体長の獣が向こうの木々の後ろにひそんでいることを知り、雪緒は動きをとめた。

（大きい……！）

あれは火鼠だ。体長は五尺を超える。雪と同化しそうな白い毛並み、丸い耳。鼠というより、鼬《いたち》に近い顔をしている。目つきは鋭く獰猛《どうもう》だ。

雪緒は身を強張《こわば》らせた。あんなに大きな火鼠が忍び寄ってきていたというのに、指摘されるまで気づかずにいたなんて。

薬草に関わることなら役に立てるが、怪の討伐は門外漢。へたに助力を考えて足を引っぱるような展開を招くのだけは避けたい。急いで鳥居のある樹木の影に避難する。

黒獅子は勇ましく突進し、雪を蹴散《けち》らして火鼠に飛びかかる。火鼠は身をよじってその攻撃をかわすと、きぃぃぃっと甲高い声で鳴いた。真白の毛並みが突如、真っ赤に変わる。背が燃えている。

けれど黒獅子は怯《ひる》まずに、再度の跳躍。鋭利な爪《つめ》で火鼠の顔を引っ掻《か》き、耳を食いちぎる。たまらず火鼠がもんどりうって倒れたが、一瞬で身を起こす。

火鼠の怒りに呼応するように、背の炎も激しくなった。いまや全身、炎に包まれている。

今度は火鼠のほうから黒獅子に飛びかかった。ごおっと空気の吼《ほ》える音。荒々しい戦いの様子を、雪緒は固唾《かたず》を呑んで見守る。

体当たりの攻撃は阻止されるとあらかじめわかっていたのか、火鼠はすぐさま体勢を立て直し、黒獅子を見据えた。

次はなにを仕掛けるのかと危ぶんでいたら、火鼠は勢いよく息を吸いこんだ。身体が鞠《まり》のようにまんまるになるほど。そして勢いよく火炎を吐き出す。火鼠の周囲の雪があっという間に溶けてゆく。雪の下の地面が黒ずむほどの強烈な炎だ。

黒獅子は激しく咆哮した。すると空気が火花を散らして透明な盾となり、吹きかけられた火炎を防ぐ。妖術《ようじゅつ》だ。火鼠が二度目の火炎を放出する前に、黒獅子が飛びついて反撃に出た。

そうして攻防を繰り返したのち、黒獅子が一瞬の隙《すき》を突いて火鼠を押さえこみ、前脚を噛《か》みちぎる。

（や、やった……！）

勝敗の行方《ゆくえ》が見えた。内心で快哉を上げたとき——予想外の出来事が起きた。それも、木の幹にはりついて見守っている雪緒側のほうにだ。

突如、ぱらぱらと雪が頭に落ちてきた。が、今は雪など降っていない。

とするなら、木の枝から落ちてきた？

「え」

見上げて、雪緒は目を疑った。太い枝の上に雪塊のようなものが乗っている。その不自然な雪塊には、しわくちゃの赤い顔がついていた。

二度瞬きをするあいだに、状況を呑みこむ。白い毛皮を持つ狒狒《ひひ》が枝の上にいる。

(なんでこんなところに狒狒が?)

一頭だけじゃなかった。頭上を覆う枝に何頭も乗っている。

狒狒たちは一様に雪緒をじっと見下ろしていた。その温度のない眼差《まなざ》しに不気味なものを覚え、背筋を震わせる。とっさに「宵丸さん!!」と叫ぶ。正しい判断だった。狒狒たちは明らかに雪緒を狙《ねら》って飛びおりてきたのだ。

狒狒の真っ赤な顔が目前にまで迫ったとき、駆け寄ってきた黒獅子に荒っぽく襟を咥《くわ》えられ、宙に放り投げられた。悲鳴を上げる間もない。一瞬の浮遊感ののち、雪の地面にごろりと身体が転がる。いくらか雪が衝撃を殺してくれたが、それでもすぐには動けなかった。腰と背中を強く打ちつけてしまったため、鼻の奥がじんっとするほどの痛みが走る。

自然とにじむ涙を拭《ぬぐ》い、歯を食いしばってなんとか顔だけ上げてみれば、狒狒に食らいつきその身を力尽くでぶん投げる黒獅子の猛攻の様子が目に映った。先ほど地面に転がされたのも、狒狒の襲撃から雪緒を守るためだというのがわかる。

宵丸から解放された火鼠のほうはというと、別の狒狒らに押さえこまれている。

「……おれの獲物を横取りされちゃあ、かなわんぜ」

いひひっ、とすぐ近くから濁声《だみごえ》が聞こえ、身が強張った。

恐る恐る振り仰げば、うつ伏せの状態でいる雪緒のすぐ後ろにひときわ大きな狒狒――いや、鼻まで覆う狒狒の面をつけた大男がしゃがみこんでいた。破壊僧のような衣に、天狗《てんぐ》を思わせる黒下駄、真っ白い毛皮を頭からかぶっている。

その狒狒男は舌なめずりでもしそうな雰囲気で唇を歪めると、雪緒をじっとりと見下ろした。

(誰？　里では見たことがない)

紅椿ヶ里はおよそ二百五十戸。一戸あたり二十前後の人数だ。概算して五千前後の者が里に暮らしていることになる。すべての者と顔見知りなわけではないが、匂いか、気配なのか、不思議とこの狒狒男が余所者《よそ》だとわかる。人と怪の混血児だろうか。

「おお、まことに生粋の人の子か！　それによく見りゃ別嬪《べっぴん》だ」

そりゃどうも……とぼそぼそ答えたのは、決して照れたからでもなく嬉《うれ》しかったからでもない。むやみに反発してこの狒狒男を刺激したくなかったためだ。だって嫌な予感がひしひしとする。

宵丸さん、と呼びかけたくても、あちらは狒狒の群れの始末に忙しい。

(私もしかして絶体絶命じゃないかな!?)

聞かなくたってわかる。狒狒の群れを呼び寄せたのはこの怪しげな狒狒男。先ほどの、獲物を横取り、という言葉から判断するに、彼も火鼠を狙っていたんじゃないか。

（というか横取りしようとしてるのはそっちでしょうに！）

火鼠をあと少しで捕獲できそう、というところでこちらに奇襲をかけてきたのだ。真っ先に雪緒を狙ってきたあたり奸知《かんち》に長《た》けている。

怒りのままに雪玉でもぶつけてやりたい気持ちになったが、仮面の奥にある狒狒男のいやらしい目を見て、考えをあらためる。

（待って。この男は私を見て『まことに』生粋の人の子かって言った）

さあっと血の気が引く。

考えすぎだと否定したいけれども、ひょっとして獲物って火鼠じゃなく、……私？

「嫁がな。ほしくてな。かぁいらしくて、やぁらかーい娘がな」

狒狒男の唇が弧を描く。

「え、私は筋肉質だしかわいげもないですしちょっと女装好きなだけで実はれっきとした男なんです、しかも妻帯者で…………うぁあああっ!?」

奇声を上げてしまった。狒狒男が無遠慮な手つきで雪緒を肩に担ぎ上げたせいだ。

「宵丸さん！　私攫《さら》われそう……っ、宵丸!!」

狒狒男は雪緒を抱えたまま身軽に立ち上がった。雪緒の悲鳴のような声を聞いて黒獅子が振り向いたが、いったいどこにひそんでいたのか新たな狒狒が出現し、彼に飛びかかる。

「火鼠も得て、嫁も得て、これぞ一石二鳥よなあっ！」

狒狒男は勝ち誇って、高笑い。さくっさくっと片足立ちで数度雪の地面を踏みしめると、ぐんっと勢いをつけて高く飛び上がり、近くの木の枝に着地する。振動で枝が大きくしなり、そこに乗っていた雪がばさばさと音を立てて落下した。

（うう嘘《うそ》っ、嘘ぉ……っ!!）

こんな野蛮な怪の嫁にされるなど冗談じゃない！

「根城に戻ったら、たんとかわいがってやる。なにも案ずるな」

肩の上で暴れると、狒狒男はべろりと自身の厚ぼったい唇を舐《な》めて猫なで声を出し、雪緒を担ぎ直す。

（案ずるわっ!!）

実際にそう叫びたかったが、狒狒男がまたぐぅんっと向こうの木の枝まで飛び跳ねた。そしてさらに別の木の枝へ――。

だが、狒狒男が新たな枝に着地した直後、空中に突然現れた青白い火の玉がいくつも彼にぶつかった。

「えええぇぇ!!」

狐火《きつねび》、という文字が脳裏をよぎる。なぜここに？　といぶかしんだのは一瞬だけで、すぐにこれってまずい状況だと青ざめる。

狒狒男は、火の玉に衝突された驚きで、雪緒を担いでいた腕から力を抜いた。そうなれば当然、雪緒の身体はずるりと男の肩から滑り落ちる。

枝から地上までは、へたすりゃ首の骨をぱっきり折る高さ。

恐ろしさと浮遊感に、ぎゅっと目を瞑《つむ》った瞬間。

どさっとなにかの上に身体が乗った。なにかもなにも枝の下には雪をかぶった地面しかないはずだが、硬くない。

慌てて瞼《まぶた》を開ければ、真っ先に目に飛びこんできたのはふわふわの……雪？

思わず両手で撫《な》で回すと、身体の下の雪がびくっと震えた。

(これ、雪じゃない)

真白の毛だ。

自分を中心にぶわわと濃厚な白煙が広がり、続いて小さなつむじ風が生まれる。その風が瞬く間に白煙を吹き飛ばした。と同時に身体の下の毛が消え、ふわっと浮く。

驚く合間に雪緒は誰かの腕に身を抱え上げられていた。優しく地面に足をおろされたが、肩に回されている腕は離れない。

雪緒は怖々と顔を上げた。

元夫で新御館様の白月が雪緒を見下ろしていた。あの狐火は白月が放ったもので、なおかつ、狒狒の肩から落下した雪緒を背中で受けとめてくれたのだ。それから人へ変じた。羽織りは浅《あさ》葱《ぎ》、優美な色。袴の裾《すそ》は革沓《かわぐつ》に入れている。

礼など言えない雰囲気だった。獣特有の、怖い目をしている。とって食われそうだとすら感じる。しかもなんでか、雪緒を詰《なじ》るような気配もある。

（なんで怒ってる!?　って咆哮して里を駆け回った宵丸さんに誘《おび》き出されたせいだよね!!）

同行している自分も共犯者のようなものだ。

いざ駆けつけてみればこうして危機一髪の状態だし。

白月は顔を背けると、苛立《いらだ》たしげにふさっと尾を振った。

雪緒も我に返って視線を巡らせる。

狒狒男が枝からおりてきて、白月を悔しげに睨《ね》めつけた。「……ちくしょう」と小声で罵《のの》っている。

「そいつはおれの嫁にするんだ、返せ」

「俺はこたびの郷長、八尾の白月。あと百年で九尾の神獣に化ける大妖だ。その白月から妻を寝取るのか。よほど死にたいと見える」

白月が唸《うな》るような低い声で言う。雪緒の肩を押さえる手にも力が入っている。白月の放つ怒りの気を浴びて肌が粟立《あわだ》つ。表情にはあまり変化がないが、彼が想像以上に激怒しているのが伝わってきた。

「噛み殺すだけは飽き足りぬわ。おまえの骨を砕いて一族もろとも祟ってくれる」

ぎえー!! と雪緒は内心叫んだ。大妖の狐の祟りなんぞ食らったら、冗談じゃなく一族全員、異形の蟲《むし》と成り果てる。

「つ、妻だと!? 嘘をつけっ! その娘は独り身と聞いた!!」

狒狒男が、白月の怒気に圧倒されながらも叫ぶ。

「娘は伴侶《はんりょ》を探しているとも聞いたぞ!! 目付役の怪が天昇して、誰でもいいから夫になってほしいと……!」

「呪《のろ》い殺してやる」

答える白月の声音に抑揚がないのがまた恐ろしい。なのに月色の瞳は、一滴の血がまざったように赤っぽく変わっている。

これ、私も殺されるんじゃないだろうか。雪緒は気が遠くなった。

「お、おれは! 白桜ヶ里の老公の縁者たる怪、霧狒狒《きりひひ》の時雨《しぐれ》だぞ!! おれに手を出せば、白桜ヶ里を敵に回すも同然よ。たとえ御館とて、我が里に背を向けられればその座は安泰じゃあなかろうが!」

「だからどうした。御せぬ里なら荒土に変えればいいだけだ」

白月が、怖気《おぞけ》立つほど淡々と宣言したときだ。

「えーい、やめろ。空気が悪い」

いつの間にか人に変じていた宵丸が、ぺちんと白月の後頭部を叩《たた》く。狒狒の群れのほうはどうやら制圧したようだ。……雪の地面を黒々と染める血だまりや飛び散っている肉塊などの不吉な残骸《ざんがい》からは、そっと目を逸らしておく。

「我を忘れてどうする。薬屋だって無事だったろ？」

「……宵丸、俺に気安く触れるな」

白月は冷え切った目で振り向くが、宵丸はまったく頓着《とんちゃく》せず、虚勢をはる狒狒男……時雨に呆《あき》れた表情を向ける。

「おまえも命知らずだなあ。たとえ小妖《しょうよう》相手であろうが狐と蛇一族の嫁には手を出すなっていう話、聞いたことがないのか？　こいつらは身内を狙われたら命懸けで報復に来る面倒な種族だぞ」

雪緒は人の子だが、その話ならよく知っている。怪の中でもとくに狐と蛇、猫の一族は総じて妖力が強く、もてなせば幸を招いてくれるが、むやみに害せば恐ろしい報いを受けると言われている。

「せめて白月や俺と同じ大妖の位まで登りつめてから挑めよ」

宵丸の言葉に眉をひそめたのは白月だ。

「大妖だろうが狒狒だろうが、仇《あだ》なすならば返り討ちにするまでだ。……それよりも宵丸、おまえがついていながらこの有様はなんだ。狒狒の子ごときに後れを取るとは。雪緒が攫われていたらおまえであっても許さないぞ」

「よく考えろ。こんな崖の間際で本気になって戦ったら、この一帯の地が崩れるじゃないか」

「崩れたら戻せばいい。だいたい雪緒を勝手に連れ出すとは、どういう了見だ」

「そうそう、薬屋はけっこう剛胆だぞ。俺の背に乗せて全然落ちないんだ。すごくないか？今度狩りにも連れていこう」

「ふざけるな。雪緒になにをする。というより、俺の話を聞け」

「なかなか気に入った。なんだ、こんなことなら設楽のやつに見合い話を持ちかけられたとき、受けていればよかったな」

「俺を怒らせたいのか？」

「でも俺は女と遊ぶより、やっぱり狩りのほうが楽しいな。それと、薬屋は俺の顔が一番好みだそうだぞ。白月の顔はいまいちなんだって。ふふ、ざまみろ」

「本気で俺とやり合いたいんだな？」

「まあ、しかし今回はどう考えても白月の不手際だな」

「だからおまえはもう少しこちらの話を聞けというに！　……待て、俺の不手際とは？」

「あの狒狒男から牝狐《めぎつね》の匂いがぷんぷんするじゃないか。――そら、そこに隠れている。同胞はちゃんと躾《しつ》けておけよ」

白月に対してもとことん気ままな態度を取りながら、宵丸は斜面の上へ――崖の上へと視線を向ける。

つられてそちらを見やれば、まっすぐに伸びている背の高い谷地梻《やちだも》の横に銀灰色の四尾の大きな狐がいるのがわかった。その狐もこちらを見下ろしている。

白月の顔が険しくなった。「……宵丸、雪緒のそばにいろ」と言って彼はふたたび白狐に変化する。くるりと身を翻《ひるがえ》して逃げ去る銀灰色の狐を追うように、軽々と雪の斜面を駆け上がる。

「よし、待つばかりはつまらんし、俺たちも追うか。背に乗れ」

宵丸は薄く笑うと、黒獅子に変じた。

俺たちも、ということは自分も？　雪緒は焦り、一歩引いた。

「いえ、私はここで待ちたいです。それに狒狒の時雨はどうするんですか……って、いなくなってる⁉」

大妖たちのやりとりに気を取られているあいだに、時雨はさっさと逃亡していた。

そちらを追うべきじゃないかと慌てたが、黒獅子は雑魚などどうでもいいと言わんばかりに荒っぽく尾を振り、いきなりどんっと雪緒の腹部に頭を押しつける。

雪緒はぎゃっと悲痛な声を上げ、黒獅子の頭の上に倒れこんだ。

これが狙いであったらしい。雪緒の身を頭に乗せた状態で黒獅子が走り出す。とんでもないやつだ！　と心の中で叫びながらも振り落とされないよう両手で黒獅子の毛を掴む。

黒獅子は斜面を駆け上がると、木々のあいだを縫うようにしてするすると走る。最初のときと違ってあまり揺れなかった。この不安定な体勢で揺らされたらさすがに落ちる。今回ばかりは黒獅子も多少考えて静かに走ってくれるらしい。

さほど経《た》たぬうちに黒獅子は走るのをやめた。

雪緒は毛並みから手を放し、ずるんと身を滑らせるようにして地面に足をおろした。ご機嫌といった様子で鼻先を腹にこすりつけてくる黒獅子の耳元を掻いてやってから、振り向く。

視線の先では、白狐が青白い火の玉をまわりに浮かべて、銀灰色の狐と対峙《たいじ》していた。銀灰色の狐のほうは逃げようと必死だったが、動くたびに周囲に霧状の雪が生じて壁に変わる。何度目かの体当たりで雪の壁の破壊に成功し、駆け去ろうとするも、今度は白狐のまわりに浮遊していた火の玉がそれを許さなかった。

勢いよく放たれた鞠のように火の玉が宙を飛び、銀灰色の狐に衝突する。銀灰色の狐は一度もんどりうってから、近くの樹幹にぶつかった。

白狐がまた人の姿を取る。浅葱色の袖を振って白月が現れる。

「……どういうつもりだ、鈴音《すずね》」

怒りを押しこめた問いかけに、伏していた銀灰色の狐がぱっと頭を起こす。

その狐のまわりに小さなつむじ風と白煙が同時に生まれ、直後に一人の色っぽい女が現れる。梅の模様を散らした紅の大袖《おおそで》に、桃色の裙《くん》。銀色の長い髪の一部をみずらのように輪にし、その上にしゃらしゃらした簪《かんざし》や花々を挿している。向かい合う白月同様、狐耳と尾があった。

同性でも見惚れる妖艶《ようえん》な美しさだが、今は呑気《のんき》に羨《うらや》む気分にはなれない。

なぜならこの艶《なま》めかしい容貌《ようぼう》の彼女が、雪緒をお屋城から追い出した白月の『恋人』なのだ。

たとえ夫婦関係は解消済みといえども、こうして二人が並んでいるところを見れば、やっぱり嫌な気持ちになってしまう。ひどい縁の切られ方をしたので、なおさらだ。

しかし、恋仲の者がいるのになぜ白月は復縁を迫ってきたんだろう。奇怪な話だ。

(恋人同士にしては妙に険悪な雰囲気だし……というより普通、大事な恋人を攻撃するだろうか？)

まさか狐一族のあいだでは、容赦ない攻撃も求愛行動になるとか。いくらなんでもそんな過激な求愛方法はないだろう。でも、痴話喧嘩という様子には見えない。

とくに白月なんか、今も耳がぎゅいんと前に倒れている。羽織りから覗く尾だっていつも以上にもふっと膨張している。かなり腹を立てているようだし警戒もしている。

「雪緒に手を出すな、次に悪さをすれば里から追放すると忠告したはずだぞ。おまえがどんなに人の子を厭《いと》うていようが、雪緒はれっきとした里の者だ。理由なく害することは許さない。他の里の男を唆《そそのか》して攫わせようとするなどもってのほか」

白月の非難に、言われた鈴音よりも雪緒のほうが青ざめた。鈴音が、狒狒の時雨を唆した？

お屋城からつまみ出されたくらいだ、ひどく嫌われているんだろうとわかっているつもりだったが、里にとどまるのも許せぬほどとは。

（恋人の元妻なんて確かに視界にも入れたくないか……）

攫わせるという策は許せないが、その心情だけなら理解できる。雪緒だってさっき、二人の姿を見て胸がもやもやしたのだ。

「言いがかりはよして。私はなにもしてないわ」

鈴音が気分を害したように横を向く。

「おまえが何度も白桜ヶ里へ行っているのは知っている。時雨と会っていたのも。見回りの者が、こちらの里をうかがう不審な怪、つまり時雨の姿を目にしているんだ。様子を探るだけでとくになにもせぬようだから、放っておけと伝えていたが……。おまえ、手下に雪緒を外へ誘い出すよう命じていたな？」

白月が疲れたように問いかける。鈴音は強気で言い返した。

「私が手下に？　誰がそんなばかげた妄想を垂れ流しているの？」

「……誰も言っていない。妖狐族は主人と定めた者を裏切らん」

「じゃ、なんの証拠もなしに私を疑ったのね。ひどいわ、一時であっても私は白月の許嫁《いいなずけ》だったのよ。もっと信じてちょうだい」

「許嫁にした覚えはない。一族の者が勝手にそう騒いでいただけだろうに」

「でも白月だって私をかわいがってくれていた」

「おまえが妹だからだ」

鈴音がわかりやすく不貞腐《ふてくさ》れる。

怪は兄妹同士であっても夫婦になれるのだ。血の繋がりを重んじる狐や天狗族はとくにその傾向が強い。が、一方で極端な面も持ち合わせている。

身内愛が強いゆえに裏切りに対する報復は苛烈《かれつ》で、たとえ親子や血族であろうと、犯した罪によっては噛み殺すこともある。里にも一応、掟《おきて》が作られているが、こういった類いの殺生は罰の対象にならない。力持つ者の主張、主義が比較的重んじられ、まかり通るというか。

里全体が本能的な衝動を肯定しているとも言える。ただ、今回に限っては他の里の者を巻きこんでいるため、状況がより複雑になっている。

「……妖狐族は主人を裏切らぬが、あの狒狒はどうだ？」

白月が冷たい声音で問いかける。そこで余裕ぶっていた鈴音が顔色を変える。

「狒狒は今頃《いまごろ》俺の手下が捕らえているだろう」

白月の言葉に、雪緒はひそかに胸を撫で下ろした。逃がしたままで大丈夫かという不安があったのだ。あの男にまた攫われるのは遠慮したい。

「他の里の者を脅すつもりなの？　そんな真似《まね》をしたらさすがに白桜ヶ里の長が黙っていないでしょう。狒狒など放っておきなさいよ」

鈴音が悔しげに唇を歪める。自分が手引きしたと自白したも同然の返答だ。雪緒は、ずんと気持ちが重くなった。

「うちの者を勾引《かどわ》そうとしたのは狒狒だぞ。尋問してなにが悪い？」

もっともな白月の反論には聞こえないふりをして、鈴音が燃えるような目を雪緒に向けてくる。

「同種族たる妹の私よりも、そんな見窄《みすぼ》らしい人の子がいいっていうの？」

「雪緒は俺の妻だぞ」

「なにを今さら！　とうに離縁した娘じゃない」

「おまえがそれを言うか」

白月の様子が変わった。空気がびりりとするほどの怒りを見せる。

これにはさすがに鈴音も怯んだようだった。雪緒ももちろん、おののいた。そういえば、離れで世話になっていた頃、白月は雪緒の前では怒りを見せることなどなかった……といってもろくに顔も合わせないような仮面夫婦だったせいだが。褥《しとね》も別だったし。

「鈴音、おまえを追放する」

きっぱりとした白月の宣言に、鈴音が目を見開く。

「どこへなりともいってしまえ。おまえはもはや余所者だ」

「白月!!　私を、捨てるとお言いか？」

鈴音が殺気をまじえた目つきで彼を睨《にら》む。凄《すさ》まじい気迫に雪緒は息をするのもつらくなってきた。が――。

「なあ、飽きたから俺は帰っていいか？」

深刻な空気をぶち壊したのは、いつでもどこでも自由な宵丸である。

（――本当なにを言っているの宵丸さん！）

白月と鈴音が、怒りを我慢しているかのような困惑の表情を浮かべて彼を見やる。

「よ、宵丸さん！　もう少しこらえて！」

雪緒は小声で訴え、宵丸の袖を引っぱった。育ての親たる設楽の翁も彼に通じる気ままな性質が備わっており、それでかなり苦労した覚えがあるため、つい世話を焼いてしまう。

「だってこの寒さ、人の子の薬屋にはつらいだろう？」

先ほどの白月じゃないが、おまえがそれを言うかっ、と叫びたくなる。雪緒を強引に連れてきたのは誰だと思っているのやら。

「火鼠も逃がしてしまったし、悪いことをしたな。あとで俺が狩ってきてやる」

「え、あ、ありがとうございます、待ってます……」

物欲こわい。怒りがしゅんっと消えた。

「柚《ゆう》の風呂に入りたい。あと釜飯《かまめし》もまた食いたい。用意しておいてくれ。夜半までには狩るからな」

こんな話をしている状況じゃない、と重々承知しているのに、宵丸の雰囲気につられる。

「今日《きょう》も泊まる気満々じゃないですか。毎回言ってますが、うち、宿屋じゃないですよ。最近泊まる頻度多くないですか？」

「風呂屋に行くのが面倒臭いんだ」

「うちは風呂屋でもないです」

「昨夜の鮎はうまかった。でも次は鮎じゃなく鯡《にしん》にしてくれ」

「人の話を聞きましょう!?」

「よし、背に乗れ」

「私、会話をしたいな!!　……あっ、待って、それだめ、またそんな乗せ方を……っ！」

黒獅子に変身した彼にふたたびずずんと腹を頭突きされ、無理やり背に乗せられた。

「あー!!」という間抜けな叫び声を上げるあいだに、呆気《あっけ》に取られている白月と鈴音の姿が遠ざかる。いや、遠ざかっているのは雪緒たちのほうだ。

そして里に連れ戻され、『くすりや』の前でおろされたわけだが、ただ背に乗っていただけの雪緒のほうがよほど疲労困憊《こんぱい》。黒獅子は元気そのもの、息荒く地面に四つん這《ば》いになる雪緒の頬《ほお》をぺろりと舐めると、挨拶するように頭を肩に押しつけてきて、どこぞへと駆け出した。

火鼠を狩ると言っていたので、また谷へ戻ったのだろう。

自由奔放な宵丸にもの申したい気持ちでいっぱいになりつつも、術で柚を作って風呂の用意をしなきゃなあ、と頭の片隅であれこれ考える。

（それと鯡か……。今日は市のない日だから、これも術で作るかな。魚を作るのは難しいんだ

よね……。釜飯のほうは昨夜の残りを使おう）

でも今夜は白身魚をぐつぐつ煮込んだ味噌《みそ》鍋を堪能するつもりだったのに。汁物も作るか。

——なんだかんだで宵丸や常連客が顔を出してくれるから、設楽の翁がいなくなっても、突然の離縁にも、そこまで苦しめられずにすんでいる。

先ほどだって白月たちの濃い妖気《ようき》に呑まれてしまう前に宵丸が会話に割りこみ、断ち切ってくれた。……無自覚なんだろうけれど。

（落ちこむ暇がない。それでいい）

時々寂しさに心を食われ、夜中の月を見上げながら縁側で一人泣く。が、誰だってそんな夜があるわけで、不幸だから嘆くわけじゃない。

泣いてすっきりすれば明日《あす》もがんばれる。雪緒は自分を恵まれていると思っている。

❀

（此事《さじ》が煩わしい）

白狐の大妖白月は、去ってゆく鈴音の姿を見つめながら渋面を作る。

設楽の翁が掌中の珠とばかりに守ってきた人の子、雪緒。妻にどうかという話をその翁から持ちかけられ、白月は迷わず了承した。

雪緒という娘については、以前から知っている。

何年前の夜だったか、道に迷って震えていた幼子を保護したことがある。その子が雪緒で、白月は漠然と、だがどこか確信を持って、俺はいずれこの娘をもらい受けるだろうと予測した。強者たる怪ならではの傲慢《ごうまん》な直感だった。

そして白月はおのれの強さを知っており、疑ったことがない。本能的な感覚を疎んじるのは、それこそ弱者の証に他ならない。

おそらく設楽の翁もなんらかの予感があったはずで、だからこそ白月に見合い話を持ちかけてきたのだ。ただ、雪緒を保護していくらも経たぬうちに、白月には自由がなくなった。急激に力が衰え始めた雷王の補佐をするはめになり、それにともない、多くの責任を負うことにもなった。面倒なしがらみも増えた。次代の郷長としてすでに認められていたために。

設楽の翁は白月の多忙さを不快に感じ、他の大妖の男にも声をかけ始めた。黒獅子の宵丸、神格の高い木霊。豊家たる大鷺《おおさぎ》。正直なところ、むっとした。八尾の大妖を侮るか。

白月は他の大妖どもが応ずる前にと、一族にも相談せず、雪緒を娶《めと》ると明らかにした。いささか性急な宣言であったために周囲がざわつきもしたが、どれも些末《さまつ》なことと切り捨てた。実際、その頃の白月は休む間もないほど多忙であった。

同族の鈴音から恋情を向けられていたのは知っている。だがやはり些事だった。白月は、自身が目を向けたもの、あるいは興を引いたもの以外に心を傾けぬ。大妖の性である。

鈴音も愚かな妖ではない。脈はないとわかっていただろうが、その上で白月への執着心を捨てられぬようだった。一族の者が白月らを契らせようと考えていたことも執着を断ち切れぬ原因のひとつであったろう。

募る想《おも》いとその焦燥――しかしどのように心を歪めようと、それすら白月の知ったことではない。身内だから見逃すというだけだ。狐族は身内に甘い。

白月は雪緒との結婚を強行しようとしたが、その当日にとうとう雷王が昏倒《こんとう》した。

これは不運だった。祝言を先延ばしにするしかすべがなく、また、郷長代理として様々な対応に追われた。そういう慌ただしさの中で鈴音が画策し、驚かせてくれたのだ。

知らぬ間に、離縁。

知らぬ間に、雪緒が屋城から追放されている。

白月は離縁など考えてもいなかったし、このままずっと雪緒を置物にするつもりもなかった。しかし時期が悪かった。多忙に多忙が重なったのだ。

くだらない真似をしてくれた鈴音に激怒し、屋城への立ち入りを禁じた。が、目をかけている手下からはずいぶん甘い処罰だと非難される。

白月だって理解している。新たな御館の座についた大妖の妻を私怨《しえん》で追い出すなど許されざる所業だ。たとえ同族であろうと尾を切り落とすほどの罪になる。

けれど白月はそうした非難を黙殺した。理由としてまず、郷の維持のため妖力を大きく削られていたことがある。回復するまでは大きな争いを避けねばならない。

それから、鈴音が大妖に近づいていたことも頭にある。急激な妖力の増加。自然な変質とは思えない。おそらく禁呪《きんじゅ》を求めたか。今の鈴音は四尾。五尾になれば大妖だ。

妖力が増加すれば気性も一時的に荒くなり、怪の本性に引きずられやすくなる。

こういう時期は『耶陀羅神』に堕《お》ちやすい。せめて忠告すべきか？　だがそのあたりの懸念は鈴音自身とて百も承知のはずだろう。なら、しばらくは静観したほうがいい。――そうすることが白月にとって結果的によい、という仄《ほの》かな予感もある。

また、求婚を巡る揉《も》め事に関しては多少の目こぼしを、という不文律もあった。長い時を生きる者がほとんどだ。伴侶はそれだけ特別な存在となる。恋敵との死闘の末、伴侶を勝ち取ることもあるくらいだ。

さらにもうひとつ、鈴音を嫁にと支持する一派がうるさかったことが挙げられる。こちらもむやみに刺激すると、なにをしでかすかわからない。

状況を変えねば、と白月は冷静に判断した。御館の座におさまってからまだ日が浅い。屋城にはこの隙に取り入ろうとする狡猾《こうかつ》な者たちが図々しく出入りしている。彼らを手懐け、そうできぬ者たちは一掃する。だが殺すばかりでは駒《こま》が不足する。許容の見極めが必要だった。

白月は半年を費やして粗方の反対派をねじ伏せ、郷の維持に集中した。頭領としての力量を示さねばならなかった。

雪緒を連れ戻しにいくことを決めたのは、半年が経過し、ようやく落ち着いたかという頃。ところが、当の本人に復縁を断られる。白月はそれに立腹するよりも、おかしさを感じた。

(拒絶した結果、激高した俺に殺されるとはちらとも思わないのか?)

そもそも大妖に目を向けられて、容易《たやす》く逃れられるものか。

離れていたあいだに雪緒は心を閉ざしてしまったようだ。しかし長寿の妖狐にとって半年など、人の一日程度のもの。種族が違えば、感じ方も違う。

それをすっかり失念していたわけだが、だからなんだというのだろう。どうせ白月は、望むものを手に入れる。

人の子の抵抗などあってないようなもので、本気で脅す気にもなれない。

(雪緒は妻だ。俺がそう定めた――それが俺の欲を満たすと、知っている)

おもしろいことに、白月の手下どもは雪緒に同情している。というのも雷王の状態が悪化し、瘴気《しょうき》が溢《あふ》れて屋城の者たちが一度に調子を崩した際、雪緒が薬を渡したらしく。

そうなるだろうと踏んで雪緒を強引に屋城にとどめたのだが、慕われるほどになるとは思わなかった。

「なんなら俺が彼女を娶りましょうか?」

腹心たる楓《かえで》までもがそんな戯言《ざれごと》を口にする。

彼は雷王の子だが、残念ながら妖力に恵まれなかった。しかし卑屈になることなく、「それそれができることをすべきです」と言って白月の補佐の座におさまった。雷獣姿のときは厳めしく、人に化けたるときは、丈は六尺以上、年頃は三十、寡黙な雰囲気の男ぶりで、女たちからの誘いも絶えぬ。雪緒も、楓を前にしたときは恥ずかしそうな顔を見せていた。

「惚れておらぬなら、俺がもらい受けてもかまわんでしょう」

という楓に、白月は「惚れているさ」と返す。

「そうは見えませんが」

「見せぬだけだ」

嫁と思えば多少は情も募る。月夜の晩の出来事は今も胸に刺さっている。

橋の下で泣いて震えていた幼子。白月が襟を咥えて歩き出すと、きょとんと振り仰いだ。まぁるい目は涙に濡れ、美しく透き通った水鏡のようだった。そこに狐姿の自分が、輝かしく映っていた。確かに瞳の中の自分は綺羅《きら》をまとっていた。

あの瞬間、悟った。これは俺を変える者だ。

(俺を、ただの神獣以上のものにする。――〈明神〉へと押し上げる！)

興味がわいた。目が向いた。いいだろう、時が来たら、きっとおまえに惚れてやろう。なんとも楽しきことではないか。白月の中の獣が喜んでいる。得難い神の座が手に入るぞと、目をぎらつかせて笑っている。あぁおかしい。

「御館様はひどい怪だ」

呆れる楓に、白月は微笑《ほほえ》む。そうでもないと思うが。

雪緒に対し、男女の意味で胸がざわめいたこともある。最も多忙であった時期、楓を通して薬と短い文を渡されたときに。薬は雷王用、じゃあ文にはもしや冷たい夫を詰る言葉か、あるいは身を案じる言葉のひとつでも綴《つづ》ってくれたかと思いきや、そのどちらでもなく拍子抜けしたというか。

意外なほどの達筆で「ぎゅっと固く丸めた山菜の握り飯はおいしいですね。味噌汁は白子がよい」と綴られている。……飯の改善を要求しているのか、単なる感想か？

当時、文は薬とともにほぼ毎日届けられた。「かますは醤油《しょうゆ》で焼くもよし。干物もよし」「五目ご飯は生姜《しょうが》をいれすぎると、他の味が殺されて物悲しくなる」「鮭《さけ》の皮は塩を振ってぱりぱりに焼くべし。巻くは茸か蓮根《れんこん》か」「土筆《つくし》の煮付けは御八つか否か？」……妙に食い気に満ちた言葉ばかりで、どういうつもりで送ってくるのかわからぬが、次第に食欲を感じてきたのは確かだった。

そうしてついにある日、飯の用意を、とかたわらに控える楓に告げてしまった。

楓の、驚きの中に安堵《あんど》がにじむ顔を見て、しばらくまともに食べておらぬことを自覚する。

つまりこの不思議な文は、そう感じさせることを目的に送られてきた。

とするなら、やはり白月を案じるもので間違いなく——珍しく、胸がざわめいたのである。

（放置がすぎると、人の子は心を枯らす。なら、少しかまうか）

その程度なら容易い。とくに苦でもない……。

――白月は、ふっと意識を現実に戻す。自分に近づいてくる獣の気配を感じたのだ。

視線をやれば、そばまで来た黒獅子が人の姿に変身するところだった。雪緒を送り届けたのち、なぜかこちらへ戻ってきたらしい。

「あの牝狐を殺さなかったのか」

冷淡に問う宵丸に、こちらも冷たく答える。

「鈴音を慕う一族が多い。今の段階で手を出せば、こちらに不満が向けられる。……それより、宵丸、雪緒の屋敷に寝泊まりするのはよせ」

手下を『くすりや』の周辺に忍ばせているのでなにかあればすぐに駆けつけられるが、他の男が頻繁に泊まるのはおもしろくない。

「そうは言っても薬屋を手放した白月が悪いぞ。設楽にも、白月が下手《へた》を打つなら娘を見守ってやってくれと頼まれている。人の子はただでさえ怪の目を集めやすいし、それにあいつは蛍《けい》雪《せっ》禁術を会得しているだろう？　あれは貴重な術だ。いくらでも悪用できる」

宵丸が珍しくまともな返事をしたので、白月は驚いた。

蛍雪という言葉は故事を由来とする。貧しい者が蛍と雪を照明の代わりにして勉学に励んだ、というものだ。人の信念は山をも揺るがす。蛍や雪をも火に変える――つまりこの術は、本質を根本から作り替える、ということを示す。単なる幻術にとどまらない。

人が生み出した禁術ゆえに、やはり人の子にしか扱えない。

極めて強力であり危険な術でもあるので、設楽の翁は長いあいだこの秘伝書を守り抜いてきた。しかしそれをあっさりと雪緒に授けてしまったのだ。

他の里にも似た術を使う人の子がいるが、雪緒ほど完成度は高くない。怪の多くは自身らもちょっとした術を使うため、そこまで雪緒の術を重く見ていないが……。

「あの禁術は、やろうと思えば、本物の禍神《まがかみ》をも生み出せるな。そして薬屋にはその資格がある」

宵丸が飄然《ひょうぜん》と指摘する。白月は苦々しい思いを抱く。気づく者は、気づく。雪緒の術は得難いものだ。

「なにせ、魚だろうが山菜だろうが煙管の煙で作ってしまう。とんでもないやつだ」

「宵丸、それをよそで漏らすなよ」

「俺に言わず、薬屋に言え」

「言う必要がない。雪緒の性根は清らかだ。おのれを卑下しすぎることもなく、野心に囚《とら》われすぎることもない……、そう思ったからこそ設楽の翁も秘伝書を授けたんだろう」

「懸念すべきはそこじゃないと思うが、まあ、勝手にしろ」

つんと顔を背ける宵丸を見やり、白月は長くふっさりとした尾を一度振る。

「宵丸はなぜここに戻ってきたんだ?」

「火鼠を狩って、薬屋に渡す」

「……だから、雪緒の屋敷に泊まるな。風呂にも入るな」

「あいつの佃煮はうまいんだよな。……鍋もいいな」

「聞けというに。夕餉なら俺の屋城で食え」

「筍《たけのこ》も炙ってくれないかなあ。あれは赤味噌をつけて食いたい」

「おまえってやつは……」

　頭が痛くなってくる。この宵丸は大妖の中でもとくに掴みどころがない。そのくせ、不意打ちでずばりと真理を突く。

「白月。俺は薬屋が嫌いじゃないぞ。肝が据わっているからな」

「俺を煽《あお》っているのか？」

「悪鬼だろうが獣だろうが、殺生すれば気が濁る。天つ罪に触れるからな。洗い流さねばならん。そうだろう、御館？」

　宵丸が視線をこちらに戻し、ひやりとするような笑みを見せる。こういうところだ。宵丸の怖さは。

「薬屋は柚の湯を用意してくれるだろう。柚は魔除《まよ》けの果実。薬屋もそれをよくわかっている。文句を言いながらも、俺や他の怪が店に寄り着くことを拒まぬ人の子だ。まことにわかっている。ああ、嫌いじゃないさ」

白月は仏頂面でよそを向く。狐の性として、おのれを取り繕うことも得意だが、宵丸と話していると、本気でやり合いたくなってくる。

「そんな顔をするなら、さっさと攫えばいいものを」

宵丸があっけらかんと言う。

「ばか。宵丸はばかだ。けだものになれというのか。人の子相手だぞ、手加減せねば死ぬ」

「事実、獣だろうに」

「人の子には肉を引き裂く牙《きば》も、骨を折る爪もない。畜生ぶりを見せすぎれば嫌悪しか持たなくなる」

「畜生ゆえに、事が成せる。違うか?」

だからこいつが苦手なのだと白月は苛立ちを募らせる。自分とはまた異なる方向で、冷静な本能がある。だが、そうはいっても白月よりは若い。その本能に頼り切っている。

「おまえはおのれの強さを過信しすぎだ。おまえが歯牙《しが》にもかけぬつまらないものに、いずれ足をすくわれるぞ」

「だから自分の策に溺《おぼ》れる狐のように狡猾になれって? 白月こそ自分の姿が見えていない」

宵丸は取り合おうとせず、刺々《とげとげ》しく反論する。

「それと。あの牝狐は早めに始末しておけ」

「宵丸はすぐに殺したがるな」

「俺は忠告したぞ」

宵丸は興ざめしたふうに言い捨てると、さっさと黒獅子に変じた。駆け出そうとする彼に、白月は待てと声をかける。

「俺が火鼠を狩る」

黒獅子が、ふん？　というように目を細める。

（言われずとも、おのれが畜生であることなどわかり切っている）

白月は胸中で吐き捨て、白狐に変わる。

たまには獣らしく、獲物を狩ってやろう。本能のままに発散することも必要だ。

❁

腹の中で怒りと妬《ねた》ましさが蛇のようにとぐろを巻いている。鈴音は、ひそかに爪を噛む。

妖力が増し、位が上がるとき、凶暴なけだものの性がより強く表に出るという。

鈴音にしてみれば、なにを今さらという話だ。

怪とはもとよりそういう残忍な存在なのだからなぜ後ろめたく思う必要があるのだろうと。

獲物を屠《ほふ》り、あたたかな血を啜《すす》る。皮膚を裂いて肉に牙を突き立てるとき、えも言われぬ快楽を覚え、恍惚《こうこつ》となる。

その感覚は強者のみに許された美酒に等しい。本性を隠すのはおのれの存在を恥じるも同然、許されることではない。

だから鈴音は、人の子が疎ましい。

この十六夜郷には元来、怪しか暮らしていなかった。そこにぽつりぽつりと人が迷いこみ、怪とのあいだに子をなして少しずつ増えていったのだ。それでも他の郷より人の数は少ないが、全員追い出してしまえばいいと思っている。

鈴音はおのれが純血の怪であることを誇っている。人の血がまざれば、妖力は変質する。

とはいえ、人の暮らしの中で生み出されたものをすべて否定する気はない。たとえば装束、美しい飾り物、多様な文化は怪の目にも物珍しく、愉快である。

(――だから全部、寄越せ、と奪えばよい)

それだけだ。平伏して乞《こ》うものでも、こそこそと盗み見て真似るものでもない。

なのになぜ白月兄様は、と歯がゆく思う。悔しくも、泣きたくもなる。

(あのような人の子を妻にした、私には目もくれず!)

白月の横に並ぶ白無垢の娘を見た瞬間、そこは私の居場所だ、と鈴音は叫びたくなった。

ずっと昔から白月の妻になると信じて疑わなかった。周囲も当然そう切望していたし白月自身、皆の期待を感じていたはずで、鈴音が近づいてもとくに拒絶しなかったのだ。

だがいつからか、白月の視線がどこか遠くを見るようになった。亥の刻に、月を見上げるようにもなった。それはなにかを恋う眼差しだ。美しく、甘い横顔。

鈴音は嫌な予感がした。月を見やるときにしか、白月はその表情を晒《さら》さない。

嫌な予感は正しかった。

白無垢の娘を見つめる白月の目は、とろりとしていた。恋う目である。こんなに鈴音が横から見つめているのに、白月は気がつかない。あのときの屈辱は身を焼く炎に等しかった。今でもその炎が鈴音を包んでいる。決して消えぬ怨《えん》の炎だ。

薬屋の娘の噂は、以前耳にしたことがある。

娘自身よりも育ての親たる設楽の翁が有名で、郷の賢者と目されていたからだ。なりは童子のようだが、霊威ある古き怪で、天昇後は神へと上がる者。

天昇にはこういう説もある。郷とは異なる別の世に住む人々が設楽の翁を『志多羅神《しだらのかみ》』として祀り、御霊の力を高めたのだと。

こうした別の世の民間信仰により御霊神に上がったとされるのが、昔々に天昇した『おしら』、それから『うがや』だとか。いずれは我ら狐族も、いなり神、として神階を得るのではと宴《うたげ》の席で笑い話になっている。

ともかくも、およその事情は察した。設楽の翁の頼みを断れず、白月は娘をもらい受けることになったのだ。

あぁ恨めしいと鈴音は嘆く。その、純白の着物は自分がまとうはずだった。白月の手を取るのは自分のはずだった。兄としても、男としても長らく恋い慕ってきたのだ。

もう口吸いはすませたのか、閨《ねや》をともにしたのか――いや、させぬ。近づけさせるものか。

想像するだけではらわたが煮えくり返る。

鈴音は、お屋城仕えの狐たちを丸めこみ、薬屋の娘を離れへと押しこむことに成功した。白月が多忙であったことも幸いし、追い出すのは容易かった。娘は面妖な術を得意としていたが、恐れるほどのものでもない。設楽の翁は天昇したので報復を気にする必要もない。

気に食わなかった御館の雷王も天昇し、これで鈴音をとめられる者はいなくなった。

だが、当の白月が娘との縁切りにこれほど激昂《げっこう》するとは――。

胸が引き裂かれるようだ。裏切りにも思える。長いあいだそばにいた自分よりも、間抜けな顔をした人の子を選ぶのか。恨みが募る、雪のように降り積もって心を凍らせる。

（なぜ私が里を追放されねばならない）

その日、鈴音はしかたなしに白桜ヶ里へと逃げた。

里長たる蓮堂《れんどう》とは顔見知りの仲。前からしつこく声をかけられており、そのたび男の図々しさや鬱陶《うっとう》しさにうんざりしていたのだが、多少は役に立ってくれるようだ。下心が透けて見えるが、それでも表向きは快く里に迎え入れてくれる。

「虎《とら》の尾ならぬ狐の尾を踏んだわけか、まぁ郷から追い出されなかっただけでもよしとせよ。しばらくすりゃ御館の怒りもおさまるさ」と蓮堂は卑俗な笑みを浮かべて鈴音の腰を抱く。

あの白月が容易く鈴音を許すはずがない。彼自身が定めた許容の範囲を超えさえしなければ好きにさせてくれるだろうが、邪魔と思えば容赦なく切り捨てる。

感情的、本能的な行動すらどこかで計算している……それが白月だ。

鈴音はきっと、やりすぎた。そう白月は判断した。許されたいなら矜持《きょうじ》を捨てるしかない。

だが、そんな屈辱的な真似は白月相手だろうとできるわけがなかった。

「御館様も今頃は悔いているだろうよ。こんなにいい女を突き放したんだからなあ」

蓮堂の軽薄な態度に、鈴音は眉《まゆ》をひそめる。

これが三百を超える大妖とは、と内心こき下ろす。岩のように大きく頑健な浅黒い肉体、短い金の髪。しまりのない顔さえしていなければ、それなりに見られた風貌《ふうぼう》であっただろう。

だが、腐った花のように、全身から欲の臭《にお》いを漂わせている。おのれの治める里の状態を顧みず、贅沢三昧《ざんまい》、節度を知らない。

白桜ヶ里は不運にまみれている。目を覆いたくなるような下種《げす》が数代、続いているのだ。ただ、蓮堂の実子である由良《ゆら》という怪はまともだと聞く。手当たり次第に閨へ引っぱりこんだいずれかの女妖の子で、血がまざりすぎたために複数の性を持つ鵺《ぬえ》として生まれた。

蓮堂は我が子であろうとも鵺の由良を警戒し、遠ざけている。彼のまわりに侍《はべ》るのは、おのれによく似た怪力しか誇るところのない能無しどもだ。

（そうか、どうせ下種のたまり場たる腐り切った里ではないか。なら、奪えばよいのだ）

白月は御館になりたてで、足元の紅椿ヶ里以外にはまだ目を配れずにいる。

寄越せ、と叫び、奪うのが怪である。力と知恵を持つ強者がのし上がる。

(私は近々、大妖となる。里を奪って女長となるのだ。隣に並び立てば、白月兄様も私をもはや無視できぬ)

奪えばいい。里も、男も。

鈴音は、舌なめずり。

女を侍らせて飲めや歌えやの宴を楽しむ能無しどもを、妖《あや》しく輝く瞳で見つめる。

(蓮堂の首を狩ろう)

彼の子らはしばらく生かしておく。使い道がある。ひとまず牢屋《ろうや》に閉じこめておくか……。

◎参・凍《い》つ凍《い》つ月、出遣ること

亥《い》の刻、黒獅子《くろじし》が血まみれの火鼠《ひねずみ》を咥《くわ》えて『くすりや』に戻ってきた。

来るとは聞いていたが、心臓に悪すぎる眺めに雪緒《ゆきお》は卒倒しかけた。獣すら遠吠《とおぼ》えを控えるような寒い夜、狩りの興奮冷めやらぬ様子で目をぎらつかせる黒獅子が庭に座っているとか、なんの怪談話だろうか。全身の毛は雨に打たれたように濡《ぬ》れ――その状態で、凍りかけている。ちなみにこの季節、雨など降るはずがない。

(あぁ……、狩り楽しいー、ひゃっほー、みたいな感じで全身に血を浴びたんだ……)

はしゃぎ回る黒獅子の姿が容易に想像できる。

光を失った目で黒獅子を見やると、ほめてほめてと言いたげな仔犬《こいぬ》のごとき風情。いや、どちらかといえば雀《すずめ》を捕まえていそいそと主人のもとに持ってくる飼い猫か。その爪《つめ》は熊《くま》以上に凶悪だが。

「お……お利口ですね」

機嫌を損ねたくない一心で黒獅子の頭を撫《な》でる。ぐええ、と内心叫ぶ。血で固まった毛が、手のひらでぱりぱりした。黒獅子は、口から火鼠を落とすと、断りもなく縁側に上がってこようとした。火鼠はすでに絶命している。鼠と言っても体長は五尺を超え、小型の牛ほどある。

そんな血まみれの死骸《しがい》が庭先にのたりと置かれるとか。悪夢か。

（ほしいと言ったのは私だけど、その後どうするかを考えていなかった！）

昼間の自分の口を縫ってしまいたい。腹の底から後悔したが、今は、押し入ろうとする黒獅子をとめるほうが先だ。

「待って宵丸《よいまる》さん、獅子のままでは風呂桶《ふろおけ》におさまりません！」

納得したのか、宵丸が白煙を散らして人に戻った。ひどい姿だ。書生のような高潔さを感じさせる顔立ちなのに、全身血まみれ。もうこのまま帰ってほしいと言いそうになる。が、その前に、宵丸が羽織りの紐《ひも》をときながら微笑《ほほえ》んだ。

「火鼠はあとでうまく解体してやる。そこに置いたままでいいぞ。夏ではないから朝まで置いても腐らんだろうし、俺《おれ》が狩ったものを横取りするばかも里にはいないだろう」

「宵丸さん、ささ、お風呂をどうぞ。柚《ゆう》たっぷり！　着物は洗っておきますよ。あ、血が垂れるんで土間のほうから入ってください」

我ながら現金だと思ったが、自分で火鼠の処理はできない。

「飯はできているか？」

「すぐ食べられますよ」

熟年夫婦のような会話だなと思いつつ、宵丸を土間へと連れていき、木戸の向こうの風呂場に押しこむ。壁の穴の薪《たきぎ》はもう火が消えているが、今ならちょうどよい湯加減だろう。

きっと着物も洗うはめになるんじゃ、という予想は大当たりだ。水を張った桶を用意しておいてよかった。

宵丸が木戸の縁に羽織りをかける。

「洗っておきますよ」

雪緒はそれを手に取り、代わりに着替えと手ぬぐいをかけておく。

その後、汚れ物を、風呂場のそばに置いていた桶に突っこむ。羽織りは血を吸いこんで黒く変わり、ごわごわしていた。

「……」

色々とこみ上げてきた感情に蓋《ふた》をし、桶に着物を浸したときだ。土間の入り口の向こうから、ごと、となにかの音が響いた。

夜風が土間の戸を揺らしたのか、それとも。

外に出て確かめようと思い、腰を浮かせると、風呂場から「縁の糸はこうも絡まるか」というつぶやきが聞こえた。そちらに意識がひっぱられる。

雪緒は入り口のほうを凝視したのち、桶の前にしゃがみ直した。……縁の糸？　誰《だれ》と誰の？　鈴音《すずね》と白月《しろつき》の関係の悪化を嘆いているのか、それとも別の者との縁？

「人の子とは、存外情が薄いんだな」

風呂場からふたたび彼の声が聞こえ、「はい？」と聞き返す。

ざばっと湯を身体《からだ》にかける音。その湯が流れる音。少しの沈黙ののち、答えが返ってきた。

「……白月のことさ」

雪緒が反応する前に、ざば、ざば、と湯を流す音が連続して響く。どうやら今度は髪を洗い始めたようだ。

ためらった末、雪緒も着物を洗う作業に戻る。

しばらくして風呂桶に浸かる音がした。するとまた彼が言葉を落とす。

「一時とはいえ、元夫だった相手だろう。邪念を抱いた狒狒《ひひ》から無事におまえを取り戻しもした。それでも、なにも感じないか？」

「助けてもらって感謝していますよ。明日《あす》、お屋城に礼状を送ります」

とは答えたが、そもそもは白月への恋情をこじらせた鈴音が原因なのだ。正直、迷惑をこうむったと思っている。……もう白月とは他人なんだし。

「白月はおまえをまだ妻だと思っているぞ」

「……珍しいですね、宵丸さんが白月様を気遣うなんて」

棘《とげ》のある返事をしてしまったが、あまり触れられたくない話題なので許してほしい。だが、彼は気づかなかったのか、平然と話を続ける。

「薬屋は本当に鈴音と白月が恋仲だと信じているのか？」

「……白月様ご自身は違うと考えていたみたいですね」

「じゃあ、あいつらの会話を聞いてどう感じた？　離縁については？」

　雪緒は小さく吐息を漏らす。意味がわかりません、などと答えてごまかそうかとも思ったが、彼はそれを許してくれない気がした。

「白月様はひょっとすると離縁を望んでいなかったのかなと思いました。……私をお屋城から追い出したのは鈴音様ですしね。当時は、白月様もそれを望んでいたんだろうと信じていましたけど」

　今日《きょう》、言い争う彼らの姿を見て鈴音の独断だったとわかった。だから白月は雪緒に復縁を申しこんできたのかもしれないとも。

「なら、求婚を受け入れるのか？」

「いいえ」

　きっぱり否定すると、微妙な沈黙が流れた。ややして、戸惑ったように問われる。

「なぜ？」

「人の世では、初恋って実らないものと言われているんですよ」

　大真面目《おおまじめ》に答えたのだが、とても納得できる返事ではなかったらしい。無言の批判。ちゃぽん、と水の音が耳に届く。風呂桶の中で彼が体勢を変えたようだ。

「白月が初恋相手なのか？」

「はい。私が怪《かい》を恐れずにすんだのは、白月様のおかげです」

幼子の頃《ころ》、白狐《びゃっこ》姿の白月に助けられた。そのおかげで怪への恐怖が薄れたし、設楽《しだら》の翁《おきな》を信じられるようにもなった。追憶に浸りながらぼんやり考える。どうしても自分の本当の名を思い出せない。喉元《のどもと》まで出かかっているというのに。果たして、ゆきこ、だったか、ゆいこ、か。ゆうこ、か。ゆみこ、か、みゆき、か……。

「嘘《うそ》をつくんじゃない。初恋の相手に求婚されて応《こた》えない女がいるものか」

彼の責めるような声に、はっと意識を現実に戻す。

「あ、信じてませんね！　嘘なんかじゃないですって。白月様のもふもふ……包容力に乙女《おとめ》心が唸《うな》りました」

「聞き捨てならない言葉を口にしていた気がするが、初恋というのは嘘じゃないんだな？」

「本当です」

「だったら素直に受け入れたらいいじゃないか」

「嫌です」

「だからなんでだ。鈴音が恐ろしいのか？　それとも周囲の目が恐ろしいのか？　そんなもの、白月に頼めばすべて黙らせてくれるだろう。狐族は嫁に甘いぞ」

「そんな理由じゃありません。これだから乙女心に疎い朴念仁は」

「裸でそっちへ出ていってやろうか？」

「裸族見参って大声で叫びますよ」

「わかった、見たいんだな。待っていろ」

　本当に風呂桶から出ようとする気配を感じたので、雪緒は慌てて、すみませんでした！　と声を張り上げた。彼がもとの位置に戻る音が聞こえてくる。

「焦らさずに早く言え」

「――理由なんて、ひとつしかないです。初恋は離縁されたとき砕け散ったはずなのに、その破片がまだ心の中から消滅してくれないので」

「……どういう意味だ」

「たとえば、他《ほか》の方に嫁いだのだとしたら。しばらく放っておかれてもまあ、ちょっと悲しいなと感じる程度ですんだと思うんです」

「それだけではすまなかったのか」

「はい。白月様は初恋の方で、その余熱がまだ胸にある。離れで暮らしているときからもう、ずっと寂しくてたまらなかった。かりそめの妻は嫌でした」

「どうして白月に伝えなかった」

「……たぶん、拒絶されたくなくて。ですが、一言でも声が……言葉がほしくて、ばかな文を送ったりもしたんですよ。後悔しましたけど」

「なぜ」

「あんなに忙しくしている方を煩わせてどうするって。雷王様が昏倒《こんとう》して苦しい時期でもあったでしょうに」

　雪緒は力なく笑い、桶の中で羽織りを揉《も》み洗いする。多少は血も落ちたかと、桶から出して羽織りを広げ、しげしげと見つめる。桶の水は、真っ赤《まっか》。羽織りの模様もわからぬほどに血を吸いこんでいたのだ。ようやくその模様がはっきりした。頬《ほお》がひくっとする。

「……」

「薬屋？　どうした？」

「い、いえ、なんでも。ええとそれで……、後悔するかたわら、こんなふうにも思ってしまったんです。私って結局、どこまでも余所者《よそ》なんだなと」

「違うだろう。おまえを不安にさせた白月が悪い」

「いえ、誰が悪い悪くないっていう話じゃなくて……」

　そこで一度言葉を切り、これ以上語るべきか迷った。だが吐き出したいという欲求が勝る。

「寂しさを募らせすぎると、自分の存在が曖昧《あいまい》になりそうで怖かったんです。誰にも望まれていないのになぜ私はここにいるんだろう、自分はどこの誰だろう、というような。こんなにも心が乾くならいっそ独り身に戻ったほうがいい。ここに戻れば少なくとも私は『薬屋の雪緒』という存在になれますもん」

「……白月のもとに戻れば、おまえはおまえという存在の輪郭が溶けるのか」

「はい。どろどろと」

「ふうん」

「私、生きたいんです。すごく生きたい。できれば楽しく。悩み続けるのは性に合わないので、これでよかったんだと思います」

「本当に？」

「ええ！　今後の夢は『くすりや』を繁盛させることですかね！」

「ふうん。そりゃ立派だ。で、いつ求婚を受け入れる？」

「聞いてましたか。受け入れません」

「でも最後には受け入れるんだろう？」

「受け入れませんったら」

むきになって言い返すと、彼が、ふ、と笑った。ざぱりと風呂桶から立ち上がる音。

「――だめか。今回は引こう」

「え？　な、なにがですか」

問いかけに、答えはもらえなかった。木戸の上にかけていた着替えの衣がしゅるっと向こう側に消えた。着物をまとう音がする。雪緒は風呂場のほうをうかがったが、木戸が開かれる気配を知り、慌てて身体の位置を変えた。風呂場に背を向けるように。多少わざとらしくなってしまったかもしれないが、洗い物に専念してますというふうを取り繕う。

ひたひたと近づく足音。下駄をはかず、素足で土間を歩いているようだ。せっかく湯に入ったのに、という、どうでもいい感想が脳裏をよぎる。

わずか五歩で、足音ぴたり。背後に立たれた。

(振り向けない)

なぜかここで、かごめかごめ、というわらべうたを思い出す。うしろの正面だあれ。このうたは、どこで聞いたのだったか? 里で聞いた覚えはない。なら、いったいどこで。

背筋がすうっと寒くなる。後ろの彼がまた忍び笑いする。

「雪緒は、悪い娘だ」

返事ができない。先ほどまでとは、声音が違う。でもそれは当然のことで――。

「俺が、宵丸じゃないって気づいたくせに」

背後から耳元で囁《ささや》かれ、ぞくん、とする。

心臓を剥《む》き出しにされて、それを指先でかるぅく撫でられたような。

「俺の正体が白月だって、とうに気づいていただろ?」

指摘の通り、白月だと気づいていた。気づかされた。

血まみれの羽織りを広げたとき、宵丸の衣ではないとわかった。着用中なら妖術《ようじゅつ》でごまかせるが、脱げば当然、術の効果は衣から消える。

――狐《きつね》は、化かす。

人を迷わせる。

そういうものだ。

「俺と気づきながら平然と問答する。つれないなあ」

どっちが、と返したいが、怖いのか緊張しているせいなのか、言葉が喉の奥にはりついてしまって出てこない。

(宵丸さんのふりをして、私の本心を聞き出そうとしたくせに……！)

罪悪感なんて爪の先ほども抱かずにやってくれる。このあたり、人とは感性が違うと思わされる。

「でも、俺は今後も雪緒を誑《たぶら》かすぞ？」

狐だからなあ、とちっとも悪びれない声で囁く。雪緒は固まったまま動けない。

「おまえ様は薄情で、悪い娘だから、たくさん誑かしてやる。せいぜいあがけ」

あがけとはどういう意味だ。

(私は獲物か！)

あなた本当に私を妻にしたいんですかね!?　と問い詰めたい。

「まあ、今は受け入れられなくても、どうせ最後には奪うが。今日は逃がしてやる。俺が初恋の相手だと、いいことも聞いたからな」

ぽんと頭の上に手が乗せられ、雪緒は飛び上がりそうになった。

こちらの過剰な反応に白月が笑ったようだった。宥《なだ》めるように、頭をなでなで。

でも最後に指の先端でつうっとうなじを引っ掻《か》かれる。肌が粟立《あわだ》った。雪緒は声を上げそうになるのを必死にこらえた。

「夕餉《ゆうげ》はあとで宵丸が食べに来るだろう。火鼠は俺が狩ったので、宵丸は血で汚れていない。風呂の湯を替えてやる必要はないぞ」

一度も振り向かない雪緒を咎《とが》めることなく、白月が土間を出ていく。

土間の戸が閉まる音を聞いたのち、雪緒は思わず桶の中に両手を突っこんで、はあああ、と深い溜息《ためいき》を吐き出し脱力した。

(こ、怖かった！　怖かった!!　なにあの方!?)

鼓動が激しい。土間中をのたうち回りたい気持ちでいっぱいだ。

もっと早くに白月が化けていると気づいていれば、初恋だなんだと暴露せずにすんだのに！　心情を吐露した直後に羽織りの模様に気づいて、頬が引きつったのだ。その後も、動揺するまま色々と正直に答えてしまったじゃないか。

いや、はじめから、ちょっとは変だなと疑ってはいたのだ。本物の宵丸だったらもっとあっちこっちに話が飛び跳ねて収拾がつかなくなっているはず。でも普通に会話が成立していたので。

(本人に、初恋相手ですってばらすとか！　朴念仁って罵《ののし》るとか！　あああああ!!)

顔から火が出る思い、とはこのことか。

雪緒はしばらくのあいだ、羞恥心《しゅうちしん》に身を震わせた。

✽

『くすりや』から五十歩ほど離れたところに立っている老樹の前で白月は足をとめる。

冬の月が、彼を見下ろす。

白月は多少苛《いら》ついていた。一方で、高揚感もあった。そして収穫も。

（雪緒は、おのれの心の変化を恐れている。だから俺を拒む）

ほろりとこぼしていた、寂しい、という思い。本心だろう。唯一残された『薬屋の雪緒』という立場を失うまいと固執しているのも。そんなときに恋する相手……情を差し出した相手にふたたび無視されれば、前以上におのれの存在が揺らぐ。雪緒の場合はとくにそうなる。本物の親も知らず、生まれも知らず、育ての親すら失ったために、なおさら希薄になるのだ。

雪緒は心に波を生まぬよう平静を装っている。誰にも期待せぬことを自分に課している。けれど元来の性質か、まっすぐに生きようとするからりとした明るさがある。そうだ、生きることをあきらめていない。

（頑《かたく》なに拒むのは、俺という者が今もまだ心を動かす存在ゆえか）

悪くないと白月はつぶやく。娘の望むように、激しさをもって、恋着してやろう。大妖《たいよう》ならではの驕《おご》った思念でそう決める。

(妻だからな)

かわいい愛《いと》しい恋しいと、千も万も耳殻に唇を押しつけて蜜《みつ》を注ぎ、ぐずぐずにしてやる。そうしてあの頑な寂しさを蕩《とろ》かせば、まっさらな娘が手に入る。爛《ただ》れたこの恋情で娘の心は食べ頃になるだろう。そして我が身を高みへ押し上げるための、階《きざはし》の一段となれ。

仄《ほの》かな笑みを漏らしたとき、老樹の後ろから不機嫌な顔の宵丸が姿を見せた。

「……火鼠は、そこに置いたぞ」

雪緒が耳にした物音は、宵丸が火鼠を移動させたときのものだ。

「俺が狩りたかったのに」

宵丸が恨めしげに白月を見る。

「雪緒が夜食を用意しているぞ。風呂は俺が入ったが」

白月の言葉に、宵丸が大きく舌打ちする。

苛立《いらだ》ちを隠そうともしない宵丸に、白月は呆《あき》れた表情を返す。

「おまえなあ、狩りを邪魔されたくらいで文句を垂れるな。俺の妻のところで飯を食べたり湯をもらったりと好き放題していながら……こんな状況じゃなかったら、とうにおまえを殺しているぞ」

「白月なんかが俺を殺せるものか」

獲物を横取りされ、宵丸は本気で機嫌を損ねている。ぷいと顔を背け、『くすりや』へと歩き出す。が、なにかを思いついたように振り向き、底冷えのする目で白月を見据える。

「今度は俺が横取りしてやろうか」

なにを、と問うまでもない。挑発に乗ってやることにして、宵丸を睨《にら》みつける。

「できるものなら、やってみろ」

「ふふ、そうする」

❀

お狐様は、不実と誠実の両方を兼ね備えている。

まんまと化かされてから二日後の昼。ちょうど見世《みせ》の客がはけたとき——。

「下里《しもさと》に、雪緒と宵丸が夫婦になるんじゃないかという噂《うわさ》が広がっている。おまえ様を騎乗させて宵丸が里を駆け回ったせいだ。……雪緒の不義に俺はいたく心を痛めている」

などという強烈な一撃を、人力車ならぬ狐力車とともに庭に現れた白月から与えられ、雪緒は縁側に頽《くずお》れた。あぁ今日の太陽がまぶしい。

「俺と宵丸をこうも手玉に取る娘……、やるな、雪緒。美人局《つつもたせ》か？」

「違いますから。誤解ですからね、やめてください」

「誤解というなら、雪緒が責任をもって噂を消せ」

「ど、どうやって」

身に覚えのない疑いをかけられた上に、その責任まで。

白月は、ふるりと狐耳を震わせて微笑んだ。

「簡単なことだ。噂を上書きしにゆこう」

「……上書き？」

どういう意味だと雪緒はいぶかしむ。見上げた先の白月は、よく見るとよそいきの恰好《かっこう》だ。麻の葉柄の羽織りは鮮やかな梔子色《くちなしいろ》、中の衣は濃藍《こいあい》と薄墨を重ねて、帯には女物の飾り紐でねじり結び。それが羽織りの隙間《すきま》からちらりと覗《のぞ》く。どこから見ても洒脱な色男である。

椿《つばき》の花を飾った二輪の車の横には、車夫の若い狐が控えている。こちらは白月のように獣耳や尾が生えているのではなく、顔は狐のままで体つきが人間めいている。粋な黒の衣に金と赤の色で霞《かすみ》模様の刺繍《ししゅう》がされていた。

「そら、出掛けるぞ」

白月が縁側に膝《ひざ》と手をついたままの雪緒の頬に触れる。小鳥でも撫でるかのような触れ方だ。

「私と？　どこに？　というか白月様ってすごく忙しいんじゃ？」

「いいから」

笑いながらもちょっぴり窘《たしな》める口調。

「雪緒を今日は独占したいんだ」
……こんな色っぽく、低い声で言われて、断れる娘がいるか。

✽

にした。
も隣に座っている白月の衣の色と合うものにした。さらに言えばこっそりと飾り紐の形を同じ
巻きは明るめの梔子色、羽織りは緑、上の衣や袴《はかま》も季節を先取りして春の色で揃《そろ》え——けれど
気恥ずかしさで震えそうだ。つい魔が差した。頭には、梅の花をつけた大振りの髪飾り。襟
(着替えてしまった……)

(私のせいじゃない、すべては乙女心のなせる業なんだ、それだけだ……！)
火照りそうな頬を片手で押さえる。
車夫の狐は重さを感じさせない軽やかさで二人を乗せた車を引いている。なんらかの術でも
仕掛けているのか、座面に腰かけてからは寒さをさほど感じなかった。
車はわずかに揺れながら下里の東方向へ向かう。
下里は、いわば城下町。里の者たちが暮らすところだ。里の要《かなめ》であるお屋城が立つ区域は、
上里《かみさと》と呼ばれている。雪緒の『くすりや』は、下里にある盛《も》り場《ば》の西の端。

盛り場とは、歓楽街のある地のことだ。上里から見て南の位置、平仮名の『ひ』の字型に米屋や煙管屋、水飴屋などの見世が並ぶ。といってもそう密集しているわけじゃない。

隣の見世まで距離があるし、ゆるく弧を描く太鼓橋も設けられている。ちなみに、この橋を渡らずとも隣の見世へは普通に徒歩で行ける。これは見世の『境界』を示すものなのだ。

盛り場の外側には田畑や民家が見られる。『ひ』の字の中心部分にはご神木やら広場やらがあって、決められた日に市が立つ。上里ほどではないが、下里にも五色の瑞雲《ずいうん》が流れてくる。

「雪解けにはまだ日がかかるな」

白月が景色を眺めてつぶやく。雪の世界に、椿の花が色を与えている。

「雪緒の心も春までには解けるかなあ」

「白月様、本人が隣にいる状態でそれを口にしないでもらえませんか……」

「なぜ？　意識させるために言っているんだが」

白月がこちらに視線を向けて、指の節で雪緒の頬を撫でる。

（くっ……、甘やかして懐柔しようという魂胆か！）

そうはいくかと雪緒は白月の指を掴《つか》んだ。白月は狐耳を後ろにきゅっと倒すと、楽しそうに目を細めた。油断ならないお狐様だとわかっているのに、時々見せるふわっとした優しげな笑みに胸が疼《うず》いてしまう。

「雪緒って、俺の耳と尾が好きだろ。いつも目で追っている」

「そういうのも本人に確認を取らないでもらえませんかね！」

「恥じらう顔がかわいいんだ」

もうやだあこの狐ぇぇ！　と雪緒は胸中で思い切り叫んだ。話題を変えないと、自分の身が羞恥で燃え尽きるかもしれない。

「そ、それで、どこへ行くんでしょうか」

「甘味処」

「甘い物がお好きなんですか？」

へえ、案外かわいいところもあるんだな、と感心する。……夫婦でいるときは、好みの食べ物さえ知らなかった。と、しんみりしたところで白月が瞳《ひとみ》をきらめかせる。

「ううん、違うぞ。おまえ様に食べさせたいんだ」

「……えっ、私に？」

「うん」

白月が雪緒の指を掴み返す。驚く雪緒に微笑む。

「甘い物を食べると、心も甘くなると、腹心の楓《かえで》が教えてくれたので」

「わあー……」

どうしてそれをここで言ってしまうかな。

「俺がこんなに優しいのは、まことに雪緒だけなんだ。特別を作るというのは、楽しいな」

そして一気に上げてくる、このお狐様すごい。

「あとな、拗《す》ねた顔をして上目遣いで見つめられたら、口づけしていいときだって」

「誰ですか。誰がそんなろくでもないことを白月様に吹きこんだのですか」

「子狐ども。あいつら耳年増だ」

あんなにかわいいもふもふたちが俗世に染まっているなんて、知りたくなかった。

「雪緒、俺はいつでもいいぞ。口づけたかったら好きにしろ」

男前なの？　無防備なの？　と聞きたくなる。

白月に散々からかわれるあいだに、車は二度、太鼓橋を越えた。

今日は日差しが比較的あたたかいせいか、通りに賑《にぎ》わいが見られる。盛り場の特徴として、椿の形の行灯《あんどん》が通りの至るところに設置されている。昼でも明かりがつけられ、それが赤、黄、青などと色とりどりに輝くので、年中祭りのような雰囲気だ。また、鯉《こい》のぼりもあちこちに設置されている。

おもしろいことに、竿《さお》から放たれてのんびりと宙を漂流する鯉がけっこういる。たまに海老《えび》や魚も飛んでいる。黄金の巨大な鯰《なまず》、水で作られたような透き通った比目魚《ひらめ》なども稀《まれ》に見かける。あとは大小様々な風車が道沿いに立てられていたりもする。

野点傘の休息処も設けられており、春になればそこで里の者が談笑する姿が見られるようになる。運がよければ〈花影《かえい》行列〉という、薄衣《うすぎぬ》の裾《すそ》を尾びれのように揺らめかせる美しい花姑《かこ》たちの渡りを目にできる。そういう日は、里全体が甘い花の香りに包まれる。目撃した者には、小さな幸運がやってくるとも。

（──それにしても目立つ。ものすごく視線が突き刺さる）

盛り場を行き交う里の民が、わざわざ立ちどまって、車中の雪緒たちを凝視する。ただの薬屋にすぎない自分なんか本来注目されるわけがないのだが、隣にいる相手が悪い。おまけに白月は、雪緒に微笑みっぱなし。……恋人を愛《め》でるような顔つきだ。

「困ったなあ、噂の上書きはできそうだが、こんなにかわいい雪緒を誰にも見せたくない」

「大丈夫ですか、目の疲れのせいで私の姿が歪《ゆが》んで見えていませんか」

「おまえ様は自分の価値を知らないな」

「知ってますよ、一介の薬屋ですよ」

「人の子って貴重なんだぞ」

「ああ、血肉食べたい的な意味で」

「ばか」

でも食べてほしいなら俺が食べる、と嬉《うれ》しそうに答えられ、本気の食欲か冗談なのか迷う。

車が甘味処の前でとまった。白月の手を借りておりたとき、近くを通りかかった猫耳の若い娘たちと目が合った。何度か『くすりや』に来てくれたことがある女妖《にょよう》だ。

会釈すると、親しげな表情が返ってきたが、隣の白月に気づいてぎょっとしている。

「えっ？　白月様？　……えっ!?」

うん、気持ちはわかる。なんで元嫁と一緒に行動しているって話ですよね。私も謎《なぞ》だ。

白月は他者の目がまったく気にならないらしく、雪緒の手を引いて、瓦《かわら》屋根の甘味処に足を向けた。雪緒も腹をくくることにした。

店内には毛氈《もうせん》を敷いた正方形の腰掛け台が六つほどあり、すべて客で埋まっていた。が、白月がにっこりすると、近くの台に座っていた狸耳の青年の集まりが自主的に立ち上がった。譲ってくれたというか、なんというか。

「ほら、雪緒も座れ」

白月は遠慮なく台に腰かけると、自分の隣をぽんぽんと叩《たた》いた。視線がこちらに集中している。入り口ののれんの隙間からもそっと覗く者たちがいる。

（……視線が矢のようだ）

雪緒がぎくしゃくと隣に腰かけた直後、見世の主《あるじ》自ら、茶と菓子の載った盆をしずしずと掲げて近づいてきた。たぶんこの見世で一番の高級菓子に違いなかった。複雑な花の形をした羊《よう》羹《かん》に団子、落雁《らくがん》だ。お茶だって、器からして違う。金箔《きんぱく》が散っているくらいだ。普段、客に出すのは抹茶色の湯呑《ゆの》みである。

「俺が食べさせてやる」

白月が桃色の団子を取って雪緒の口に近づけた。当然雪緒は引いた。観衆の中でなにをするつもりなんだろう、このお狐様。

「いえ、けっこうです」

「いいから、口を開けて。……なんだか新婚みたいじゃないか。楽しいな」

こんなに嬉しそうな表情さえ向けられなければ、最後まで突っぱねられたのに。

雪緒は火の中で溶ける氷より早く屈した。唇に押しつけられた団子を口内に入れる。

(美味《おい》しいのか甘いのか苦いのかからいのか、味がよくわからない!)

また食べさせられる前に、自分で菓子を積極的につまむことにする。

お願いだから皆、「あれ白月様だ、珍しい」「雪緒様も一緒だ」「お揃いの恰好をしてる」「仲がよろしいようで」などと好奇心丸出しで囁くのはやめてほしい。だいたいなんで雪緒の名まで皆に知られているのか、さっぱり理解できない。

もしかして平凡な人間の小娘が離縁後もまだ御館《みたち》様につきまとっているのか、許せん、という義憤を感じているんだろうか。違いますよ、そんなんじゃないですよ、という罪なき表情を雪緒はできる限り浮かべることにした。

「たまにはこういうところに来るのもいいな。雪緒はよく訪れるのか?」

白月が興味深げに店内を見回す。

「はい……、いいえ。以前は、設楽の翁とよく食べに来たんですが、今は」

一人で来たって、楽しくない。すっかり足が遠ざかっていたことを思い出す。

「じゃあ今度からは俺と来よう」

包みこむような眼差《まなざ》しを向けられ、雪緒は俯《うつむ》いた。あまり優しくしないでほしい。そんな寂しい感情が胸をよぎる。でも、復縁なんてしないんだから、本当に優しくされる理由なんてないのだ。

干菓子を食べるうち、口内がぱさぱさになった。それでお茶を飲もうとしたときだ。ふいに白月が顔を寄せてきた。驚く間もなく、頬に軽く唇を押し当てられる。

「かわいいから、頬に口づけしてしまった」

白月が悪戯《いたずら》でも成功したような顔で笑った。きゃあ、と声を上げたのはのれんの隙間からしっかり覗いていた猫耳の娘たちだ。たぶん自分の心臓も、少しのあいだとまった。

だめだ、感触とか思い出しちゃ。きっと白昼夢だ。そうに違いない。

「雪緒も俺にする？」

問われて、雪緒は静かに茶の器を自分の横に置いた。

それから、できるわけないでしょー!?　と叫び、しばらく両手で顔を覆った。もう二度とここにはこられない！

✿

「ところで白月、知っているか？　おまえの妹の煤目《すすめ》だかなんだかという牝狐《めぎつね》、白桜ヶ里《しろざくらがさと》の長をぶち殺して常闇《とこやみ》に沈め、自らが頭領の座についたそうじゃないか」

「煤目じゃなくて鈴音だ。……白桜々里の長者と会ったときにその話を聞いている。宵丸はその話をどこで知った？」

「美味《うま》い。この季節に炙《あぶ》って食う帆立《ほたて》はたまらんな。じゅわっとにじむ汁がなんとも。んんんっ」

「こら、こちらに尋ねておきながら帆立に夢中になるやつがあるか。ちょっとはまともに会話をしろ」

「大根の漬け物も好物なんだ。おおい、薬屋、ぼさっとしていないで、もっと寄越せ」

「俺は里でもわりと温厚で知られている狐なんだが、そろそろ堪忍袋の緒が切れるぞ」

「やぁ、白月の短気野郎。ははは」

「おまえ、わざとだな？　わざと俺を怒らせようとしているな？」

「短気狐の白月は、その鈴屋だかなんだかという牝狐にまた求婚されたんだってな？」

「鈴音だ。待て、ふざけるな。なんでそれを知っているんだ」

「浮気者だなあ。あちこちの女を誑かして歩いているのか」

「誰がだ！　断ったに決まっているだろう。だいいち、問題はそこじゃない」

「忠告したのに、ばかめ」

「宵丸に言われると本当に腹が立ってしかたがない」

「帆立、もっと食いたいなぁ……」

「おまえはもっとこちらの話を聞く努力をしろ！」

「なあ薬屋、白月って隠し子が山ほどいそうじゃないか？　女たらしぃ、ふしだらぁ」

「いい加減にしろよ、宵丸！」

土間の囲炉裏のそばで、白月と宵丸が帆立やら鍋やら漬け物やらをつつきながら話し合っている。仲がよろしくてなによりーーだが。

「………お二方とも、なぜ毎日私の見世で夕餉を召し上がっているんでしょうかね⁉」

こらえ切れず、雪緒はついに叫んだ。

狐と獅子が、驚いたようにぴゃっと獣耳を立ててこちらを見つめる。……宵丸のあざとさときたら。普段は耳も尾も出さないくせに、こういうときだけ！

「なぜってそんなの。俺は雪緒を口説きに」

などと優しく微笑むのは白月だ。わけがわからない。

「俺は飯を食いに。風呂も入りたい」

などと微笑むのは宵丸だ。そのますぎる。

「嫌か？」

「嫌なのか？」

甘えるように、試すように尋ねる美しい怪たちに、雪緒はぐぐと眉根《まゆね》を寄せる。

「いっ……、嫌ではないから困るんですけど！」

あっはっは、と彼らが声を上げて笑う。

「雪緒はかわいいな！」

「薬屋、俺が言うのもなんだが、おまえはもう少し警戒したほうがよくないか？」

「宵丸、そうじゃない。俺たちが相手だから雪緒は邪険にできない、したくないんだ。人の子はいじらしくてたまらんな」

……邪険にしてやればよかった。

雪緒の眉間《みけん》に、さらに深い皺《しわ》ができる。

（でもやっぱり嫌ではないので、嘘をつくのもどうかと）

彼らはここへ来るたびちょっとした小物や、狩った獲物を渡してくれるし、風呂のしたくもたまには手伝ってくれる。それはありがたいと思うが、なぜこうなった。

頻繁に通ってくれていた宵丸が居着くというだけなら不思議はないが、白月は多忙な郷長の御館様で、なおかつ里長も兼任しているのだ。こうも毎日見世に寄り道して大丈夫なのか。

「俺も少しは反省したんだ。前は忙しさにかまけておまえ様を顧みなかった。寂しい思いをさせたなと。人って、寂しいと死ぬんだろ？」

白月がしんみりと言う。……帆立を箸《はし》でつつきながらじゃなければ、多少はぐらっと心が揺れただろうに。それに、寂しさでは死なない。

「それでだ。俺の負担を軽くするためにも、里長をそろそろ選びたい。宵丸にまかせよう」

「やだ」

「即答するな」

「やなものはやだ」

宵丸はけんもほろろに断るが、白月に引く様子はない。

「狐一族で座を埋めると他の種族がうるさいんだ。宵丸が長となるなら誰も文句は言わないだろう。他の里にも睨みが利く」

一見宵丸を持ち上げているようだが、違う。

(暴れ者の宵丸さんに苦情を出せる者はそういないはず、と考えたんだろうな。ついでに、白桜ヶ里の動向を探って威嚇してこい、という感じか)

元夫の意外と狡猾《こうかつ》な面を目《ま》の当たりにして、複雑な気持ちを抱く。慈悲深く誠実なだけじゃ郷長にはなれないんだろうが、まったく悪びれないというのもすごい。友すら駒《こま》と見る冷徹さというか。

「薬屋、白月が俺の帆立を奪った！　なぜもっと用意しておかないんだ」

宵丸は聞かぬ振りで通すつもりか、話を変えて雪緒を睨みつけた。

「雪緒を責めるんじゃない。海老でも食べておけ」

白月はしつこく追求せず、くつろいだ様子で宵丸の皿に海老を積み上げ始めた。羽織りから飛び出している尾がゆったりとした動きで揺れている。

「白月様、お屋城に戻らなくていいんですか？」

『くすりや』から追い出したいわけじゃないが、御館がお屋城を長く留守にするのはよくないことだ。お屋城とは、社《やしろ》である。御館の力を祀《まつ》る廟の役割を果たす。

「うん？　大丈夫だ。俺が不在のあいだ、楓が代わりに仕切っているからな」

宵丸の皿に山ほど海老を載せて満足したのか、白月がのんびりと答える。

「楓様が？　あぁそれなら……。楓様は有能ですもんね」

白月の腹心たる怪の姿を思い出す。

（あの方は、私が離れにいたときも親切にしてくれたっけ）

いい男だった。黒髪に月のしずくを垂らしたような銀の目。全身きらきらしている白月とは対照的で、物静かな雰囲気を持っている。すっと通った鼻筋に、きりりとした目尻。めったに表情を変える男ではないが、笑みを浮かべると、瞳がふんわり甘くなる。

「……雪緒、今の顔は許せない。楓を思い出していたな？」

白月が急に低い声を出す。が、表情自体は穏やかなままだ。それがいっそう恐ろしい。

「ああいう無愛想なやつがいいのか？　乙女心に疎い朴念仁にはよくわからないから教えてくれ」

うっわそれすごく根に持っている。涼しい顔で返事を待つ朴念仁を見て、雪緒は青ざめた。

「雪緒、答えられないのか？」

「い、いいえ。楓様には前にお世話になったので」

しどろもどろになると、白月は指を頬に当てて薄く笑った。

「あとで楓をしめ上げよう。これは正当な八つ当たりだ」

「どこがですか、やめてください！」

こんな理由で八つ当たりされる楓が可哀想《かわいそう》だ。

「やめてほしいのか。どうしようかな――なあ、雪緒？」

「なっ、なんでしょう」

その優しげな微笑が怖い。本当怖い。ぴろぴろ動く狐耳に視線を向けて少し現実逃避する。

「酒がなくなったぞ」

「……酒？　……さ、酒!?」

「濁り酒、くれ」

白月が空になった燗《かん》徳利を持ち上げ、軽く振る。雪緒はぽかんとした。その様子を見て狐と獅子が、くふ、と笑う。遊ばれたと気づいた瞬間、頬が火照った。

（宵丸さんも大概だけど、白月様もじゅうぶん自由気ままですよね!!）

このところ彼らに振り回されっぱなしだ。よくよく考えると、二人がいてくれて助かっている面もそりゃあああるが、困惑させられることだってかなり多いじゃないか。

他の客と商談中でも平気で邪魔をしてくれるし。それで高めに売りつけてくれるし。白月なんか、毎日、新しい髪飾りを雪緒の頭につけようとするし。宵丸のほうは毎朝、狩った兎《うさぎ》をさばいて勝手に軒先に吊《つ》るすし！　……なんだ私、思いのほか甘やかされているな!?

「間抜けな顔をしているぞ、薬屋」

「宵丸さん黙っててください」

「おお、怖いな」

ちっとも怖がってない顔で宵丸が鍋に箸をつける。皿の海老は食べ尽くしたらしい。

雪緒は土間の隅に置いている黒い甕《かめ》のひとつに近づき、柄杓《ひしゃく》で酒をすくって徳利に流しこむ。

背中に、白月の視線を感じた。

一番悩ましいと思うのは、復縁はしないとはっきり断っているのに笑って流されてしまうことだ。おまえ様が頑なになることを許してやる、その代わり俺が口説くことも許すべきだ、とわけのわからぬ論を持ち出される。安心しろ、何度断られても俺は傷つかないから、とまで言われ、雪緒は困り果てていた。

設楽の翁がもしもここにいたら、なにを意固地になっているんだと呆れたかもしれない。もともと後ろ盾となってもらうための結婚だったじゃないか、ここで復縁を拒んでどうする、と。

(でも私は一人で生きていける。……生きていきたい)

お屋城の離れに押しこまれ、また捨て置かれるという孤独な日々を想像するだけで心に空風が吹く。部屋の中央に一人ぽつんと分厚い座布団に座り、薄暗い天井の梁《はり》をぼんやりと見つめる日々。自分の存在が霞《かす》んでゆくような不安をいつも感じていた。

あの虚《むな》しい時間をふたたび味わうくらいなら、たとえどれほど危険があっても、住み慣れた『くすりや』に身を置くほうがよっぽどましだ。今ならまだこの初恋にも蓋ができる。

(白月様との距離をこれ以上縮めたくない)

泰然自若としているように見えた白月の思いがけず強引なところ、怖いところ、優しいところ。そういう身近にいなければ知り得ぬ素の姿を、もう目にしたくない。初恋が深まって本格的に色づく恐れがある。

「なあ……、そんなに怒らないでくれ」

酒で満たした徳利を差し出すと、白月がそれを受け取りながら楽しそうに言って、わざわざ顔を覗きこんでくる。

(本当に、毒と花の蜜を一緒くたに煮詰めたような方だ)

眼差しはとろとろしそうなほど甘く、だけどいざ口にすればきっとただではすまない。

「怒ってません」

「なら、俺を見てくれ。もう困らせない。だがな、おまえ様がかわいいから、からかいたくなるんだぞ」

ちょっと尾を揺らして色っぽく微笑めば、なんでも許されると思っている！

「ほら、あーん」

白月は徳利を脇《わき》に置くと、雪緒の機嫌を取るように帆立の身を箸でつまんで食べさせようとする。帆立に罪はない。差し出されるままぱくりと食べる。……ごくんと美味しく飲みこんでから、なにをやっているんだ!! と羞恥に悶《もだ》える。白月は満足そうに口角を吊り上げていた。

食事後も、しばらくのあいだ、気ままな怪たちは囲炉裏のそばでごろごろしていたが、夜半までには帰っていった。宵丸は「狩り日和」という理由で、白月のほうは、痺《しび》れを切らして現れた小間使いに「今日は邪気のたまりやすい新月なんですから、早くお屋城に戻ってくださ い」と盛大に泣きつかれて。

彼らが去って、土間は一気に静まり返った。

雪緒は板敷の上に座りこみ、長いことぼんやりとした。徳利に少し酒が残っていたのでそれを杯に注ぎ、喉に流しこむ。

なんだか今日はいつもより落ち着かない。

その原因を探りながら、もう一口酒を飲む。わざとらしく、あぁそうか、とたった今気づいた振りをする。鈴音が白桜ヶ里の長という地位を得て、白月に求婚したという。

それを知ったせいで胸がちくちくするのか。……白月の口から先に聞いておきたかったと思うのは、いささか厚かましいか。復縁を拒否し続けているのは自分のほうだ。

（それにしても、鈴音様が里長に……）

郷全体の頭領は白月だが、それぞれの里は、長の座におさまった者が支配する。そう頻繁に起きることではないが、戦国時代同様に下克上が容認されている。なので、紅椿《あかつばき》ヶ里《がさと》から追放された鈴音が隣里の長として成り上がっても、なんらおかしくはないのだが――。

（白月様と結ばれたくて、白桜の長になったんだ）

雪緒への仕打ちは非情そのもの、許しがたいし決して好きにもなれない相手だが、一方で彼女の情熱が羨《うらや》ましいと感じる。恋の成就のためなら平気で悪にもなれるその強さと純粋さが。

雪緒は軽く頭を振り、腰を上げた。自分はもう結婚なんてこりごりだ……。

後片付けやら台帳の確認やらをすませ、風呂も浴びて、さて眠る前に煙管《キセル》の手入れでもしておくかと寝室の文机の上に商売道具を並べたときだ。

ひょぉーお、ひょぉーお、という夜風の唄がやけに耳につき、手がとまった。

ずいぶんともの悲しげな響きだ。それに胸騒ぎを覚えてしまい、じっとしていられなくなる。

雪緒は厚地の羽織りを肩にかけると、手燭《てしょく》を持って立ち上がった。手入れ予定の煙管はなんとなく帯に差しこんでおく。

（縁側や土間の護符が剥《は》がれていないか、調べに行こう）

障子の先にある座敷へ入り、そこから縁側へ向かう。手燭を掲げてみれば、雨戸の縁にはしっかりと魔除《まよ》けの護符が貼《は》られていた。

ひとまず胸を撫で下ろし、念のため貫木《かんぬき》を外して雨戸の外をうかがう。そういえば今夜は新月だ。あたりは黒衣に包まれているかのように真っ暗。

目を瞬《まばた》かせ、ずれた羽織りを肩にかけ直す。時折冷たい風が首筋をくすぐるが、木々の枝を揺らすほどの威力はない。

しかしまた、ひょぉーおひょぉーおと、夜が鳴く。先ほどよりも音が近い。

（なぜ？）

胸中で短く自問したのちに、知らず顔が強張《こわば》った。なにかが庭にいる。息をひそめている。

その直感に肌が粟立つ。もしもの話だが、たとえば白月や宵丸あたりと匹敵するほどの大妖が本気で襲いに来た場合、護符が夜明けまで持つかどうか——。

不吉な想像に背筋が寒くなった。早く部屋に戻り、雨戸を閉めよう。そう考えて庭に背を向けた直後、ぷん、と嫌な臭《にお》いが漂ってきた。これは血の臭いだ。

新月の夜は、魔性の刻。つい唇を強く噛《か》む。こんなことなら宵丸に泊まっていってもらえばよかった。

後悔が胸に溢《あふ》れたとき、どしゃあっと重量のあるものが縁側の手前に飛んできて地面に衝突した。反射的に振り向いたあとで、手燭を落としそうになるほど驚く。

「……あぁ、雪緒様」

地面に激しくぶつかったその塊が、ぴくりと動き、息も絶え絶えな様子で言った。

「すみません、私の力では阻止できぬ」

え、と口の中でつぶやいてから、塊の発した言葉が自分への忠告だと理解する。

雪緒は板縁の上を足で擦るようにして進み、手燭の明かりで庭を探った。

地に伏していた塊は見覚えのある怪だった。狐耳を生やした、雪緒より二、三、年上の青年。

白月のお屋城にいた妖狐《ようこ》で間違いないが、全身血まみれでひどい有様だ。

雪緒は仰天し、裸足のまま庭に飛び降りた。近づくまでのあいだに状況を把握する。妖狐の青年は白月がひそかに寄越した護衛であり見張り番だ。その彼がここで何者かに襲われた。

青年のそばに膝をつき、手燭を雪の地面に置いたのち、こちらを見つめる彼に肩を貸す。

「私に掴まって。部屋に運びます」

怪我《けが》がひどい。急いで手当てをせねば。

「いいえ、いいえ。私にかまわず、早く、逃げて――」

青年が血色の泡を口角から垂れ流して懸命に訴える。見捨てられるわけがない。

「話はあとで！」

雪緒は彼の体重を支え、縁側に戻ろうとした。すると、ひょぉぉお、と真後ろで風が鳴いた。

一瞬、奥歯を噛みしめると、雪緒は覚悟を決め、突き飛ばすような仕草で狐の青年を縁側に押しこんだ。次いで自分も縁側に上がろうとしたが、なにかが背後から腰に巻きついてきて動きを封じられる。視線を落として腰にあるものの正体をうかがえば、それは男の腕だった。

地面に置きっぱなしの手燭の明かりはこの位置までほとんど届いていなかったが、それでも、縁側に倒れこんだ狐の青年が絶望の表情で雪緒を見上げたのがわかる。「戸を、閉めて」と雪緒は彼に囁いた。

動けそうにない怪我を負った彼のために、夜明けまで魔除けの護符がもってくれるといいけれど——そう思った瞬間、腰に巻きついていた腕にぐっと力が入った。

「……!」

乱暴に身を抱え上げられ、雪緒はとっさに目を瞑った。あの狒狒の男がまたしても自分を攫《さら》いに来たのか、という考えが脳裏をよぎる。

恐怖を振り払って目を開こうとしたが、そうする前に人攫いが雪緒を抱き上げたまま勢いよく駆け出した。新月の夜だ。瞼《まぶた》を開いたところで、明かりがなくては誰が自分を攫ったのかわかりようがない。

怪と違って雪緒はただの人の子だ。暗闇《くらやみ》を見通す目なんて持っていないのだ。見えぬ代わりに、荒い息遣いに耳を澄ます。男であることは確実。雪緒を軽々と抱え上げられるほどの腕力と背丈がある。だがどうも狒狒男とは違う気がする。

わざわざ攫うくらいだ、むしゃりと食べるつもりじゃないはず。だとしたら嫁攫い?

こういう事態を恐れて設楽の翁は嫁に行けと口を酸っぱくして言っていたのだ。だが、消えぬ初恋の灯火《ともしび》、そしておのれの存在の揺らぎに怯《おび》え、復縁の申し出を断ったのは雪緒自身。すべては自業自得だったが、まだ生きている。自分の命をむざむざと手放すつもりはない。

どうやって切り抜けようか。

荒々しく地を駆ける男の腕の中で、雪緒は焦りと恐怖を胸の底に閉じこめながら懸命に考える。

＊

到着した先は、犀犀谷《さいさいだに》の後ろに聳《そび》える古々梅山《こごめやま》の中腹だった。雪に覆われたゆるい傾斜地の下に、粗末な木造の小屋がある。狩猟用に設けられたものなのか、それとも人攫いの男がこのために急遽《きゅうきょ》建てたものなのか。

男は存外丁寧な動きで雪緒を敷物の上におろすと、かたわらの燈台《とうだい》に火をつけた。そうとわかったのは明かりが室内を照らしたあとのことで。

雪緒は何度か瞬きを繰り返し、橙《だいだい》色の光に目をなじませた。そうしながらもあたりに視線を走らせる。六畳程度の簡素な小屋だ。入り口には薦垂《こもだ》れ。室内の中央に四角い火鉢、隅には大きめの徳利がいくつか並び、その横に小型の櫃《ひつ》があった。太い木の枝や、割った竹も積まれている。壁には巻いた縄や網、毛皮などがかけられている。

雪緒は火鉢のそばに敷かれた熊の毛皮の上におろされていた。人攫いの男は、火鉢の向こうに座っている。

全身を緊張させながら、男の様子を盗み見る。胡座《あぐら》をかき、うたた寝でもしているかのように頭を垂らしているが、実際は激しい疲労のために身がぐらぐらしているらしかった。

(誰……?)

おそるおそる男の顔をうかがってみたが、まったく見覚えがない。

年は白月とそう変わらないだろうか。艶のある黒銀の髪を後ろで結んでいる。眉《まゆ》も目もすっとしていて男らしいが、不思議と清らかな印象がある。どこか脆《もろ》さが匂《にお》い立つというか。儚《はかな》さとは無縁の凛々《りり》しい風貌《ふうぼう》のはずなのに、なんだか危うい。そんな雰囲気を感じた。

谷を越えてきたせいか、男の呼吸はひどく荒い。少しはだけた襟元から覗く肌も汗ばんで、まろい玉のようなしっとりとした輝きを見せている。

雪緒は内心、いぶかしむ。

この男は人じゃないだろう。山に住み着く猟師や馬追いでもない。着用している薄青の広袖《ひろそで》は上等な絹で、足にそった黒の袴も色褪せてはいない。雰囲気からしたって里の隅でくすぶっているような下等の怪とは思えなかった。

しかしそれはそれで矛盾が生じる。妖力の豊かな怪が谷ひとつ越えた程度でこんなに激しく消耗するだろうか。宵丸なんて山を越えても生気溌剌《はつらつ》、ぴんぴんしているのに。

「——あんたをどうこうする気はない」

ふいに男は絞り出すような掠《かす》れた声で言った。思わぬ言葉に雪緒は目を見張る。

「でも不用意に俺に近づくんじゃねえ」

男が言葉とともに吐き出す息は荒く、そしてどうしてか、甘かった。雪緒は、背筋が妙な具合にじわりと熱を帯びるのを感じた。

「俺は、由良《ゆら》。白桜ヶ里の長の子。性は鵺《ぬえ》だ」

「鈴音様が殺した長の――!?」

勢いで言い返したが、その途中でばっと口を押さえる。失言だ。怒らせたかと危ぶむも、由良の態度は変わらなかった。

「そうとも。ろくでなしの長の子だ。子の数が多くて、俺自身、何番目なのか把握しておらん。そもそも子がどれほどの数いるのかさえ知らない」

忌々しげな口調だ。雪緒は答えず、この男が次になにを言うのか身構えた。

「今は子の数などどうでもいい。鈴音という牝狐がなにをしでかしたかが問題だ」

「……長の座を奪ったと聞いていますが、それ以上のことが?」

「そうだ。あの女は目的を果たしたあと、使い道があると言って、長の子らを皆牢屋《ろうや》に監禁した。だが先日、あの牝狐は俺を解放しやがった。いや、俺の他にもう何人か。俺たちのうち、誰でもいいからあんたを襲って妻にでもしろと」

「妻!?」

「見事かなえた者は殺さずにいてやる、ついでに父の御霊を常闇から戻してやってもいい。そう言われた。……ただし、阿呆《あほう》のようにたらふく媚薬《びやく》を飲まされた上でだ」

雪緒は絶句する。狒狒男が失敗したので、次にこの由良を送りこんできたわけか。

「俺はその話に乗った振りをした」

「振り？　どういう意味です？」

「情のない父の御霊など救う価値もねえ。俺はただ、牝狐の手から逃げるために、話に食いついたふりをしただけだ」

「それならなぜそのまま逃げずに私を攫ったの？」

由良はそこで俯けていた顔を上げ、自嘲《じちょう》をまじえた皮肉な表情を見せた。爛々《らんらん》と輝く目に、雪緒は怯《ひる》む。

「俺が攫わなきゃ、非力なあんたは兄弟に攫われ、あげくに無理やり暴かれるはめになるが？」

「……私を守るため？」

とっさに驚いてみせたが、これっぽっちも信用できない。彼は、『くすりや』の見張りをしていた狐の青年を半殺しにしているのだ。

疑念を隠し通せなかったようだ、由良はかったるいというように吐息を漏らす。

「面倒くせえな……。人の子は気配を読むのに長《た》けていないのかよ。そういえば、わざわざ鳴いて知らせてやってもぼさっとしているだけだったな」

「ぼさっと、って……、もしかしてあの鳴き声って私への警告だったんですか」

襲撃の合図にしか聞こえなかったが、違ったらしい。雪緒は微妙な顔をした。

「俺の兄弟がすでにあんたの店に迫っていたんだぞ。腐っても長の子らだ、あんな二尾の狐程度がとめられるか。……が、途中で黒獅子が参戦した。俺は、あいつらが争う隙《すき》をついてあんたを攫い出したってわけさ」

雪緒は返事をせず、今の話を必死に咀嚼《そしゃく》する。ふと寒さを思い出し、自分の腕をさする。

(狐の青年を襲ったのは、由良じゃなくて他の長の子たち？　それを途中でとめたのが黒獅子──宵丸さん？)

宵丸は狩り日和と言ってなかったか。その狩りの対象とは、まさか由良たち……つまり鈴音が送りこんできた者たちのことだったのか？

だとすると、ここしばらく白月や宵丸が『くすりや』に入り浸っていたのは、雪緒を警護するためではないか。

「あんたを連れ出したのは襲うためじゃねえ。だいいちあんたは俺の趣味じゃねえ」

一言多いな、この鵺！

「だが、恩は返す」

由良はふうふうと荒い息を吐きながら、雪緒を見据えて言い捨てる。

「恩？」

「覚えてねえか。七年前、仙人草を食い散らかして野たれ死にしかけていた、〈ぶよぶよ毛玉〉のことは」

「え、なに？　ぶよぶよ毛玉って……？」

呆気《あっけ》に取られて聞き返した雪緒に、この男、憎々しげに三度も舌打ちした。

恐怖よりも、腹立たしさが多少上回った。

「てめえが、俺に！　言ったんだろうが！　このぼけなす女」

「ぼけなす⁉　く、口悪っ！」

がっと口汚く責められて、恐怖と腹立たしさの度合いが完全に逆転した。

「いったいいつ私が言ったっていうんですか。あなたとははじめて会ったし、それに私、人様に向かってぶよぶよ毛玉とかそんな暴言吐きませんけど！」

「しらを切るつもりか！　『うわぁなにこのぶよぶよ毛玉⁉　えっ、死んでる？　死んでますか、おーい、ぶよぶよ』……そう叫んで俺をつついただろうが！　この、古々梅山の谷で‼」

「誰かと間違えているんじゃ⁉　そんな記憶、まったくない……‼」

つられてこちらも大声で反論したが、由良のぎらついた黒い瞳を見た瞬間、ふっと記憶のかけらが脳裏をよぎった。

（ぶよぶよ毛玉）

そういえば七年前、設楽の翁とともに白桜ヶ里を訪れたことがある。目的は治療。翁と交友のある怪が病に罹《かか》り、文にて来診を頼んできたのだ。その途中、古々梅山を通った。だが長の妻の一人がお産を間近に控え、白桜ヶ里全体がぴりぴりしていた。理不尽な因縁を吹っかけられたとしても、今なら余所者というだけでこちらが断罪されかねない。

そこで翁は麓《ふもと》の宿に雪緒を置き、単独で里へ入った。自分が戻るまで決して宿を出るなと命じられていたが、なにしろ当時の雪緒は十歳。白桜々里がどれほど危険な状態にあるのか、よくわかっていなかった。退屈になり、雪緒はつい宿を出た。

（ふらりと歩み寄った小川の近くで、なんか全身を腫らした死にかけの黒い毛玉を見た気がする。症状を診て、仙人草の『食あたり』だと気づいたんだっけ）

仙人草は本来、骨や関節などの痛み、腫れをやわらげるときに処方される植物だ。

怪に対しては、毒でもあると同時に、妖力《ようりょく》を増幅させる霊薬にも変わる。食べすぎれば身の妖力が暴走し、肌全体に糜爛《びらん》が広がったり水疱《すいほう》まみれになったりする。最悪、死に至る。

仙人草の過剰摂取が引き起こすこうした『食あたり』は、怪が頻繁に罹患《りかん》する病のひとつ。手当てを求めて『くすりや』に駆けこむ怪が多かったこともあり、その頃《ころ》にはもう薬方にも通じていた。

それに、設楽の翁が宿に置いていった薬箱の中には調合に必要な生薬も揃っていた。鳩麦《はとむぎ》の種にもぐらの肝、黄蘗《おうばく》の樹皮……。雪緒は一度宿に戻ってそれらを薬袋に詰めこみ、小川に引き返したのだ。そして、翁の施術を真似《まね》し、手当てをした——。

(言ったね、確かにぶよぶよ毛玉って！　すみませんでした!!)

完全に思い出した。治療後、使用した鉢を小川で洗っているあいだに、毛玉は行方《ゆくえ》をくらましたのだ。

「あのときの毛玉」

ああん!?　と、ものすごく柄の悪い返事をされた。一見若武者のような凜然《りんぜん》とした雰囲気の美男なのに、粗野な振る舞いのおかげでぶち壊しである。

「本来俺はあれほど卑小な怪じゃねえ。当時は仙人草のせいで妖力が狂って、犬ほどにまで身が縮みやがったんだ」

「瀕死《ひんし》でしたね、ぴくぴくしてた」

「誰がだ！　舐《な》めてるのか!?」

由良は吼《ほ》えたが、急に横を向いた。はああ、と熱い息を吐く。忘れていたが、彼は媚薬を飲まされ、かなりつらそうだ。

「……だが、あんたの手当てで救われたことは事実だ」

「えっ」

「あの後、妖力の暴走がおさまって動けるまでに回復した。……礼が遅れたのは、俺が長の子の由良だからだ」

由良は自身の膝に頬杖《ほおづえ》をつき、眉をひそめる。

「父は変なところで疑り深く、地位が脅かされないかと我が子相手にも警戒していた。隣里の紅椿ヶ里へ足を運べば、なんの目的かと痛くもない腹を探られる。仙人草を食っていたことも知られたくはなかった」

「あ……そうでしたか。私もぶよぶよとか失礼な発言をしてしまったんで、お礼なんていいですよ」

「腹立たしくはあるが、子どもの発言だろ。……むしろよく俺を恐れず、手当てをしようと決意した」

嫌そうに、というより羞恥心を必死に隠そうとしている口調に思え、雪緒は目を丸くした。

（荒くれ素直か！）

なんだか本当に恩返しに現れただけと信じていいような気がしてきた。

「さ、攫ってくれて、ありがとうございます……？」

いや、でも宵丸たちになにも告げずに来たのは失敗じゃないか？

雪緒は悩みながらも頭を下げた。由良は「あんたのためじゃねえ。俺の矜持《きょうじ》のためだ」と強い口調で言いはった。

この鵺、野蛮と評判だった白桜ヶ里の長の子とは思えぬほど実直な性格なんじゃないだろうか。

「で、攫ったついでに、これをなんとかしろ」

「これ」

「俺の具合を治せと言っているんだ」

まっすぐに睨まれ、雪緒は怯んだ。媚薬効果を消せと。

恐怖心が消え去った状態であらためて彼を見ると、なにやらたいそう目に毒な姿だ。

いかにも眉目《びもく》秀麗な白月とはまた違って、髪一筋分の脆さを含んだ清々《すがすが》しい美しさ。それが媚薬の影響で、妙な色気が出てしまっている。

おかげで、見てはいけないものを見ているといった後ろめたい気持ちに襲われる。

狭い場所にひとつきりの明かり、という状況も余計に妖《あや》しさを生んでいる。

客商売をしているので、いい女もいい男も見慣れているつもりではあったが、これはまず距離がよくない。息遣いをはっきり感じる近さだ。

「おい、聞いているのか？」

「うん、でも――薬は店にあるんだけど」

由良の目が軽く見開かれる。

当然ながら毒消しなんて都合よく持っているはずがない。

「紅椿ヶ里の薬屋は面妖《めんよう》な術で薬を作るんじゃないのか？　そう噂されているが」

「えー……、術を使うのは事実です。でも私なんて別に噂になるほどの薬屋じゃないですよ」

「そうか……？　では治療は難しいんだな」

「道具の煙管は持っているんだけど、札と墨がない」

「その辺の木の皮じゃ代用できねえか？」

「無理。札は楮《こうぞ》の紙じゃないとだめだし、墨も特殊な液を使うし」

この墨が肝心、秘伝中の秘伝なのだ。『けら』と『けら』の粉――螻蛄《おけら》を粉末にしたもの、それに啄木鳥《けら》の嘴《くちばし》と骨を粉末にしたものを、松煙から生じた煤《すす》にまぜる。あとは蝮《まむし》の皮も。

そこに術者、つまり自分の涙を一滴。涙はそもそも、色のない血である。

治療に必要な生薬を準備するので、一度『くすりや』に戻してくれないだろうか――そう頼もうとして、ふと迷う。

今ここで雪緒を『くすりや』に戻したことが鈴音に知られたらどうなるか。

雪緒たちが結託したと判断し、鈴音は烈火の如《ごと》くに怒るだろう。

そうなれば雪緒はこれまで以上に恨まれるだろうし、由良に至っては、常闇に沈められた父の御霊を救うすべすら失われる。

粗暴な面が目立つ由良だが、媚薬に屈することなく正気を保って会話しているところを見れば、どういうたちの者であるかは容易にうかがえる。誇り高く、生真面目。そんな性格なら、たとえ情を抱けぬ身内だとしても、常闇に落ちた父の御霊をこのまま放っておくわけがない。不用意に鈴音を刺激したくないはずだ。

常闇とは、死者が向かうとされる死国――『よもつ國』の周囲にある闇の森のこと。『曲がり森』とも呼ばれており、その呼称通り、時間を曲げ、滞らせている。他者の手で理不尽におのれの寿命を曲げられた怒れる命が落ちる場所だ。自ら心を狂わせた者が落ちることも。

恐ろしく深い森で、生者が迷いこめば脱出はほぼ不可能とか。

そのどこに御霊が囚《とら》われているのかは、寿命を曲げた者……鈴音にしかわからない。

同じような考えを抱いていたのだろう、明かりに浮かぶ由良の表情が曇っている。

「……今はあんたを連れていけねえ」

そうだろうなとは思ったが、落胆を隠せない。

「見損なうな。くそったれの父の魂を第一に考えたわけじゃねえ。……俺がもう間に合わん」

意味がわからず、雪緒は首を傾《かし》げた。

「……次にあんたに触ったら、綱が引きちぎられる」

「綱？　……ってどこに綱が？」

「ぼけなすが!!　この状況で理の綱以外になにがある！　欲に濡れるという意味だ、くそっ、恥ずかしいことを言わせるな！」

「ああ、そういう！　すみませんでした!!」

勢いにおされて頭を下げたが、もしかして自分は今貞操の危機にあるんじゃないだろうか。

「……由良さん、ちょっとあなたの身体を縛っていい？」

「はあ!?」

愕然《がくぜん》とされた。が、こっちは大真面目だ。身を乗り出し、懇願する。

「あなたを縛りたい。動けなくしたい。あと目隠しもしたい」

襲われたら困る。彼の理性が残っているうちに、手足の自由をきっちり奪っておきたい。正直に言うなら、そのあいだにここから逃げたい。

「この……っ、てめえは!!　余計なことを言うな！　というよりもうなにも言うな！」

「わかりました、もう喋《しゃべ》りませんからお願い、縛らせて!!」

「煽るな!!」

「なんで!?」

ぼけ女ぼけ女ぼけ女、となにかの呪詛《じゅそ》のように苦しげな顔で吐き捨てられた。この鵺、絶対女にもてない！

「縛るくらい、いいじゃないですか！　痛くしないから！　優しくするから！」

「頼むからそれ以上変なことを言うな！」

由良は自分の膝をぐっと掴むと、頭を下げて、はああ、と大きく息を吐き出した。そこにわずかな艶が秘められているのに気づき、雪緒は思わず肩を揺らす。一瞬前までの怒りはあっさりと霧散し、ただ気まずさだけが残る。

「……あんた、俺に近づくなよ」

由良が、さっきまでとは違う低い声で言う。今は冬の季節、それも夜の刻で、全身、鳥肌が立つほど寒いはずなのに、急にじっとりと空気が汗ばんだように感じられる。

「か弱い顔で怯えるな。動くな。衣擦《きぬず》れの音を聞かせるな。吐息も深く漏らすな。……そういうのは今、困るんだ」

その体勢ではこちらの姿など見えていないだろうが、何度もうなずいておく。

「俺は動けん。かといってあんた一人を里へ向かわせるわけにもいかねえ。里に辿《たど》り着く前に、夜の獣に襲われるぞ」

「はい」

「そこからでも、俺の具合がどれほどか、わかるか？　おそらく麝香《じゃこう》を飲まされたと思うんだが」

激しくなる鼓動は無視して、由良に意識を集中する。できれば目の状態や体温を知りたい。が、接近するのは危険だ。

「……うん、由良さんからかすかに麝香の香りがする」

目を閉じ、空気の匂いを確かめる。小屋にあるのは、乾いた冬の匂い、由良の体温と汗の匂い。そこにむっとするような麝香の匂いが重なっている。

……脈を取っていないし、口内や目の様子を診てもいない。空気の匂いだけで診断できるわけがないが、今の状態でも処方できるものがある。安心感を与えることだ。薬師の言葉は暗示に変わる。

「麝香だけなら、時間の経過とともに身体の変化もおさまります。でも他にもなにか他に飲まされているのだとしたら、……たとえば蜂蜜《はちみつ》、無花果《いちじく》とか。動物性の薬もまざっているなら、それらに効果のある毒消しを使わないと厄介かもしれない」

「そうか」

由良はやるせない様子で大きく息を吐くと、汗ばむ首元を手の甲で拭《ぬぐ》った。やはり見てはならないようなものを見た気分になり、動揺した自分をごまかすために雪緒は急いで言葉を紡いだ。

「うちのご贔屓《ひいき》さんが口にしていた噂話で、そういえば最近、麝香鹿《じか》や麝香揚羽が山で姿を見せなくなったって」

「あの牝狐が狩り尽くしたかよ」

「でもそんなに大量の媚薬を手に入れて、どうするんでしょうか」

「使い道ならいくらでもあるだろ。げんに、俺に使われているじゃねえか」

「……そうですね」

そこでいったん会話が途切れたが、沈黙が悩ましいものへと変わらないようにか、由良がふたたび口を開く。

「しかしおまえ、なにをやらかした？　妖狐にああまで恨まれるとはただ事じゃねえ」

「……私が郷長の嫁になったのが許せないんだろうと思います。と言ってももう離縁済みなんだけどなあ」

ふと由良が視線を寄越し、雪緒の顔をじろじろ眺め回す。

「あぁ、そうか。次の御館も牝狐同様に狐族の者だったな。しばらく前に、人の子を嫁にもらったと耳にした覚えがあるが、あれがおまえだったのかよ。ふん、するとあの牝狐は御館に横恋慕をしていたわけか」

「たぶん、そんな感じじゃないかと……」

雪緒はしどろもどろになった。嫌な事実に気がついたのだ。

よく考えずとも、この鵺や白桜ヶ里の長の交代劇は自分たちの揉《も》め事が発端になっていないだろうか。雪緒自身も被害者側の人間だが、由良の場合はもっと悲惨で、親まで殺されている。彼に恨まれてもおかしくない。今さらながらその可能性に気づいて身構えるも、

「わからんな。俺の父を欺いて殺すくらいだ、怪としての力は強いんだろうが……。こんなかわいげのない真似をすりゃなおさら男の心など離れるだろうに。正々堂々、おい、きさまに惚《ほ》れているぞと想《おも》いを告げたほうがよくないか」

などと媚薬に侵されているとは思えぬ若竹のごとき清々しさを見せつけられ、雪緒は本気で驚いた。なんだこの男、恰好いい。

「爽《さわ》やか鵺だなあ！」

「俺をばかにしたか？」

「してないしてない！」

むしろそのまっすぐぶりに照れる。色恋に手慣れていそうな美男が純情そのものの発言をするとは思いもしなかった。しかしまだまだ鵺の快進撃は続いた。

「あんたも、やつらに振り回されて災難なものだな」

「や、いえ、その」

「人の力で怪に抗《あらが》うのは至難の業。苦難も多いだろう。おまえを攫った俺が言うのもなんだが」

鵺のお人好《ひとよ》しぶりに、雪緒はぐぐっとくる。

（私に咎《とが》はないはずなんだけど、罪悪感がいや増してたまらない気持ちになる！　鵺をすごく助けたくなってきた！）

こんなふうに気遣ってもらえたのはいつぶりだろうか。

訳知り顔をして欺こうとしているようには見えないし、仮に陥れるつもりなのだとしても、わざわざ自分で媚薬を飲んだり仰々しく攫ったりする必要はない。それこそ怪に人が抗うのは難しいのだから、力で言うことをきかせればいいだけだ。

となるとやっぱり今の言葉は、鵺の本心となるわけで。

雪緒はきりりと彼を見つめた。やれるだけやってみるか。

「由良さん、とりあえず朝までがんばりましょう！」

「はっ？　なにをだ」

目をぱちくりさせる鵺に、問いをぶつける。

「媚薬は、嗅《か》がされたり塗布されたりしたんじゃなくて、服用で間違いないんだよね？」

「お、おう。酒とともに流しこまれたが」

「じゃあ、なるべく水を飲んで、汗を出したほうがいいかな。少しは落ち着くかもしれない。この辺に小川はある？」

「山裾を左へ回れば川があるが、あんたの足じゃ無理だな。時間がかかる」

「それなら雪を溶かそう。あそこの徳利と柄杓を借りてもいい？」

身体に熱がたまっているならまず発散させたい。芍薬《しゃくやく》、あるいは蚯蚓《みみず》を見つけられるといいのだが、こんな夜中に探し出すのは難しそうだ。いや、酒で飲まされたというなら、この場合は玄圃梨《けんぽなし》……、菊に熊笹《くまざさ》、それに気持ちを安定させるために木香はどうか。あぁ札と墨があれば、生薬が全部手に入るのに！

あれこれ考えながら身を起こした雪緒に、由良が驚いた目を向けて「おい」と声をかける。

媚薬を注がれたせいで、彼の瞳は熱く潤んでいたが、一時の衝動に負けまいとする強い意志と輝きがうかがえる。雪緒は素直にそれを好ましいと思った。

「大丈夫です、逃げません。小屋のまわりの雪を集めてくるだけです」

嘘ではないとわかったのだろう、彼は複雑そうな顔を見せたが、それ以上とめようとしなかった。じゃあさっそく準備をと、壁際の櫃を探る。襤褸布《ぼろぬの》を見つけたので、凍傷防止のためにぐるりと足に巻きつける。なにしろ裸足だ。欲を言えば草履《ぞうり》や革沓《かわぐつ》がほしかったが、残念ながら見当たらない。

呆気に取られていた鵺は、雪緒と目が合うと、困ったように眉を下げて横を向いた。

こちらが裸足だったことに対する後ろめたさとか、女の足をじろじろ見ていた自分への気まずさとか、そういう入り組んだ感情が伝わってくる仕草だった。そこに突っこむと機嫌を悪化させそうなので、やめておく。

雪緒は隅に積まれていた手頃な大きさの竹を一本取り、余った布切れや落ちていた藁屑《わらくず》を先端に巻きつける。壁際に並べられている徳利のひとつは油だ。それに襤褸布側の竹を少し浸し、火鉢の明かりを移す。

「すぐに戻りますんで」

気持ちを切り替え、意識して落ち着いた低めの声を出す。自分は薬師で、由良は患者。彼から不安を取り除くこと、そして安心感を与えることが、一番目の『処方』である。

「私の足音を聞いていて。小屋から二十……いえ、十歩以上は離れないって約束する」

由良は返事をせずしかめっ面を作ったが、やはりとめようとする素振りは見せなかった。

了承を得たと判断し、雪緒は中身の入っていない小振りの徳利と手火を持って小屋を出た。

火鉢のぬくもりがあった小屋と違って、外はえらく寒い。おまけに新月。ずんと空気が沈んでいるのかと思うほどあたりは暗かった。手火がなくては数歩も進めなかったろう。

そもそも足には布を巻いただけなので、あちこち歩き回ることなんかできそうもない。水たまりにでも浸かれば、すぐに皮膚が凍って面倒なことになる。

七歩進んだところに山桜が立っているのに気づく。

雪緒は表情をゆるめた。これは使える。

手火を地面に刺し、徳利も置いたのち、懐を探る。そこから赤い絹の包みを出す。中には、小さな銀の篦《へら》、矢尻《やじり》のような平たい鉄の刃。篦は毒を調べるために、刃は薬草をとったり潰《つぶ》したりするために。もしものときを考えて、この二つは眠るときでも必ず懐に入れている。

まずは刃で山桜の樹皮を削る。この暗さと寒さのおかげでただ削り取る作業だけでも一苦労だ。なんとか手に入れた桜皮を帯に差しこみ、今度は徳利に雪を入れる。このあたりで足の感覚がなくなってきた。もう戻らないと皮膚が雪で焼けてしまう。

徳利と手火を取り、小屋に戻る。俯いて荒い息を吐いていた由良が顔を上げ、平静を装った。態度はちょっと居丈高だが、これはまことに魅力的な男だなあと頭の片隅で感心する。

「……本当に逃げなかったのか。ばかだな」

由良がつぶやく。安堵《あんど》と、寂しげな影が一瞬その瞳によぎる。

「私は、よい薬屋。患者を見捨てませんよ」

軽口を叩きながらも火鉢にそのまま徳利を置き、雪を溶かす。そのあいだに、刃や篦を包んでいた絹を床に広げ、桜皮を細かく刻む。由良の視線を手元に感じた。頬にかかる髪が鬱陶《うっとう》しく、何度か作業の手をとめて掻き上げる。そういった動作さえ視線で追われているのがわかり、妙に胸がざわめいた。気づかない振りをして、作業を続行する。

桜皮は通常女性に処する生薬で、湿疹や化膿《かのう》、咳嗽《がいそう》などの疾患に効果があるのだが、血の巡りを整えて邪を払う薬としてもよく使われている。

また、過剰になった男性的な力をやわらげる作用もわずかにある……といってもこれはないよりましという程度の効能だが、今は贅沢《ぜいたく》を言うまい。

できる限り細かく刻んだ桜皮を、割った竹に乗せ、これも軽く炙る。天日干しが一番だが、これもないものねだりか。次に自分の袖《そで》を軽く裂き、桜皮を包んでぎゅっと丸める。

作業のあいだに溶けた雪の徳利へとその包みを丸ごと入れ、炙るときに使った竹を蓋代わりに、注ぎ口の上に乗せておく。道具がないため、桜皮を粉末状にできなかった。じっくり煮詰めなきゃいけない。

「具合は先ほどとくらべてどうですか」

煮詰めるあいだに軽く問診をしておきたい。そう思い、火鉢を挟んで由良を見つめる。

「……腹の下がとくに熱い。目が眩《くら》んでいる。全身の発汗もとまらねえ。喉が渇く」

薬師としての問いとわかったんだろう、由良は神妙に答えた。

「頭の奥が痺れていて、暴力的な強いものがどっと溢《あふ》れ出そうな危うい感じだ。百匹くらい獣を身に飼っているようだな」

そこまで答えてから、警戒するように雪緒を見る。

「それ以上は本当に近づくなよ。御しがたいこの俺に、易々《やすやす》と引き裂かれてくれるな」

「うん」

雪緒は動揺を隠して深くうなずいた。驚くほど男前な鵺じゃないか。怪は総じて様々な欲に流されやすい性を持つのに、こうまで高潔なのも珍しい。

凶暴な衝動を解放すまいと、由良は息を殺して首を伝う汗を拭っている。……でも世の中、禁欲的な姿こそ色っぽいということが多々あるわけで。

(私はなにを考えているのかな!?)

見ちゃいけない見ちゃいけない、と念じて雪緒はひたすら火鉢にかけた徳利を睨む。だがこのとぷりとした重い空気に耐えられなくなり、また櫃の中を探ることにする。使えそうな椀を手に取りながら、私ってまだまだだなあと内心溜息を落とす。

設楽の翁なんか、同性の自分でさえ真っ赤になるくらい妖艶《ようえん》な全裸の女妖に抱きつかれても、平然といなして治療していたのになあ。

「……薬屋」

「はい？」

振り向くと、由良は視線を逸らしたまま告げた。

「礼を言う。あんたはぼけなすだが、まともな薬屋だ」

……ほめられているのかな。喧嘩《けんか》を売られているのかな？

ちょっと悩むが、気がつけば笑みを浮かべてしまっていた。我ながら単純だ。

❁

とにかく多めに水を飲ませたほうがいい。

時間を置いて、桜皮湯もう一回飲ませたい。足に感覚が戻ったのを確かめてから、雪緒はふたたび外へ出ることに決めた。

「雪を取ってくるね」

「……ああ」

物言いたげにこちらを見やる由良に笑いかけて、入り口へ向かう。彼に対する恐怖心はもう消えていた。この鵺は、誇りを守るためなら自分の首をかっきるだろう。なるほど、うつくしい生き方だ。父子関係とはいえ前の長から疎まれたはずである。

薦垂れをくぐろうとしたときだった。「待て！」と突然由良が鋭い声を上げ、背後から雪緒に抱きついた。いや、乱暴に抱き上げられた。

「!?」

声すら出せぬほど驚く雪緒を見もせず、由良は小屋を飛び出した。獣そのものの動きと素早さだった。だが、あの山桜の横を通り抜けた直後、木陰から、黒々とした塊が矢の速さでこちらへ突進してきた。

由良は舌を鳴らすと、荒っぽく雪緒を地面に転がした。その直後、接近した黒い塊が凶暴な爪を振り上げ、由良の胸を無慈悲にざくりと引き裂いた。

由良はよろめくように後退すると、樹木を背にしてその場に身を屈《かが》め、胸の傷を押さえた。その手があっという間に血で黒く染まる。

雪緒は慌てて顔を上げた。まさか彼の兄弟が襲いに現れたのか、それとも別の怪か、山の獣か。

こめかみがひりつくほど目を凝らし、凶悪な黒い塊の正体を探る。

爛々と輝くその灰色の瞳に、雪緒は見覚えがあった。まさかという思いでさらに凝視する。

「――あなた、宵丸さん⁉」

樹幹を背にして膝をつく由良の前に進み、今まさに噛みつこうとしていた黒い塊――黒獅子が、動きをとめて振り向いた。

獅子を中心に、ぼわりと音を立てて広がる白煙。それが霧散すれば、獅子の代わりに一人の青年が立っている。食事後に別れたときと同じ恰好だ。毛皮のついた厚地の羽織りに、深緑の広袖。同色の袴。裾は革沓に入れている。彼は目を細めると、雪緒のほうに近づいた。

「ふむ、生きていたか。まだ身を暴かれてもいないみたいだな」

「冷静になに言ってるんですか、私だって怒りますよ」

相変わらずの宵丸に、雪緒は思わず突っこんだ。

いや、そんなことより由良だ。大怪我をさせた。

慌てて立ち上がろうとすると、宵丸が腕を取る。身を支えてくれるのかと思いきや、そのまぐんっと引っぱられ、ふらついたところで肩に担ぎ上げられた。学士か書生かというような物静かな雰囲気で、なおかつ荒事向きではなさそうな細身の男だが、彼の正体は大妖だ。体力も腕力も、人とはくらべものにならない。

「そら、帰るぞ」

「え、え、ちょ、宵丸さん!?　……ぐぇっ、そんな担ぎ方……！　私は俵じゃないんですけど！」

「なんだ、白月が迎えに来なかったんで不機嫌なのか？」

「そんな話してないですよね!?」

「髪の毛も衣も血糊《ちのり》でぱりぱりする。不快だ。薬屋、あとでもう一回風呂に入れてくれ」

「なんか生臭い！　どれだけ悪鬼を狩ってきたんです」

「うーん、夜食は丼飯がいいなあ……」

「私は宵丸さんと会話をしたいなあ!!」

どうなってるんだこの黒獅子の頭の中は、と雪緒は彼に担がれながら胸中で叫ぶ。

「本当に待って、由良さんを放っておけない！」

雪緒は大声を上げ、木の下でうずくまっている由良のほうへ腕を伸ばした。雪の地面の上に点々と落ちている黒い染みは、彼の血だ。先ほど宵丸が胸を引き裂いたせいだろう。

しかし彼の襲撃は雪緒を助けるためで、確かに由良は自分を攫った張本人だ。けれども決して悪党ではない。

混乱しながらそこまで考えたあと、雪緒は不可思議なことに気づいて目を瞬かせた。

(そういえば新月の日なのに、なぜ見えている？)

まるで月光が降っているかのようにあたりが青白く輝いている。地面の血や宵丸の衣の色まで、雪緒の目でも確認できるほど。

視線を動かし、由良の真上――木の枝に、一匹の子狐を見つける。

子狐はふかふかした尾の先を松明《たいまつ》のように青く燃やしていた。その光のおかげで雪緒にも周囲の様子が確認できたのだ。この狐は白月の眷属《けんぞく》だと思うが、宵丸と一緒に来たんだろうか。

首を傾げる雪緒の耳に、「……由良だと？」という宵丸の、温度のない声が滑りこむ。

「宵丸さん？」

雪緒は彼の肩の上で身を強張らせた。宵丸は自由気ままでいつも飄然《ひょうぜん》としている男だ、雪緒に対してはめったにこんな冷ややかな態度を取らない。

「気に食わないぞ、薬屋。これに案じる価値などない」

声音のきつさに気圧《けお》されたときだ、うずくまっていた由良がいきなり鵺に姿を変え、荒々しい動きで跳躍した。「うるさいやつだな」と、宵丸は雪緒を抱えたまま、襲いかかってきた鵺の頭部分を片手で掴み、乱暴に地面に押さえつける。

雪緒は必死に目を瞑って振動に耐えたが宵丸の腕から力が抜けたため、ずるりと身体が滑り落ち、地面にへたりこむような体勢になった。

(由良さん、もしかして血の臭いに惑わされて正気を失ってる⁉)

ただでさえ媚薬の効果で、正気を保つのが精一杯という状態だったのだ。

「宵丸さん、こ、殺さずに、気を失わせる程度に!」

片腕一本で鵺の動きを封じているくらいだ、殺さずに気絶させることだって難しくないだろう。だが宵丸は鬱陶しげに首を横に振る。いつになく頑なな男の白い頬を、雪緒は茫然《ぼうぜん》と見上げた。

「気に食わないって言ったろう。おまえはこの里の女だぞ。それを余所者にむざむざと奪われ、ただでさえ腹の虫が治まらぬというのになんで情けをかけねばならない」

「由良さんは隣里の鵺ですよ! 鈴音さんが襲った前の長の子です」

ある意味被害者だ。そう主張しかけた雪緒を、宵丸が冷たく見やる。

「それがなんだ? 鈴音はとうに白月が追放した。もうこの里の者じゃない。逃げこんだ先が白桜ヶ里で、そこの長は鈴音を受け入れた――自身の里の者として迎えた。そしてその鈴音はおのれの力で里長の座をもぎ取った。俺や白月がそうしろと命じたわけじゃないぞ。鈴音自身の意思でだ」

宵丸は、胸から流れる血を振り飛ばすくらい激しくもがく鵺に視線を戻し、淡々と続ける。

「この鵺が長殺しを許せないと思うなら、鈴音に報復すればいい。好きにやれ。でも、うちの里の女に手を出すなら、どんな理由があろうと俺の敵だ」

そもそもの発端は白月や鈴音にある。ちらとも望んでいないが雪緒自身も関係する話だ——という理屈などどうでもいいのだろう。里を離れた者は、もはや他人。怪は、身内には甘いが、切り捨てた相手には容赦がない。日頃飄々《ひょうひょう》としている宵丸であっても、そうなのだ。

「なのにこいつを見逃せ、救えと望むのは、薬屋、俺を侮辱しているということだぞ」

「してません！」

彼は嵐《あらし》を秘めた凶暴な目で雪緒を見下ろす。その冷ややかさに、ぞっとする。雪緒の望みを、意思を押し潰し、食らう目だ。

「こいつは侵入者だ。おまえという女を攫い、仲間を半殺しにもしている」

「私の見世《みせ》を見張っていた狐の青年のことですよね。でも、彼を襲ったのは由良さんじゃなくて兄弟……他の者なんですよ」

「薬屋、やめろ。もう庇《かば》うな。とても不快だ」

ぎち、と鵺の頭を押さえつけていた宵丸の手に力がこもるのがわかった。

（なんでこの黒獅子ってば、こういうときだけ会話が成立するかな!?）

いつものめちゃくちゃな会話が恋しくなろうとは。歯がみをしたいのをこらえて、雪緒は辛抱強く宵丸の気分を変えられる方法を考える。が、尾を松明代わりにしている子狐も宵丸と同意見なのか、ぴょんと地面におりたあとはなにをするでもなく静かにこちらを眺めている。

「……宵丸さんが助けに来てくれて、嬉しい。本心です。里で一番親しくさせてもらっているのは、宵丸さんですもん。攫われても嘆かずにいられたのは、もしかしたらあなたが気が向いたときにでも迎えに来てくれるんじゃないかって、どこかで期待していたからだと思う」

機嫌を損ねないよう話の運びに注意する。

「いつの間にか、信頼していたんです」

「いつの間にか、か？」

「はい」

気配を変えぬ宵丸に、焦りを抱く。このまま鵺を殺させる気にはなれない。

正直なところ鵺がもっと身勝手で嫌な相手だったら、ええどうぞどうぞ思い切ってやっちゃって、という気持ちでいられただろう。でも実際は、鵺が雪緒を攫ったのは他の兄弟から守るためであったようだし、小屋に連れこまれたのちも必死にけだものの衝動と戦ってくれたのだ。ここで死なせたらかなり寝覚めが悪い。

短い思案の末、雪緒は決死の覚悟でこう告げた。

「助けてくれたら今後半年間、お風呂入り放題、夕餉も食べ放題。もちろんそのあいだの治療代もタダ」

「乗った」

宵丸はさっきまでの冷酷な気配を取り払うと、ためらいなく鵺の首を打ち、気絶させた。彼の現金さに、雪緒は遠い目をした。

（あきらめよう私……ほら今だってすでに、似たような状況なんだし……）

暮らしに困窮しているわけじゃないが、生薬を作る際に使用する墨や札の材料はわりと高価で。蝋燭《ろうそく》だって安くない。そろそろ米もなくなりそうだ。さすがにそれらすべてを術で作ることはできない。

……仕事がんばろう、と雪緒はひっそり誓った。


それから、黒獅子に変身した宵丸の背に乗って雪緒は紅椿ヶ里へと戻った。気絶させた鵺は、子狐が眷属を呼んで運んでくれるというので、そちらにまかせた。

『くすりや・』が見えてきたあたりで、縁側のほうに明かりがともっているのに気づき、身に緊張が走った。

「宵丸さん、私の見世に誰かがいるみたい」

雪緒を乗せている黒獅子がちらっと振り向いたが、気にした様子もなく『くすりや』に近づく。どうやら警戒する必要はないみたいだ。

ひょっとすると白月がいるんだろうか、という雪緒の予想は的中した。

尾を松明代わりにした子狐を両隣に侍《はべ》らせて、白月が縁側に端然と座っていた。

声をかけようとして、雪緒はぎょっとした。

白月の着物は血まみれだった。口元も、獣を噛みちぎったように血でぬらぬらと濡れていた。頬にかかる白い髪の一部も血で汚れている。

よく見れば庭のいたるところに血が飛び散っており、いかにもここで激しい争いがありましたといわんばかりの凄惨《せいさん》な有様。だが白月自身に怪我はなさそうだ。

戸惑う雪緒をよそに、黒獅子は臆《おく》することなく縁側に近づいた。

(白月様の様子が変だ)

理由がわからない以上、黒獅子の背からおりる気になれない。どうしたものかと内心困っていると、白月が小首を傾げて雪緒を見やった。静けさをまとう姿勢でありながらその金色の目は白刃のごとき鋭さ。争いの余韻にとっぷりと浸かったままの苛烈《かれつ》な眼差しだった。

「雪緒、嫁に来い」

白月が抑揚のない声で言う。否を許さぬような強さではない。けれどもやはり、眼差し同様に白刃を思わせる。

「俺は何者からもおまえ様を守り抜くし、この命をもって、偽りなく愛するぞ」

確かに彼の言葉からは嘘が感じられない。ひたむきな誠実さがそこにある。だが。

(愛している、じゃなくて、愛する……)

つまり夫婦になれば愛してくれる。

――なぜだか、嫌だと思った。思ってしまった。一度壊れた夫婦関係だからか、前と違って「寄り添ってすごすうちに愛情を育てていけばいい」と大様に構えることができない。

(だって、だったらなぜ最初の結婚のときに私を見てくれなかったの)

突き詰めると、そういうことなのだ。あれだけ放っておいて、鈴音に追い出されたときにも沈黙を守って、そこから半年近くも音沙汰《おとさた》なしで、なのにある日いきなり復縁を申しこんでくる。その理由は？

不信感と寂しさが募りに募り、いまや立派な人間不信……いや、怪不信とでも言おうか。初恋成就に対する願望なんかよりも、もう二度と同じ寂しさを味わいたくないという思いのほうが断然強い。要するに今の雪緒の心は冷たく凍りつき――石のように硬くなっている。

ただしそこで薄情な男を恨み、儚く泣き濡れるのではなく、「好きっていう純粋な気持ちだけじゃやってけないよね！　だったら恋愛の充実は捨てて薬屋業に精を出す！」という前向きなのか斜め上なのかよくわからない目標へ向かって突き進み始めている。

だからこのときでさえも雪緒の返事はひとつしかなかった。設楽の翁が聞いたら、溜息をつくに違いない決断。

「嫁になれません」

郷長からの求婚を何度も断るなんて無礼極まりないと詰《なじ》られるだろうか。多少危ぶんだが、意外にも白月は顔色を変えなかった。

「だが、断ればおまえ様はまた狙《ねら》われるぞ」

「この一年、私は無事でした。……でも白月様がふたたび私に求婚したと知って、鈴音様は心を乱されたんじゃないでしょうか」

白月があきらめてくれたら雪緒の周囲には平穏が戻ってくる。もともと白月の妻という立場じゃなければ一介の薬屋にすぎない自分など誰の意識にものぼらなかっただろう。鈴音にも目をつけられずにすんだはず。

「まあ、確かにそうだな」

白月がやっと表情を見せた。苦笑がにじんでいる。張りつめていた空気がゆるむのを感じて、雪緒は悟られぬようひそかにほっとした。血に濡れながらも美しい怪。感情が見えぬとその美しさに凄《すご》みが加わり、なおさら人外めいて映る。本能的な恐怖を感じてしまう。

「血腥《ちなまぐさ》い姿で言えば、恐れをなしてうなずくかと思ったが、これも失敗か。雪緒は剛胆だな」

白月はなんでもないことのように言うと、狐耳を真横に倒して、ぐいと口元の血を手の甲で拭った。赤い唇はわずかに弧を描いている。雪緒は一瞬唖然《あぜん》としてから目を剥いた。

（……この狐様、人の恐怖を煽るため、わざと血を拭わずにいたのかー!!）

そうでしたね狐は化かし合い得意ですよね！　しかもまったく罪悪感を持っていない！

恐怖やら初恋の切なさやら、とにかく色々吹き飛んだ。彼は自分を翻弄《ほんろう》しすぎじゃないだろうか。

ぐるぐると表情を変える雪緒を、興味深そうに白月が見上げている。

「なにを怒る？　前もって、たくさん誑かすと宣言してやったろう？」

「すごく嬉しくないご親切ありがとうございます！」

「礼には及ばぬ」

「素敵な笑顔すぎて！」

「はは、あがけ、あがけ。すべて徒労に終わるだろうが」

どこの悪党だ！　雪緒はわき上がってくる感情をどう抑えていいのかわからず、前のめりになり、黒獅子の後頭部に顔を埋めた。自分の心は今、陸にあげられた瀕死の魚だ。びちびちもがいている。

「おまえ様って、かわいいなぁ」

楽しそうで甘い声が耳に滑りこむ。獣の高揚が秘められている。退屈せずにすむと喜んでいる。

「俺はな、雪緒。おまえ様以外を娶《めと》らぬと決めたんだ。なんでと聞かれても困る。ただ純粋に雪緒がいい。誰に跪《ひざまず》かれようとも、いくら屍《しかばね》を積み上げられようとも、もはや意を翻《ひるがえ》すことはないぞ」

甘い声音に、咽《む》せるほどの毒がまざった。雪緒は仰天して顔を上げた。

「邪魔する者は、この牙《きば》で、骨まで噛み砕いてやる」

すでに白月は雪緒を見ていなかった。いつの間にか庭に新たな異形が忍びこんでいて、彼はそちらを冷然と見遣《みや》っていた。

視線の先にいるのは、水干姿の男だ。額に真っ赤な札を貼りつけているため顔立ちはよくわからなかったが、狐耳が生えているところを見ると、白月の眷属だろうか。不思議なことに全身が淡く発光している。

「殺しを厭《いと》うほどやわではない。血を飲めば心躍る。高ぶる。わざわざそう警告してやっても、雪緒を狙うのか?」

白月はぺろりと自分の唇を舐めた。拭い切れていなかった血を味わうように。

『――白月。その娘は鵺の手つきになったわ。郷長の妻になど相応《ふさわ》しくない』

男の口から聞こえたのは鈴音の声だった。驚いたが、たぶん鈴音が妖術で男の身を操っているのだろう。

男が一歩、白月に近づく。縁側の白月は動かなかった。雪緒を乗せている黒獅子が、面倒そうに鼻を鳴らす。おりたほうがいいかと今頃気づいて身じろぎすると、咎めるように黒獅子がぶるっと頭を振った。雪緒はおとなしく背に乗ったままにした。

『他の男に抱かれたのよ。そんな娘は捨てなさい』

「その鵺を殺せばいいだけだ」

『娘を殺せばいいものを』

「他の男の味を知ったというならば、二度と思い出せぬよう俺の味を教えてやろう。――どうだ、雪緒。きっとこの白月は美味しいぞ」

『――おやめ、白月。そんな戯言《ざれごと》』

「戯言なものか。今すぐ雪緒を抱き潰したっていい」

雪緒は悲鳴をこらえた。なんて恥ずかしいことを平然と言うんだ、このお狐様は。

『強がりね、白月。他の男の色に染まった娘を、本当に許せるの？　もし許せるのだとしたら、白月にとってその娘は些末《さまつ》なものにすぎぬということよ』

水干姿の男が札の下で妖艶に微笑み、さらに白月ににじり寄る。彼の前でしゃがみこみ、膝についと指先を乗せる。

『私を選びなさいな』

男の短い髪がじわじわと伸び始める。色も、艶のある銀灰色へと。鈴音の色だ。

手籠《てご》めにされた前提で話が進められているが、なにもされていない。由良の名誉のためにもそこはしっかり否定しておきたかったが、場に満ちる妖気《ようき》に圧され、唇が動かない。

『私を捨てると後悔する。今の私は五尾の大妖。白月だって容易には狩れぬ身になった。私たちが争えば、眷属の絆《きずな》も散り散りになるかもしれない。だから、私を選ぶのよ』

男が白月の手を取って、頬擦りする。

「鈴音、もうよせ。俺はおまえを妻にしない」

白月はどこまでも冷淡に答える。

「おまえは妹だ。だから一度は見逃してやった。もはやおまえは紅椿の者じゃなく、おのれの力で白桜の長となったな。それについてはどうでもいい。俺は郷長だが、それぞれの里の管理はそこに暮らす者たちにすべてまかせている。俺の役目は、郷の維持だ」

男の動きがとまる。

「けれど妻と望む女に手を出そうとしたのは許しがたい。ここらで引かねば、殺すぞ」

『殺す？　私をそうも軽んじるか！』

「俺の妻を先に軽んじたのはおまえだ」

白月は、男の額に貼られていた札を乱暴に引き剥がした。

「俺は雪緒を選んだ。去れ」

男の顔が急速に乾涸《ひから》びていく。ぎあああと怪鳥のような雄叫《おたけ》びを上げると、獣めいた動きで身をよじり、四つん這《ば》いになった。一声唸り、地を駆って、雪緒のほうに飛びかかってくる。

しかし、その手が雪緒に届く前に、右から左から、青白く燃える炎が飛んできて男の身に勢いよく衝突する。正体は、白月の眷属らしき子狐たちだ。

あっという間に手足を噛みちぎられた男が、強烈な悲鳴を上げる。妖術が途絶えたのか、あとに残ったのは一気に古びて襤褸と化した着物と、しゃれこうべ。鈴音は、死んだ人間の骨を操っていたのだった。

雪緒は、黒獅子の背の上で全身を硬直させていた。

しゃれこうべを冷たく見つめていた白月の目がこちらを向く。

わざとだ。わざと白月はこれを見せた。怪とは恐ろしいものだろう、だから早くこちらへおいで。守ってあげる。そう誘うために。

しん、と短い沈黙が広がる。

最初に声を発したのは、雪緒でも白月でもなかった。

木々の向こうから青白い光が近づいてくる。大きな板輿《いたごし》を担いだ狐の童子たちだ。彼らは雪緒の近くでとまると、かわいらしい声でこう告げた。

「雪緒様。患者をお届けに参りました」

板輿に寝かせられていたのは鵺だった。

❁

鵺こと由良を救うか救わないかで雪緒たちはしばらく揉めた。

白月も宵丸も、由良の治療に難色を示したが、ここで思わぬ味方が現れた。負傷した見張り番の青年とともにずっと『くすりや』を監視していたという子狐たちだ。

大妖たちに睨まれてぷるぷるしながらも「他者を救うは薬屋の本分である、その生き方を頭領自らが否定なさるのか」と、道理を切々と訴えた。目下の者の一途《いちず》な訴えに、大妖たちが屈したのだ。まだ一尾しかなく毛玉のようにふんわかした子たちで、見た目からして愛くるしい。

雪緒は感謝しつつ、子狐たちにあとで昆布を甘く煮込んだお稲荷《いなり》さんを振る舞おうと固く誓った。まずは座敷に運ばせた鵺の手当てをしないと。

鵺は媚薬を飲まされてただでさえ体内の気の巡りを狂わせていたところに、宵丸の容赦ない攻撃を受けている。大妖の本気の一撃は、刃で斬《き》りつけられるのとはまったく違う。たとえるなら強い毒を塗布した錆《さび》まみれの鉈《なた》で内臓を抉《えぐ》られたようなもので、いかに再生能力が高い怪であろうと容易《たやす》く治せるものではない。

解毒効果もある薬を傷口に何度も塗りこむ。気の流れを正常に戻すために針術も行う。人の世にあるような外科手術は行わない。切開は他の郷でも禁術中の禁術とされ、怪か人かは関係なく、手を出した時点で死罪が決まる。

針術の途中で鵺がいったん目を覚ましたため、煎薬《せんやく》と、熊の心臓を用いた丸薬を食べさせる。活力を復活させ、血を作る薬だ。

（鵺は怪としての力が強い。この調子なら、後遺症も残らず完治するだろう）

薬を塗布した傷口に清潔な布を押し当て、容態の変化を調べる。

そうしてできるだけの手当てを終え、一息つく頃には空が明るみ始めていた。山の後ろから、陽《ひ》が、朝を連れてくる。

鵺がよく寝ていることを確認したところで喉の渇きを強く感じた。水を飲もうと座敷を出て、土間のほうへ向かう。

そちらの板敷には宵丸と子狐たち、白月が集まっていた。囲炉裏のまわりには空の燗徳利が転がっている。どうやらたっぷり飲んだらしく、酒の臭気が土間に充満していた。宵丸はうつ伏せになったまままぴくりとも動かないし、子狐らは皆、酒杯を抱えてひっくり返っている。

（死屍累々《ししるいるい》……）

白月はまだそこまで酔っていないのか、宵丸たちが撃沈したあとも黙々と杯を重ねていたようだが、雪緒の気配を察して振り向いた。ちょっと眉をひそめながらも自分の隣を指先で叩き、「ここに座れ」と言う。

おとなしく従うと、彼は不機嫌な顔のまま自分の杯に残っていた酒を飲み干した。そのあいだも彼の狐耳は、ぎゅーんと後ろに倒れている。

これはかなりお怒りのご様子だぞ、と雪緒は内心身構える。

白月が、そばにあった徳利を引き寄せて杯に新たな酒を注ぎ、雪緒に差し出す。

「お酒は……」

断ろうとしたら、「これは水だ」と白月が素っ気なく答える。

匂いを嗅いでみると確かに水だった。口をつけ、喉を潤す。知らず、ほうっと息が漏れる。

「勝手に風呂を借りたぞ」

見れば、さっぱりとしている。着替えもしたようだ。雪緒が鵺の治療にあたっているあいだ、眷属の子狐たちが持ってきたのかもしれない。白に赤に黄緑と、鮮やかな小花模様を散らした桃色の上衣《うわぎぬ》に、浅葱《あさぎ》の袴。こういう派手な色も似合う。

「白月様、鵺の兄弟に襲われた眷属の方は？」

雪緒に、逃げろと言ってくれたあの狐の青年の安否を知りたい。こちらも治療が必要なはずだ。

「あれはとうに屋城へ運ばれ、手当てを受けているだろう。おまえ様が案ずることはないよ」

「そうですか……よかった」

「その鵺の兄弟とやらは俺と宵丸で、せいぜい半殺しにしておいた」

杯を口元に運んでいた雪緒は、水を噴き出しそうになった。庭の惨状を見ればまあ、なにがあったか容易に察しはつくが、できればこんなきれいな顔をした男の口から半殺しという言葉は聞きたくない。

「雪緒が庇うくらいだから、あの鵺はまともな怪なんだろう。先の白桜の長は悪評しか届いておらぬが、息子たちは誠実であるという話も聞いている。滅ぼすのは、その話が事実かどうか確認したあとでも遅くない」

白月はちくちくした目で雪緒を見ながらも、冷静に言う。……もしも噂に反してろくでなしだったら迷わずぶち殺す、と言外に宣言された気がする。

雪緒は杯を板敷に置き、畏《かしこ》まった。

「はい。由良さんが私を攫ったのは、襲うためじゃなくて守るためだそうです。実際、由良さんは私に手を出そうとしませんでしたよ」

由良さん、と白月が小首を傾げてつぶやく。瞳の色が濃くなっているような。

「惚れたか」

「なんでいきなりそんな話になるんですか！」

「惚れたのか？」

浮気を咎める亭主みたいな顔を向けられても！

「狐の子たちが言っていたように、私は薬屋です。患者を助けたいだけです」

「雪緒はわかっていない。俺は郷長というだけではなく、里長の役目もまだ引き受けている。俺の裁量如何《いかん》で鵺は死罪だぞ。里の女を攫ったことは間違いないんだ」

「死罪にしたら私の手当てが無駄になります」

「憎らしいぞ、雪緒。俺じゃなくても、他の怪も同じ苛立ちを持つ。余所者に女を奪われるなんて屈辱だ」

宵丸も同様の憤りを見せていた。たぶん、里を守る怪としての力量を疑われることに繋《つな》がるのだろう。

「下里の見世ではどうしてもおまえ様の守りが薄くなる。……今は里長も代行しているし、本当に手が足りないんだ。上里の屋敷に来てくれたら必ず守り切る」

真面目に言われて、雪緒は渋面を作る。その前に、白月が雪緒をあきらめてくれたら万事解決じゃないのか。

――けれども、雪緒はなぜかそれをはっきりと指摘できなかった。そういう自分に戸惑いと、焦りがわく。

「すでにじゅうぶん鈴音の恨みを買った。たとえ俺があきらめても、おまえ様、狙われ続けると思うぞ」

意地悪い声に、雪緒は、……そうだった！　と内心地団駄を踏む。このお狐様ったら、縁側で鈴音を煽りまくってくれたのだ。ああまで言われたら鈴音も引くに引けないだろう。

(逃げ道をきっちり塞《ふさ》ぐあたり、本当に侮れない狐様ですよね！)

「な、なぜそこまで私を妻にしたがるんですか！」

「なぜって言われても、俺はそもそも離縁をする気なんてなかった」

「でも、離縁の直後なんてなんの音沙汰もなかったのに！」

「あのときは、どうしても身動きができない状況だったんだ」

嘆息する白月に、雪緒は眉を下げた。わかっている。雪緒が離れにいるときから、彼がろくに眠る暇もないほど多忙であったことは。一部の眷属にこの婚姻を強く反対されていたことだって知っている。

（最初から、結婚なんてしなければ）

そんな思いが頭をよぎり、雪緒はひっそりと唇を噛みしめる。そもそもなぜ雪緒を迎え入れる気になったのか――その本心もいまだ聞けないでいる。なにか恐ろしい事実を暴いてしまいそうで。いくら考えても、単なる愛情ゆえの求婚だとは思えない。

雪緒に向けられたその執着には、そうせねばならないなんらかの理由が隠されているんじゃないだろうか？　そう考えるほうがよほどしっくりくる。

しかし、初恋がこんなにあとを引くとは、自分でも予想外だった。

復縁後にもしも結婚は義務でしかないと冷静に言われたら。それ以上のひどい言葉をぶつけられたら。傷つかずにいられる自信がない。今はもう、慰めてくれる翁もいないのだ。

（そうだ、誰もいない。ここには私一人）

あらためて自覚すれば、自分の存在が揺らいでしまいそうな気分になる。だから『くすりや』を手放せない。自分の本当の名前さえ曖昧なのだ。ゆきこ、か、ゆいこ、か。ゆうこ、か。ゆみこ、か……。

「雪緒」と白月が名を呼び、両手ですくうように雪緒の頬を包む。

「宵丸や俺の手下に見張らせているが、今回のようなこともある。再婚話はひとまず脇に置き、屋城に来てくれ」

雪緒は迷った。どんなに諭されても復縁するつもりはない。けれど自分の命も惜しい。鈴音が雪緒を狙い続けるのなら、護衛を雇うなりなんなりと早急に対策を取らないと。白月の庇護《ひご》下に入るのが一番安全な道なのは間違いない。

「薬屋を廃業しろと言っているわけじゃない。離れのひとつを開放するから、そこでしばらく店をやればいい」

また離れに……？

雪緒は肩を揺らす。恐れと失望が薄闇《うすやみ》のように心を覆う。行きたくない。あそこでぽつんと置物になるのはもう嫌だ。

拒絶の意思が伝わったのか、狐耳を立てた白月が顔を覗きこんでくる。

「俺の言い方が悪かったか。離れを仕事場にしろという意味だ。寝泊まりは主屋ですればいい。……いっそ俺と眠るか？」

急に色っぽく微笑まれて、雪緒は身を仰《の》け反らせた。その拍子に、頬を包んでいた白月の手が離れる。

「今度は、どの夜も一人にさせないぞ」

「離れでけっこうです!!」

「そうか。では必要なものを離れに運ばせる」

あっ、と思ったときには遅い。屋城に居を移すよう誘導されたのだ。

「……!! 白月様って本当にひどい方ですよね！」

「まあな」

「あっさり受け流すし!!」

「俺をこんなに叱《しか》り飛ばすのは雪緒くらいだぞ。おまえ様はこんなにいきいきしている娘だったんだなあ」

「かっ、感心しないでもらえます!?」

白月は、ふさふさと尾を振っている。時々、耳も動く。

雪緒は、くっ、と息を呑《の》む。ついそちらに視線が向かい、怒りまで揺らぐ！

「怒るな、雪緒。いくらでも謝ってやる」

「誠意！　誠意は!!」

「好きなだけ誠意を持っていけ。ほらほら」

「見えませんけど!?」

「人の子には怪の誠意が目に見えぬのか。難儀だなあ」

「嘘ですよね！　怪にだって絶対見えませんよね！」

ふっさりした尾が、宥めるように雪緒の腕をさする。思いっ切り握ってやろうかこの尾、と思って指を伸ばしたら、白月が怪しげな笑いを漏らす。

「言っておくが、尾と耳は急所だ。強く掴まれたら喘《あえ》ぐぞ、俺」

「なに言ってるんですか本当信じられない!!」

「だって妬《や》いているんだ、俺は」

「妬く!?」

なんでいきなりそういう話になる。宵丸ほどではないが白月も自由すぎないだろうか。

「あの鵺は気に食わない。雪緒がちょっとでも惹《ひ》かれていたら、食い殺してしまおうと思っている」

尾の先でつんつんと雪緒の腕をつつく白月は、優しく微笑んでいる。

「死にたいと懇願するほど苦しめてからな」

誑かすその口で、簡単に怖いことを言う。

「鵺に惹かれたか?」

最初に、惚れたかと聞かれたときとは声の重みがまるで違う。金色の瞳は慈悲を知らぬ獣そのものだ。美しいものはなぜこんなに怖いんだろう、と雪緒はその瞳に見入られながら考える。

「いえ、惹かれていません」

「なんだ……、残念」

そうつぶやいて、白月は身を寄せ、雪緒の頭にすりっと頬をこすりつけた。どういう意味での残念なのか、と考えた瞬間、全身に鳥肌が立ったので聞かないでおくことにする。

そちらに意識を向けていたせいで、腕の中に抱きこまれていたことに気づくのが遅れた。宵丸たちがすぐ横で寝ているというのに、こんなふうに密着するなんて。かっと頬に熱がたまる。

「鈴音にまた利用されてはたまらんから、傷が癒えるまでは鵺やその兄弟らも屋城に置いておく」

雪緒は言葉なく頭を縦に振った。それよりも、離れてほしい。

「なあ雪緒……、おまえ様はいつになったら俺に落ちてくれるのかなあ?」

「——私に聞かないでください‼」

「でも俺な、おまえ様が簡単に落ちるのも、ちょっと楽しくないと思い始めているんだ」

……このお狐様め！

腕から逃れようとしても、びくともしない。獰猛《どうもう》な白狐は雪緒を離さず頭の上で楽しげに笑っている。

心の底から詰《なじ》ってやりたくなったところで、ふいにやわらかく囁かれた。

「悪かった、雪緒。本当は、恐ろしい目にも、つらい目にも遭わせたくない」

これだけ好き放題欺《あざむ》いたり煙に巻いたりしているくせになにを言うんだろうと呆れてしまう。

「花よ蝶《ちょう》よというように、そばに置いて優しくしたいだけなんだ。怒ったままでいいから俺にかわいがらせてくれ」

ずるい、と雪緒は項垂《うなだ》れた。ふさふさの尾を揺らして急に子どものような屈託のない笑みを見せるから、突き飛ばすための手に力が入らなくなってしまう。

「……でも、優しくされたくないんです」

「あぁわかった。たくさんはしない。少しだけにしておこう」

「少しでも困ります」

「泣かされるよりいいだろう？　俺が本気で牙を向けば、気を浴びるだけで雪緒なんか腰砕けになるぞ」

「大妖の強さは知っています！」

だいいち、そういう意味で言ったわけじゃない。……いや、同じだろうか？

「だが、俺をもっと怖いものにしないよう雪緒はそろそろ気をつけたほうがいい」

ふっと低い声を出される。

「おまえ様だって腹の底ではわかっているな？　俺はその気になれば、雪緒の意思も望みも平気で踏みにじっておのれのものにしてしまえるぞ。それがためらいなくできる」

「……」

「でもそうしないでいる。それだけ雪緒を特別扱いしているんだ」

脅したり甘えてきたりまた脅したり……今さらだと線を引く一方で、この特別な優しさを信じていいのだろうか、という淡い夢も見てしまう。
こんな調子で本当に求婚を断り切れるんだろうか。雪緒はかなり心配になってきた。

◎肆・代開《よあ》けの藩に迦微《かみ》かくし

「――怪《かい》が容赦ないって、そりゃそうだろうに」

昼下がりの縁側で、火鉢を前に餅菓子《もち》をつついていた宵丸《よいまる》が呆《あき》れたように言った。

場所は、野趣に富むお屋城の敷地内――その端っこに設けられた『くすり堂』だ。濡《ぬ》れ縁を設けた開放的な平屋で、瓦《かわら》屋根は雅《みやび》な紅葉《もみじ》色。時折大棟に、空を泳いでいた巨大な鯉《こい》や金魚がひと休みする。この前なんか、獅子《しし》に似た顔立ちの大柄な風神がうたた寝していて驚いた。

くすり堂のまわりには胡桃《くるみ》の木が多く生えているので、秋になれば収穫を楽しめそうだ。

また、もくもくとした五色の瑞雲《ずいうん》が地上付近に漂ってくることもあって、相変わらず上里は桃源郷のように美しいと思う。

護杖《ごじょう》の森の奥にあるこの上里へ移ってきてから、はやひと月がすぎている。

季節は如月《きさらぎ》。福は内、鬼は外、の節分の月。雪はまだたっぷりと。この時期は、厄払いの豆を求めにやってくる怪が多い。宵丸が口に放りこんでいる餅菓子も豆入りだ。雪緒は炒《い》り豆をそのまま食べている。

それで――なんの話だったか。

そうだ、怪の容赦のなさについて。今日《きょう》も今日とて宵丸が元気に山を駆け回って悪鬼を狩り、血まみれの姿で雪緒の前に現れた。その様子を見てつい、先の言葉をこぼしてしまったのだ。

ちょうどお客が途絶えたときだったので、雪緒は問答無用で彼を風呂場に引っぱりこんだ。

……宵丸のおかげで、頼まずとも子狐たちがすばやく風呂や着替えの準備をしてくれるようになっている。

「怪が怯者《きょうしゃ》と侮られたら、鬼が攻めにくるじゃないか。とくに如月は、里を越える鬼の数が増えるんだ。狩って狩って狩りまくって、せいぜい怯《おび》えてもらわねば」

争いとは無縁というような爽《さわ》やかな風貌《ふうぼう》の男が世にも恐ろしいことを平然と口にする。

十六夜郷《いざよいごう》には鬼里《おにざと》がひとつ存在する。白月《しろつき》はその鬼里と七つの里を治める頭領だが、それぞれの地を実際に管理するのは里長だ。

人の世のしくみに照らし合わせて言うならば、ここは戦国時代のようなもの。いや、もっと物騒か。油断しているとあっさり下克上される。白桜々里《しろざくらがさと》を奪った鈴音《すずね》がいい例だ。

ただし、御館《みたち》様たる白月を狙う者は少ない。

というのも『御館様』の身分には、里の支配権がない。じゃあその身分がどんな役割を持っているのかというと、妖力《ようりょく》による地の存続である。これも人の世の言葉でたとえると、『地神』に相当するのではないか。あるいは、現《あき》つ神。

そういう畏《かし》き存在のために、悪が蔓延《はびこ》る鬼里も平等に受け入れねば摂理に反してしまうのだとか。だから本来、郷長が里長を兼任するのは好ましくない――はずなのだが、前の郷長の雷王がそれを通してしまったおかげで、こうして白月の代に移ってもすぐに後任を見つけられず困っているらしい。ちなみに候補の宵丸は、全力で逃げ回っている。

（あらためて考えると、よく私が一時でも妻の座におさまったな……）

まあ、現つ神、地神と言っても、現実的には他《ほか》の怪たちとそう距離があるわけじゃない。怪の世界はそのあたりの基準が独特だ。今の白月と自分なら、将軍様と町娘といった感じの関係だろうか？

しみじみと過去を振り返る雪緒を尻目《しりめ》に、宵丸が自分の膝《ひざ》に頬杖《ほおづえ》をついてぼやく。

「あーあ、早くあの鵺《ぬえ》野郎、殺したいなあ……」

「いきなりとんでもない言葉を落とすのやめてくれませんか宵丸さん」

「白月だって絶対殺したいと思っているのに、薬屋が庇《かば》うせいで、あーあ……」

「すごく理不尽な攻め方されてますけど！」

その鵺こと由良《ゆら》は今、雪緒の本来の住処《すみか》である『くすりや』に移っている。とうに身体《からだ》は回復しているが、今白桜ヶ里へ戻れば命が危ない。それならと、見世《みせ》の管理をお願いしたのだ。

「きっかけがあれば殺せるんじゃないかな。……策を練るか」

「私を囮《おとり》にしようって考えてますよね!?　白月様に密告しますからね」

というよりこの黒獅子、白月に雪緒《ゆきお》の護衛を命じられ、承諾したのではなかったか。それなのに暇さえあれば狩りにゆく。むしろ手伝いにきてくれる子狐《こぎつね》たちのほうがよっぽど献身的に雪緒を守ってくれている。……あとで胡麻と金平牛蒡《ごぼう》入りのお稲荷《いなり》さんを作ってあげよう。

「薬屋、俺《おれ》の嫁になるか？」

「は、はあ!?」

この獅子ったら真顔でなにを言っているんだ。

「夫になったら、嫁を攫《さら》おうとした者だと主張して正々堂々、鵺を殺せるじゃないか」

「そんな理由で夫婦になりたいだなんて斬新《ざんしん》すぎませんか」

一瞬でもどきっとしてしまった自分を呪《のろ》いたい。

(こんなひどい『ぷろぽーず』、なかなかない……)

げんなりしたところで、我に返る。ぷろぽーず、ってなんだっけ？

自分の胸のうちを探ろうとしたところで、胡桃の木の向こうから常連客がやってくるのに気づく。鼬《いたち》の怪で、安曇《あずみ》という。里には、人の姿、怪のままの姿を取る者と半々存在するが、安曇は後者だ。鼬姿のままで、洒落《しゃれ》た紺色の着流しを楽しんでいる。背丈は子どもほどで、どことなく愛嬌《あいきょう》がある。

「いらっしゃい、安曇さん」

安曇は健啖家《けんたんか》で、下手物食いでもある。酒も大好きだ。そのため時々調子を崩して『くすりや』にやってくる。

「やあ、薬屋。ちょっと昨夜は酒を飲みすぎてさ」

安曇が笑って片手をあげた。これはたぶんいつものだなあと雪緒は見当をつける。

「千振茶《せんぶりちゃ》を出しましょう」

「わかってるな、さすがは薬屋」

でへ、と照れる安曇に、雪緒も笑いかける。設楽《しだら》の翁《おきな》がいるときから千振茶を出し続けているのだ。「あいつは酒と食い物のためならどんな罪でも犯すに違いない」と翁もしみじみするほどで。

葉をいくらか麻の布に包んできゅっと紐《ひも》で縛り、安曇に渡す。せっかくだからとお茶も一杯差し出す。

安曇はご満悦の様子で餅菓子も食べた。そのあいだ、宵丸は縁側の端でごろごろしていたので放っておく。縁側の付近に流れてきた淡黄色の瑞雲に乗る巨大な出目金に、豆を投げて遊んでいる。安曇とも顔なじみだからか、彼に警戒する様子もない。

「にしても、薬屋はこっちに移転するのか？　ちょっと遠くて不便だな」

餅菓子を食い尽した安曇が不満そうに尋ねる。雪緒は返事に困り、曖昧《あいまい》な笑みを返した。いずれは下里の『くすりや』に戻るつもりだが、それがいつになるのかはなんとも言えない。

ただこちらのくすり堂は、『くすりや』よりも手狭だが、造りが似ていて小綺麗《こぎれい》だし、使い勝手もいい。土間に板の間、座敷と和室が二つ。風雨を防ぐ板戸には、青色の美しい鱗《うろこ》模様が全体に描かれている。

「じゃ、そろそろ行くよ。おっと、いい、いい。そのままで。見送りはけっこうだよ」

お茶もしっかり飲み干して、安曇が縁側から腰を上げる。

「お大事に」

頭を下げると彼は笑って手を振った。背中を見送り、椀を片づけようとしたところで、安曇が座っていたところに小さな丸い包みが板敷にころりと置かれているのに気づいた。安曇に渡したはずの千振の葉だ。どうやら忘れていったらしい。

(今追いかけたら間に合うかな)

安曇は去ったばかりだ。少し考えて追うことに決め、お土産《みやげ》用に炒り豆を少し包み、脇《わき》に置いていた防寒用の羽織りを手に取る。常連さんは大事にしないと。

「宵丸さん、ちょっと行ってきます」

沓《くつ》脱ぎ石におりながら声をかけると、座布団を枕《まくら》にして、おはじきのように豆を板敷に並べていた宵丸が顔を上げる。

「どこに?」

「安曇さんが薬を忘れていったみたいで。鳥居の先までは行きませんから」

上里、とくにお屋城を中心とした一帯は、ちょっと特殊な空間だ。

ある意味神社のようなもので、周囲に広がる護杖の森は鎮守の役割を果たしている。この森の東西南北に設けられている鳥居を通らねば、屋敷には辿《たど》り着けない。輿《こし》入《い》れの際に通ったのは南の鳥居だ。

いずれの方角の鳥居も森を貫くように四十九並んでおり、里の者、あるいは無垢《むく》な幼子でないと、通り抜けできなくなっている。ここは里の要《かなめ》の地なのだ。

そういうわけで、雪緒が離れの隅っこに放置されていた庵《いおり》をくすり堂として使うようになれば、民の出入りが増え、静謐《せいひつ》が失われる、と一部の者から反論の声が上がり一悶着《ひともんちゃく》あったわけだが――里の者であれば誰でも通れるのだから、なにを警戒する必要があろうかと白月が訴えを一蹴《いっしゅう》したのだった。

もともとは離れ自体を使えばいいと言われていたが、そちらはさすがに主屋に近すぎる。それで敷地の端にあった、放置気味の庵を借りたのだ。

こちらは西の鳥居にも近いので、患者も通いやすいだろうと思ってのことだった。

ただ、攫われる恐れがあるため、一人で下里におりてはいけないと白月に強く命じられている。雪緒もこれに異論はない。

「俺もゆく」

宵丸が身軽に縁側をおり、ぼふんと音を立てて黒獅子に化ける。毛並みはつややかで、胴は大きく、尾は鞭《むち》のごとく、優美ながらも勇ましい。

「ありがとうございます」

雪緒は笑って獅子の頭を撫《な》でた。彼は獅子姿のほうが、感情がわかりやすい。機嫌よく尾を振っている。

背に乗らせてもらい、西の鳥居をゆく。護杖の森というだけあって、お屋城を包む木々はどれも杖のように太くまっすぐ伸びている。雪の消えぬこの季節でも、葉が生い茂っている。

「寒いですねえ、宵丸さん」

もっと厚着をしてくるべきだったかと思う。森の中はしんと静まり返っている。吐く息が、雪のように真白だ。

それに今日は曇天のせいか、地上付近に流れてくる瑞雲もいつもより多い。ちなみにこれは「舟雲《ふなぐも》」と呼ばれている。なぜかというと、先ほど見た出目金のように、舟代わりにされるから。宙を漂う金魚や鯛《たい》の正体は、実のところ怪だけではない。大半が山精だそうで。風神や雷神もよく乗っている。

空を仰ぐと、ちょうど、紅白の鱗を持つ大きな鮭《さけ》が薄桃色の舟雲から跳ねて、泳いでいった。尾びれのゆらめきが、光の軌跡を描く。……が、現金な雪緒はこう考えた。鮭、食べたい。

「夜は、鮭の鍋を作りましょうか」

黒獅子がちらっと振り向く。

「あっ、だめですよ。あんまり頭を動かしちゃ、薬が落ちてしまいます」

雪緒はむふっと笑った。黒獅子の頭にちょこんと丸い包みを二つ置かせてもらっている。土産用の炒り豆と、千振の葉。

「子狐たちの分の鍋も、用意しようかなあ……」

最近の雪緒は、主屋に戻らずほぼくすり堂で生活しているような状態だ。夜になると、油揚げ狙《ねら》いの子狐たちが訪れる。時々、時間を作って白月も来る。護衛の宵丸なんかはほぼ入り浸り。狩りをするか、縁側でごろごろするかの二択だ。恐れていた寂しさは今のところ感じていない。そのせいか、上里での生活になじみつつある。

（このままなし崩しに住むことになりそうな……）

という考えを雪緒は慌てて打ち消した。嫁ぐつもりはないのだから、襲われる心配がなくなったらすみやかに出ていかねば。

自分でも少々驚くほど結婚に関しては慎重に、そして消極的になっている。もしかしたらいつかは独り身に耐えかねて結婚願望が生まれるかもしれないが、今はまったくその気になれない。

強い執着《しゅうちゃく》を見せる白月だって、そのうちこんな頑固な自分に見切りをつけて、新たに嫁探しを始めるだろう。

そのときを想像し、胸がちくりとした。（嫌だなあ……）とも思ってしまい、自分の身勝手さに自然と眉根《まゆね》が寄る。初恋をこじらせすぎたようだ。暗鬱《あんうつ》な気分をごまかそうと雪緒は軽く伸びをした。こっちの雰囲気につられてか、黒獅子までもぶるっと鬣《たてがみ》を揺らす。

「だめですって、包みが落ちてしまいます」

黒獅子の頭から落ちかけた二つの丸い包みを慌てて両手で掴《つか》む。

「宵丸さん、もう少し早足でお願いします。安曇さんに追いつかない……」

頼む途中で雪緒は違和感に気づいた。

視線を、手の中にある二つの包みに向ける。

違和感の正体を探るため、包み二つを持ったまま指先でぐりぐりと麻布の感触を確かめる。

この布は『くすりや』印の特別なものだ。花亀甲《はなきっこう》の模様の上に『くすりや』という崩し文字が入った判をぽんと押している。防腐処理、湿気防止の術を仕込んでおり、香りだって飛ばさぬ優れものだ。

布自体におかしなところは見られない。間違いなく店の布である。

雪緒はゆっくりと瞬《まばた》きをする。

(中身の感触が微妙に違う……?)

そう感じたのは千振が入っているほうの包みだ。なんだか嫌な予感がした。雪緒は炒り豆のほうをひとまずぐいと腰帯に突っこむと、千振の包みの紐を急いで解いた。

「――」

包みの中を見た瞬間、驚愕《きょうがく》した。そして血の気が引いた。ぞっとしながら両手で強く握りしめる。

(中身が入れ替わってる!)

千振の葉じゃない。――木天蓼《またたび》の粉だ。猫や獅子の正気を飛ばして身悶《みもだ》えさせるもの。獅子族、猫族の怪が多いこともあって、木天蓼は里での栽培を禁じられている。山林にも不思議とあまり生えていない。鬼里のほうでは自生していると聞いた。

なにが起きたのか、雪緒はすぐに状況を呑《の》みこむ。

（嵌《は》められた）

常連であるはずの安曇に。

彼は雪緒に追わせるためわざと包みを縁側に置いていったのだ。

でもただ追わせるだけではだめだ。ほとんどのとき、大妖《たいよう》の宵丸が護衛についている。くすり堂を訪れた者ならそれを知っている。だから包みをすり替えた。

常連の安曇だったらこれまでに何度も薬を買っている。この布を保管していたんだろう。また、設楽の翁の代からのつき合いなので、信頼もある。宵丸とも交流がある。

なんのために、と問うまでもない。鈴音が命じたのだ。脅されたか、取引の末かはわからないが。

「宵丸さ――」

戻って、と言う前に、黒獅子がよろめいた。木天蓼の匂《にお》いを吸いこんだのか。しまったと思ったときにはもう遅い。身を支えようとしたために、指の力をゆるめてしまった。木天蓼の粉がこぼれ、風が吹き飛ばす。

「宵丸さん!!」

雪緒は黒獅子の鬣を包み、大声で訴えた。たとえここで黒獅子が動けなくなっても、まだ鎮守の森の中。悪鬼や余所者《よそ》は入ってくることができない。けれど里の者なら。

遠くで、おぉーんと獣の鳴く声がした。途端、黒獅子が身を震わせ、咆哮《ほうこう》して、声のしたほうに勢いよく駆け出した。雪緒はおののき、とっさにしがみついた。

「よ、宵丸さん、とまって……! とまれっ!」

木天蓼の効力で操られやすくなっているのだろう、声に誘われ、森を抜けようとしている。

正気に戻ってほしくてもう一度大声を発し、鬣を引っぱる。ぐうっと黒獅子が喉《のど》を鳴らし、遠吠《とおぼ》えの誘いに抗《あらが》うように動きをとめた。鬣をぶるぶると揺らしている。

「宵丸さん、大丈夫ですね?」

首元を丁寧に撫でて、囁《ささや》く。黒獅子が、ふうと深く息を吐き、方向を変えた。木天蓼の匂いに苛《さいな》まれているようだが完全には狂わされていない。

それにしても、と雪緒は苦々しい思いを噛《か》みしめる。

大妖だからこそ、妖力こみの薬が使用されていたのならもう少し耐えられただろう。採取を禁じられている分、天然の木天蓼のほうが身体に慣れていない。そういった事情を見越して使ってくるあたりずいぶんと悪質だ。麝香を使われた由良のときにも似たようなことが言える。

「お屋城へ戻りましょう」

早く解毒を、と思って黒獅子をうながしたとき、もくもくとした舟雲が木立から大量に流れてきた。雪緒は眉《まゆ》をひそめた。色が濁っている……？

よく見ると、その舟雲に異様な塊が付着している。

さらに目を凝らして、それが赤子ほどの牛頭馬頭の異形だと気がついた。

「なぜ……」

邪気をまとう存在が、鎮守の森に侵入できるはずがない。舟雲にも触れられるはずがない。だがもしも山精を食ったのだとしたら。精霊自体、異形が容易に捕まえられるものではないが、これも里の者が協力していれば可能だ。

「宵丸さん、急いで！」

牛頭馬頭の異形の群れが猿のようにきいきいと鳴いて、舟雲から飛んできた。迷いなくこちらに迫ってくる。

宵丸が黒煙を吐き出した。それが目前まで接近した小さな異形たちをどろりと溶かす。が、溶解した血肉がぬたりと練り合わさってみるみるうちに膨張し、巨躯《きょく》の化け物へと変じた。牛と馬の、双頭の化け物だ。身体の作りは猿に酷似《こくじ》している。

あたりを見れば、残りの異形たちも共食いを始めていた。そうしてまた、新たな巨躯の化け物へと変わる。あっという間に七頭の化け物が完成した。むしろこの七頭が、上里への侵入を果たすためおのれの身を細かに分裂させていたのかもしれなかった。

宵丸が身を低くする。おりろ、という合図だ。雪緒はすばやく従った。自分を騎乗させたままでは戦えない。

数では劣勢であっても、宵丸は大妖だ。その牙《きば》は鋼も貫き、爪《つめ》は大木をも倒す。

雪緒が木陰に隠れるあいだに、黒獅子はさっそく二頭を始末していた。三頭目は胴に突進して風穴を開け、四頭目は首を噛み切り、五頭目は跳躍とともに前脚を振り下ろして顔を潰《つぶ》した。

(むちゃくちゃだな、宵丸さん!)

破壊神か。

立て続けに五頭を片づけたが、残りの二頭に手こずった。

敵が強いというより、今の猛攻のせいで木天蓼の効力が全身に回ってしまったようだ。酔ったようにぐらりと脚が揺れている。それでも最終的にはすべて倒したが、ひどいものだった。一撃で仕留められなくなっていたために嬲《なぶ》り殺しにしているかのような戦い方になった。あたりは血の海、肉片も飛び散っている。

雪緒は凄《すさ》まじい光景を前に、硬直していた。逃げなきゃいけない——この宵丸から。

(血にも酔っている)

かろうじて保っていた正気の鎖が、今の争いで壊れた。そこに、狙い澄ましていたかのように、ふたたびどこからか、おおーんという鳴き声が響く。

荒い呼吸を繰り返していた黒獅子がこちらを向いた。

目が合った瞬間、雪緒は背を向けて駆け出した。だがいくらも進まぬうちに、どんっと背中に衝撃が走り、雪の地面に突っ伏すはめになった。

その体勢で無理やり振り向けば、黒獅子が雪緒の背を前脚で押さえていた。

「宵丸さん」

呼びかけても、もうだめだ。鬣は逆立ち、牙の隙間《すきま》から唾液をこぼしている。狂わされている。どうすればこの窮地を抜け出せる？　めまぐるしく考え、雪緒ははっとする。

(そうだ、白月様からもらった葛《くず》の葉がある)

上里へ移ってすぐ、護符になるので肌身離さず持っていろと渡された葉だ。あれはどう使えばいいんだろうか。その白月は今、如月の祈年祭に向け、妖力をためるために先日からお屋城の奥深くにこもっているはず……。

ふいに、背を押さえつける黒獅子の足に力がこもり、息がつまった。

「宵丸さん、苦しい……！」

どろりと濁った目をした黒獅子が雪緒を見下ろす。恍惚《こうこつ》状態にあるのがわかる。

おぉぉ、おぉぉんと獣の声がひっきりなしに響く。宵丸を誘う鳴き声だ。

——まさか宵丸が惑わされるとは思わなかった。

きっと宵丸自身も自分が落とされるとは考えもしていなかっただろう。いや、狙われたって平気だと思っていたんだろう。大妖の彼に力でかなうものなどそういないから。実際、化け物は残らず退治している。これで木天蓼や血の匂いに酔わされていなければ――。

「だめ、連れていかないで!!　やめて!」

宵丸は背から脚を離すと、雪緒の羽織りを咥《くわ》えてずるずると引きずった。鳥居を抜けようとしている。その勢いが次第に速くなる。

「待って……!」

訴えながらも懐に手を入れ、葛の葉を取り出す。だが宵丸に乱暴に引きずられているため、葛の葉を手放してしまった。

「宵丸さん、もとに戻って!」

どれほど叫んでも届かない。雪緒の悲鳴は、降り始めた雪の下に沈んでいった。

――雪緒が連れ去られたのち、雪の上に落ちた葛の葉がふわりと風に吹かれて舞い上がり、蝶に化けた。翅《はね》をひらひらさせて上里へ飛んでゆく。

❁

四十九の鳥居を抜けた瞬間、狼《おおかみ》の耳を生やした見知らぬ怪の男に輿に押しこまれた。

頑丈な作りの輿には見えなかったのに、叩《たた》いても蹴《け》ってもびくともしなかい。妖術《ようじゅつ》が組みこまれているのだろう。酩酊《めいてい》状態の宵丸のほうは別の怪が縄で括《くく》っていたが、自分が輿に詰めこまれたあとはどうなったのかわからない。……殺されはしないと信じたい。

輿が動き出す。雪緒は板戸に手をつきながら外の様子をうかがった。

輿の担ぎ手は四人。輿自体はありふれたもので、下里でもよく利用されている。もし里の者に見つかっても不審がられはしないだろう。

担ぎ手は余所者だったが、こちらもどうせ怪しまれぬよう目くらましの妖術をかけているに違いない。鈴音は……狐は化かすのが得意なんだから。

腹立たしいことに、声も遮断されるようだった。なら無駄に暴れたりせず、いざというときのために体力を温存しておいたほうがいい。

（いくらなんでもここまでする!?）

苛立《いらだ》ちと恐怖が交互に押し寄せる。人の子たる雪緒の常識ではこうまで乱暴なやり方、「ありえない」の一言に尽きる。いや、人間の世界でも痴情のもつれで事件が起きるか。愛って、こんなにも心を狂わせる。

しかし怪の常識でいうなら鈴音の行為はそこまで狂気的なものじゃない。伴侶《はんりょ》を巡って殺し合うといった騒動ならこの里でも何度か発生している。そりゃ女たちは、より強い妖力を持つ男とつがいたいし。男たちも本能的に相手を選ぶし。現に今だって、白月を巡って鈴音と対立しているような状況だ。雪緒の感情や立場、望みがどうであれ。

白月がある程度鈴音を見逃しているのだって、単に兄妹関係だからというだけじゃなく結婚に関する闘争については多少酌量すべきという不文律があるせいだろう。でも、さすがに鈴音は他者を巻きこみすぎている。

どこにぶつけていいのかわからぬ焦りや怒りに悶々《もんもん》とするうち、輿がとまった。

およそ一刻かかっただろうか。もう目的地についたのかと雪緒はいぶかしむ。輿を運ぶ速さから考えて、せいぜい下里を抜けた程度じゃないだろうか？

外の様子をうかがっていると、いきなりがこっと板戸が開かれた。固まる雪緒の腕を狼耳の男が乱暴に掴み、輿から引きずり出す。予想は間違っていなかったようだ。下里をちょっと抜けたあたりの、ひとけのない場所だった。

「離して！」

暴れた瞬間、上腕骨が砕けるんじゃないかというほど手に力を入れられる。あまりの痛みに声すら上げることができず、雪緒はよろめいた。

（あぁこういう危険があるから設楽の翁は早く結婚しろと急《せ》かしていたんだ）

今頃《いまごろ》になってその忠告が身にしみる。怪相手には力じゃまったくかなわない。努力や知恵ではどうしようもないことだ。けれども見て見ぬ振りをしてはいけないことでもある。同時に、負い目に感じてはいけないことでもある。

（でも翁、これが本当に私の生きる世界？）

育て親の翁に対して一度も問いかけたことはないが、いつもそんな淡い疑念が胸にあった。

自分が他者とは違う特別な存在だなんて夢見がちなことを言いたいわけじゃない。根本的にここの者とはなにか違うんじゃないか、という不安があるのだ。

寂しさが募ったときに自分の存在がゆらゆらしているように感じられるのも、こういう不信感が心に蔓延っているせいじゃないだろうか？

「もう少し寝てな」

狼耳の男がぶっきらぼうに告げた。視線を上げた瞬間、首に衝撃。雪緒の意識はすうっと闇《やみ》に落ちていった。

❁

寒さで目が覚めたのだと思う。

起き抜けに身が竦《すく》むほど頭ががんがんした。額を押さえようとして、そんな些細《ささい》な動きさえ億劫《おっくう》に感じられることにぎくりとする。

（私、どうなってる……？）

ここ最近でこんなに身体が怠《だる》くなった試しがない。

──いや、一年前に一度あったか。離縁後、『くすりや』に戻ってきてから七日ほど経《た》った日のことだ。その日最後の客を送り出したあとで、突然どっと疲れが押し寄せ、土間の板敷にへたりこんでしまった。這《は》うようにして奥の間へ戻り、布団も敷かずに眠った。

目が覚めたのは夜中で、疲労のせいか、それともちゃんと布団に入らなかったせいか、高熱を出してしまった。死ぬかもしれないと真剣に思った。怖くて怖くてたまらなくなり、食欲なんかまるでなかったのにやはり這うようにして土間へ向かい、囲炉裏にかけられている鍋の残り物を泣きながら口にかきこんだ。寝ているあいだに囲炉裏の火は消えており、鍋はすっかり冷えていた。魚の脂が鍋の内側にこびりついていて、それを目にして無性に悲しくなった。あの日以上に、ここは寒い……。

「やっと起きたか」

気怠げな女の声が聞こえた。雪緒はしばらくぼうっとし、跳ね起きた。

見上げた先に、大岩に足を組んで座っている鈴音がいた。どうやらここは岩群の一角のようだ。雪をかぶった灰色の岩石が、傾斜した地面からあちこち突き出ている。雪はやんでいたが、いつまた降り出してもおかしくないような、くすんだ空模様だった。

(見たことのない場所だ)

周囲は薄暗い。夜更けが迫っているのか、夜明けを迎えようとしているのか。

雪緒は地べたに寝かされていた。といっても直接じゃなくて、厚地の長衣《ながぎぬ》の上にだ。華やかな柄からしておそらく鈴音の衣だろう。そうと気づいて、少し驚く。

殺すつもりで攫ったわけじゃないのか。

「今は、夜明けですか？　夜更けですか？」

掠《かす》れた声になってしまった。鈴音はあからさまに鼻白んだ。

「聞いてどうなる？」

「……そうですね」

どうなるわけでもないが、不思議なもので時刻がわかるとなんとなく安心するのだ。怪の者たちには、そういう感覚はないんだろうか。

「おまえは白月がほしくないんだろう？」

親しく談笑するような間柄じゃないが、前置きなしに問われて雪緒は返事に窮した。

「なら私におくれ」

鈴音は長くつややかな髪をいじりながら、力強い口調で言った。

「私は愛おしいと思っている。私なら白月を支えられる。すぐに死ぬおまえと違い、何十年も、何百年も寄り添える」

その言葉を聞いた瞬間——かっと胸が燃えた。

目覚めたこの感情の名前を、雪緒は知っていた。はじめて抱く感情なのに知っていた。強烈な独占欲。胸の中で火花のように散り、激しく噴き上がるこの感情に、自身のことでありながら雪緒は圧倒された。

（私だって好きだった）

月夜の晩、帰り道をなくした幼い自分の襟を咥え、のんびりと歩いた白狐《びゃっこ》。そんなふうに運ばれると、自分が猫の子にでも変わったような気分になって、なんだか涙も引っこんだ。白狐は大きくて、どこもかしこもふわふわしていた。美しい怪だった。

ずっと一緒にいてくれないかなと幼心に願った。雪のように白い毛に埋もれて眠れば寂しくなくなるんじゃないかと思った。でも無理なんだろうなとも。

(――悔しい)

しかたがないとあきらめてばかりの日々じゃないか。

翁は天昇するんだから一人になってもしかたがない。寂しくなってもしかたがない。人の子だから抗えなくてもしかたがない。後ろ盾がないから、追い出されてもしかたがない。初恋ってかなわぬものだから、手放してもしかたがない。

(あぁ、悔しい!)

雪緒は迸《ほとばし》る悔しさを噛みしめ、鈴音を見据えた。

「なんだ。弱々しくて俯《うつむ》くばかりかと思えばそんな目もするのか」

つまらなそうにしていた鈴音の唇が、ゆるく弧を描く。

「私を殺すつもりがないのなら、なぜ攫ったんですか?」

挑発を無視して問いかける。

「殺す気はないと、誰が言った?」

「ここで私を殺せば、白月様はなにがあってもあなたを受け入れない」

鈴音の顔から嘲《あざけ》りが消え、明確な怒りが浮かぶ。そこに妬《ねた》みがこめられていることにも気づいた。そのとき胸にわいたのは、間違いなく酷薄な優越感に他ならない。

(今殺されてもいい、負けたくない)

自分にないものすべてを持っているような格上の相手だ。絹糸のような長い髪、陶器のような滑らかな肌、魅力的な体つき、目を見張る美しさ。男の怪すら超える妖力。こんな相手に、どうして凡庸《ぼんよう》な自分がかなうというのか。

(それでも引きたくないとか、私も意外と好戦的だったんだなあ)

……思ったよりも女を捨ててなかったというべきだろうか？　十八を迎えたばかりなのになぜこんなに枯れ草みたいな乾いた気持ちになっているのだか。もしかして、ここは時間の流れが人の世とは違うとか？

「なんの覚悟もないくせに。ただ思わせぶりな態度を取って白月を弄《もてあそ》んでいるんだろう？」

鈴音が怒りに満ちた声を上げる。この怪は、怒りに顔を歪《ゆが》めていてさえ美しい。まったくなにもかも違いすぎていて、嫌になる。

「私が思わせぶりに見えますか。今だっていっぱいいっぱいですよ」

白月と離縁し、ふたたび求婚されて、どれほど眠れぬ夜をすごしたと思っているのか。そう八つ当たりしたくなる。

だいたい、この震えと恐怖が見えないのか？

「自分を失う覚悟をするか、恋心を失う覚悟をするか。これを、そんなに簡単に決められるはずがない」

声を振り絞るようにして答えると、鈴音がわずかに驚いた顔をする。やがて探るような目で雪緒を見つめた。

「……おまえ、知りたくはないか？　自分が生まれたのはどこの里か。もしかして外つ国にある藩の者ではないのかと、一度も考えたことはないのか」

鈴音の問いに、心臓を掴まれたような気持ちになった。

（思っていた。どこかでずっとそう感じていた）

だからこんなにもここでは存在が揺らめいてしまうんじゃないかと。

自分は、本当は藩の生まれ、大名が地を統治する戦乱の世の者ではないのか。またはその先の、文明が開けた世の者ではないのか。もっと先の、〈びる〉が立ち並ぶような雑多な世の者ではないのか。人だけが支配する世界だ。それは天を貫く連峰の向こうに存在するという。だがあの連峰はとても険しく、霊気も強くて、大妖でさえ越えられないのだ。

「生まれた地に戻りたくはないか？」

「……戻る方法なんてありません。仮に向こうへ戻れたって、その後はどうすればいいんですか？　私は家族に捨てられてこちらへ迷いこんだんでしょうから、姿を見せれば迷惑がられるだけじゃないですか。もうどこにも帰る場所なんかないですよ」

動揺を悟られまいと、雪緒は突《つ》っ慳貪《けんどん》な態度で言い返す。が、鈴音が怯《ひる》むはずもない。

「捨てた者に報復でもなんでもすればいいだろう」

平然と野蛮な返事をされ、少しおかしくなる。そこで真っ先に報復という言葉が出るあたり、実に怪らしい。

「戻る方法があるといったら、どうする?」

熱を帯びた口調に、雪緒は目を見開く。こちらが話の先を聞きたがっていると確信した様子で鈴音は身を乗り出し、視線を合わせてきた。

「私はおまえが憎い。殺したいほどに憎い。でもおまえが言う通り、むやみに殺せば今度こそ白月に見放される。だから、もとの世へ帰れ」

「――どうやって?」

「山神の使いに頼め」

現実味のない答えに、ぽかんとする。具体的な策を持っているのでは、という期待を知らず抱いていたようだ。肩から力が抜けた。

「……山神の使いですか」

こちらの反応の薄さに、鈴音は舌打ちした。

「連峰におわす獬豸《かいち》のことだぞ」

「あ、鳥居の両脇に置かれている対のお狗様《いぬ》のもととなった祥獣の……？」

確かに連峰には獬豸が存在するという。そのため、どの山よりも霊気が満ちているのだと、設楽の翁から前に聞いた覚えがある。姿は羊に似ていて、毛並みは黒い。一角獣でもあるとか。

でも、そんな山神の使いにどうやって会えと。

「生粋の神って、私たちのことが見えないし、声も聞こえないんですよね？」

そうなのだ。不思議なことに、人の世とは逆の現象がここでは発生している。人の世では、神が人を見守る。そして大抵の者は自分の目で神の姿を見ることができない。空想上の存在に等しい。

ところがこちらの世では、神々のほうが、地に生きる者たちを目にすることができない。『くすり堂』の屋根に風神や雷神の姿を見つけても、あちらからは雪緒たちがいるとはわからないのだ。ただしこれは、生じたときからすでにして神と冠される存在に限定される理で、たとえば天昇後に神階を上がった者には当てはまらない。客人神《まろうどかみ》も例外に相当する。

「――使いは、使いにすぎない。神そのものではない」

鈴音は髪を揺らして否定する。

「そうは言っても、連峰自体が禁域ですよ」

「そんなもの、もぐりこめばいいだろうが」

簡単に言ってくれる……。

「獬豸は義の使い。礼を欠いた者を裁くというが、おまえが正しい者であるなら懇願に耳を傾けてくれよう。殺されるなら、それまでのことだ」

「そんな無責任な」

思わず言い返した雪緒に、鈴音は呆れた目を向ける。

「無責任なものか。おのれの道を切り開くのはおのれ以外にあるまい。それにお膳立てはしてやった。恋敵であるおまえなんかに、この鈴音がだ。この場所をどこだと思っている？」

意味深な発言に、雪緒は怪訝《けげん》な顔をし、それからはっとあたりを見回す。

「連峰の麓《ふもと》……？」

「そうとも。人の身では辿《たど》り着けぬ。小妖でも辿り抜けぬ。私や白月のような大妖でなくてはここまで近づけない」

鈴音は素っ気なく言い捨てる。

「おまえの下に敷いている衣は、火浣布《かかんぷ》で作られたものだ。それをまとえば霊山の気に負けることもない」

「……本気で私を紅椿ヶ里から追い出したいんですね」

「当たり前だ」

雪緒は鈴音の向こうを見やる。よく育った巨木が連なり、そして山を成している。壁のように高い斜面がある。よく見ると、手前の木々の幹に、真っ赤《まか》な荒縄が巻きつけられていた。鈴音が雪緒の視線を追って、そちらを眺める。

「その標縄《しめなわ》が霊域と俗世を隔てている。越えてゆけば、侵入者たるおまえに獬豸は気づくはずだ。ここで私に殺されるより、おのれの運命を神の使いに託すほうがましだろう？」

鈴音がこちらに視線を戻し、誘うような声音で言う。

「おまえはおのれの世に帰りたいはずだ。私はおまえの本音をちゃんとわかっている。誰にも言えない、誰にも理解されないその苦しみを、私だけが汲《く》んでやったんだ。自分の存在が本来はこちらの世のものではないから、白月の手を取れないでいる。そうだろう？」

同性の自分でも痺《しび》れそうになるくらいの蠱惑的《こわくてき》な笑みを見せて鈴音が囁く。

「おまえになんの期待もしていない私にまで、心の在処を取り繕う必要などない。その望みを隠すな」

すとんと、重さを感じさせぬ天女のような優美さで鈴音が大岩からおり、身を屈《かが》めて雪緒を見つめる。

「私は――」

「言え。私は、なんだ？　なにを望む？」

――はっきり言って、雪緒もこの狐が大嫌いだ。もしも彼女と同じ程度の妖力が自分にあったら、それこそ殺し合いの喧嘩《けんか》も望むところと剛胆な態度を通せたに違いない。そのくらい、羨《うらや》ましくて憎らしくてたまらない。

でも、さすが血族だけあって――顔のつくりが白月とよく似ている。

（あー…、白月様を女性にしたらこんな感じ？）

玻璃《はり》のように澄んだ瞳《ひとみ》、きゅっと色っぽく上がった目尻。髪と同色の睫毛《まつげ》なんか、日が差しているわけでもないのにきらきら輝いている。形のいい唇。指先でなぞりたくような白い頬《ほお》。人の子みたいにしみも皺《しわ》もほくろもない。喉も鶴《つる》のように白くて細い。そんな完璧《かんぺき》な顔をしている上、頭にはふわふわふわした狐耳まで生えている。

これだけでもじゅうぶんすぎるほどの美点が揃《そろ》っているというのに、まだまだ彼女は恵まれた資質を持っている。

おのれに絶対の自信があって、それをごく当たり前と考えている態度。いや、考えるまでもなく明らかなことだと知っているだけだ。我が儘《まま》を言っても、それさえひとつの魅力と受け入れてつき従ってくれる者もいる。目的のためなら平然と残忍な真似《まね》をし、追撃の手もゆるめない。他人の心に頓着《とんちゃく》せず、邪魔と思えば容赦なくその鋭い爪で引っ掻《か》く。もちろん罪悪感もいっさい持たない。……全部白月にあてはまりそうだ。

どんな目で見てしまったのか、高慢な女神のごとき微笑を浮かべていた鈴音がふと奇妙な表情を浮かべる。

「なんだ、その目つきは」

「私って、こういう冷たそうで偉そうで、でも、ある意味一途《いちず》と言えるかもしれない独裁者的な顔立ちがつくづく好きなんだなとあきらめの境地に至っただけです」

「……はあ？」

「本当、嫌だ。私が男だったら鈴音様に恋していたんでしょうね！」

遠慮せずに嫌悪の溜息《ためいき》を落としながら雪緒は吐き捨てた。

「色々盛りすぎなんですよ、私好みの要素を！　許せない！」

珍しく鈴音がぽかんとした。なに言ってるんだこいつ、と正気を疑う顔だった。雪緒自身もおのれの性癖を信じたくない気持ちでいっぱいだった。

（でも、惹《ひ》かれたってしかたないでしょ、白月様も鈴音様も、本気でこっちの心を揺さぶってくるじゃないか）

恋の対象と恋敵。対極でありながら、二人とも、殺すことも厭《いと》わぬほどの激しい思いをぶつけてくる。人の子には大きすぎる。

とはいえ二人は決して純愛のために動いているわけじゃない。復縁を申しこんできた白月なんか義務感が大半を占めているんだろうし、鈴音だって子どもじみた執着の果ての恋情じゃないか。こんなにすごい自分には同じくらいすごい力を持つ白月しか釣り合わない！　と思っているに違いない。

目を覆いたくなるほど打算と欲まみれだが、そんな考えすら隠さないのだから、この狐たちは本当にひどい。

(──わかった上で惹かれる私が一番、どうしようもないな！)

　鈴音がじろじろと雪緒を見回す。やがて小さく溜息を落とした。

「……人の子とは愛《う》いものだ。怪の多くは、おのれの伴侶にと人の子を求める。その気持ちはわからなくもない」

　鈴音にもそんな優しい感情があるのか、と言いかけて、雪緒はぴったり口を閉ざした。これはたぶん余計な一言というやつだ。

「おまえの手を取ったのが白月でなければ、こうまで八つ裂きにしてやりたいとは思わなかったろう」

「むしろ目に映すこともない存在だったでしょうね」

「当然だ──さあ、立て。今生の別れならば、最後に手くらい貸してやる」

　鈴音が傲然《ごうぜん》と言い放ち、手を差し伸べる。雪緒と違って、荒れてもかさついてもいない美しい華奢《きゃしゃ》な手だ。長い爪は桜貝のような艶。

(本当にお狐様って、大事と思う相手以外には容赦ないっていうか)

　徹底していて、笑わずにはいられない。

「なにがおかしい？」

「私は妖力のひとつも持たない人の子ですが、道理を知らぬ幼子でもないんですよ」

「そんなもの、見ればわかる」

「でもそのくらいの知恵しかないと高をくくっているでしょう。――ここって、連峰の麓じゃないですよね」

鈴音が真顔で雪緒を見下ろした。その白い手は宙でとまったままだ。

「こう見えても薬屋です。医薬と神事は結びつきが強いので多少は学んでいます。一瞬騙《だま》されましたけど……狐様ってとことん誑《たぶら》かすのが好きなんだなあ。木々に巻かれている縄、赤いじゃないですか。赤は魔除《まよ》けの色、悪鬼を封じる色です」

一度、標縄の巻かれた樹木へ視線を向け、鈴音に戻す。

「これだと祥獣を封じる意味合いに変わってしまうので、そんな罰当たりな真似を白月様が許すはずがない。だとしたら、この奥に封じられているのは獬豸じゃない。ここって鬼里……葵《きづ》角ケ里《ぬがさと》なんですよね？」

鈴音は結局雪緒を殺したくてしかたがないのだ。

ただし自分の手で命を奪えば白月は二度と鈴音を受け入れない。自分の意思で雪緒が白月のもとから逃げる決意をしたのだと思わせたい。

たとえそれが騙されたゆえの行動だとしても、そうと見抜けぬのは雪緒が愚鈍なだけだ。白月とともに生きる道より故郷への帰還を選んだ事実は変わらない――そう言い張るために。

その結果白月が雪緒を見限れば、これまでの鈴音に対する怒りもやわらぐかもしれない。

「小賢しい……」

呪うように鈴音がつぶやいた。

乱暴に雪緒の腕を取り、標縄が巻かれている木々のほうへと引っぱってゆく。

「人の子などにこうまで手間をかけさせられる。喉笛を掻き切れば一瞬で終わるような、小さき者に……」

「痛いっ、力、強いです！」

「おまえにわかるまいな。白月と並ぶ力を持つ私が、まるでその辺の小妖のように粗雑に扱われ、すげなく袖《そで》にされる。私もまた、男を得るために奔走し——これが力持つ妖のすることか。そうさせたおまえを、どれほど憎く思っているか、知らないだろう」

吐き捨てる鈴音の尾が感情の乱れを示すように、荒っぽく揺れている。

「ああそうか。この怒りも形は違えど、ひとつの執着か。なるほど、おまえの喩《たと》えが今わかった。確かに、もしも私が男ならおまえに恋着《れんちゃく》していたかもしれぬ。そうか、そうか。白月も、このように……」

雪緒の腕を握る鈴音の手に、ぎちりと力が入る。が、雪緒は声こそ上げたものの、さほど抵抗しなかった。死ぬ気で抗えば、鈴音は渋々ながらもこの場で雪緒を殺すだろう。できるなら自分の手を汚したくないが、おめおめと逃がすつもりもない。

だったらまだ鬼里の領域に入って生き延びる道を探すほうに賭《か》けたほうがいい。

（鬼って怪も捕食するけど、とりわけ人肉を好むんだよなあ！）

捕らえた人間が男だったら問答無用で食う。女だったら子を産ませて、やっぱり食う。とくに如月は鬼の力が活性化する時期でもある。そのためどこの里でも節分祭を開き、悪鬼の侵入を防ぐ。白月も現在、妖力をためるためにお屋城の奥にこもっている。郷に暮らす人間の数が少ないのは鬼が捕まえすぎたせいという説が濃厚で。

標縄の前まで連れていかれたときにはさすがに足がとまった。あたりに満ちる霧は瘴気《しょうき》を含んでいる。雪緒が怪であれば、目覚めた瞬間にここがどういう場所かすぐにわかっただろう。瘴気を読めぬ人だからこそ騙せると、鈴音はそう判断したのだ。

「憂えることなく死ね」

どういう殺し文句だ！　と鈴音のほうを振り返ろうとした瞬間、木々の向こうへと乱暴に突き飛ばされた。

奇妙なことに、標縄はそれぞれの樹幹に巻きつけられているだけだというのに、その木々の横を通った直後、腹部になにかあたったような感覚に襲われた。あたかも見えない糸がその位置に張り巡らされていて引っかかったというように。

（境界を越えた）

同時に、空気ががらりと変わったのが人の子である雪緒にもわかった。重い。濁っている。息苦しい。

先ほどまでの怒りや勢いが急速に身体から抜け落ち、心細くなる。

雪緒は無意識に縋《すが》るものを求めて、鈴音を振り向いた。

「まことにおまえは、どこから来たのだろうな。……いや、いい。どんな生まれの者だろうと、私にとっては憎い娘でしかない」

鈴音は笑いもせず、しばらくじっと雪緒を見てから狐に変化した。軽やかな跳躍を見せて大岩に飛び乗り、もう一度こちらに視線を投げたあと、木立のほうへ駆け去った。

雪緒はつかの間放心したが、はっと我に返り、慌てて足を動かした。

標縄が巻かれている木々のあいだを突っ切ろうとしたが、阻まれる。不思議なことに歩いても走ってもあちら側へ行けない。見えない糸が腹部に引っかかったと思った直後には、また同じ場所に立っている。

どうやら向こうからは越えられても、こちらからは抜けられないようだ。完全に鬼里側に閉じこめられてしまった。

(どうする!? そうだ、煙管《キセル》があれば悪鬼降伏祈願の護符を作れる……んだけど、そんな毎回都合よく持ってるはずがない！　だいいち札だってないのに)

所持品は、寝るときも欠かさず身につけている銀の箆《へら》と矢尻《やじり》のような刃。それに。

「いっ、炒り豆ありがとう!!」

『くすりや』印の布に包んだ炒り豆を、そういえば持ってきていたんだった。感激のあまり両手で掲げてしまう。お土産として安曇に渡そうなどと考えていた少し前の自分を思い出すと、舌打ちのひとつでもしたくなるが。

大豆は、鬼を打つときに使われる立派な魔除けの穀物だ。これはきっと役に立つ。

(標縄を木々に巻いて下山を防いでいても、なにかの拍子に鬼はこっちの里へとおりてくる。ということは日によって、魔除けの力が弱まるところがあるんじゃ?)

不規則に木々に巻かれている標縄をひとつひとつ確かめていこう。そう決めて、慎重に歩き出す。目に見えぬ境界を越えようとさえしなければ、木々の標縄に触れることは可能だった。

(煙管さえあれば、煙の流れで霊気がわかるんだけどな)

道具を用いねば、人の子には見通せない。しかしその一方で、妖力を持たぬ人間が護符を作成できる。不思議な話だと思う。

もっと不思議なのは、持たざる者が描く護符のほうが、持つ者が作製するものよりもずっと強力であることだ。例を出すなら、白月より雪緒が作った護符のほうが効果的ということで。神仏が人に与えた慈悲の力のおかげだろうか。

(そうは言っても、今は護符を作れないし)

頭を軽く振り、魔除けの力の穴を探すことに集中する。

——そうして周辺を練り歩いたわけだが、景色がいっこうに変化しない。どうやらそれも標縄の魔除け効果が関係しているらしい。違うところを見ていたはずなのに、気づけば最初の地点に戻っている。

周囲は相変わらず薄暗く、明け方か、日が暮れる頃なのかも判然としないままだ。木々が密生している後方も、不透明な沼に沈んでいるかのようで——。

うんざりしながら振り向き、雪緒はひゅっと息を呑んだ。何者かがそこにいる。

(鬼だ)

木々のあいだからぬらりと現れた巨軀の者。身の丈は七尺をゆうに超える。

これでも鬼としてはずいぶん小柄なほうだが、雪緒はこんなに間近で見たことがない。顔には優しげな小面。真っ白いざんばら髪。けれどその身がまとうのは天人のように優美な衣。袖のたっぷりとした柳模様の薄紅の上衣、飛沫《しぶき》の絵柄が入った深紅の袴《はかま》。裾は革沓《かわぐつ》に差しこんでいる。革帯には瑠璃《るり》に玻璃にと、簾《すだれ》のようにじゃらじゃら小玉が下がっていた。片手には、自身の丈より大きな長刀《なぎなた》が握られている。鬼によってかぶる面に違いがあるという。女面は、若い鬼なのだと。

本物の鬼とは、不気味でありながらも、どこか美しい。

小面の鬼はまだ、雪緒に気づいていなかった。とっさに雪緒は炒り豆を自分の足元に落とした。豆でもって小さな霊域を作り、気配を消したのだ。

が、豆を落としたときのかすかな音が聞こえたのか、ふと鬼がこちらを向く。

(近づいてくる)

長刀で地面の雪を蹴散《けち》らし、目の前まで来る。雪緒は恐怖で指一本動かせなかった。瞼《まぶた》を閉じることもできない。少し手を伸ばせば触れそうな位置に鬼がいる。くん、と鬼が匂いを嗅《か》ぐような素振りを見せた。この寒さなのに全身が汗ばみ始めた。

豆の霊力で気配を消しているだけで、存在そのものを透明に変えたわけではない。手を伸ばされたら、その瞬間、霊域は壊される。

唾液《だえき》が口内にたまった。飲みこみたいけれどそれさえできない。嚥下《えんげ》の音で気づかれる。呼吸さえろくにできない。

(こんな死に方は嫌だ)

激しい後悔が胸の中で渦を巻く。無駄死にするってわかっていたら、もっと思い通りに——たとえば白月の狐耳や尾をいじり倒すとか、好きと伝えるとか、色々と、怖《お》じ気づかずになんでも挑戦しておくんだった。

死にたくない。もがきたくなるくらい、死にたくないと思う。ここで終わりたくない。こんな虚《むな》しい死に方なんか到底受け入れられない。

(私はばかだった。ばかであることに気づけずにいた)

自分を捨てたかもしれない人の世より、今生きている場所のほうがよっぽど大事じゃないか。なぜ迷った。なぜ惑わされた。あぁ本当、鈴音様に一発、反撃しておくんだった！

——でも、もし時を戻せたとしても、いっさい迷わずに行動できるか？

そういう冷静な声に横やりを入れられ、ひやりとする。きっと簡単にはいかない。ひょっとしたらまた同じ場面でためらい、足をとめてしまうかも。

雪緒は知らず拳《こぶし》を握っていた。

鬼がふいに身を引き、ゆらりと動く。が、やはりなにかしらの違和感を抱いているんだろう。なかなか去ろうとせずに右へ行ったり左へ行ったりする。それでも少しずつ遠ざかっている。うまくいけば見つからずにやりすごせるかもしれない。

そんな希望が胸に差しこんだが、足元をちらりと見下ろして血の気が引いた。炒り豆が黒ずみ始めている。瘴気を取りこみ、霊域が崩れかけてきているのだ。

(お願いだから、早く立ち去れ！)

私に気づかないで、と懸命に祈る。だが、運の悪いことに、今度は怪士《あやかし》の面をかぶった鬼までが現れた。こちらは小面の鬼よりも多少背が高かった。天人めいた装束は同じ。すすき模様の入った薄紫色の優美な上衣をまとっている。片手には銀の大太刀《おおたち》が握られていた。

だめだ、気づかれる。

絶望した瞬間、雪緒の心の声に呼応したように鬼たちがこちらを振り向いた。面越しに目が合った。

息を呑んだ直後、ざんっと雪緒の背後になにかがおり立った。新たな鬼の出現かと震えたが、おかしい。雪緒は今、鬼のほうを向いている。だから背中側は、もとの領域……標縄で区切られた側になる。そちら側に鬼がいるはずがない。

戦々恐々、後ろを見やって、雪緒は「あ……」と声を漏らした。金色の目の、大きな白狐が背後にいた。鈴音ではない。

(白月様だ)

白狐は大きく口を開けると、なにかに噛みつくような動きを取った。

まさかこちらを食い殺す気かとおののいたが、白狐が噛んだのは、通せんぼをするように木々のあいだに張り巡らされている見えぬ糸だった。それを咥え、ぐうっと力いっぱい引っぱっている。じゅうじゅうと肉の焦げるような音が聞こえた。

見えぬ糸を引きちぎろうとしている白狐の口から血が流れている。

「白月様!!」

叫ぶと同時に鬼たちが長刀と大太刀を振り上げ、勢いをつけて駆け寄ってきた。

白狐が喉の奥で唸《うな》り、口から血をこぼして、見えぬ糸を引きちぎった。鬼里と向こうを隔てる境界が崩れたのがわかって、雪緒は白狐に飛びついた。

しかし白狐は雪緒の襟元を咥えると、ぶんっと荒っぽく放り投げた。

「……!?」

雪の地面に転がされ、つかの間茫然《ぼうぜん》としてしまったが、重要なことに気づく。見えぬ糸を切ったということは、鬼も通り抜けが可能になったと同じ。その事実の重さに、あたふたと身を起こしながらも雪緒は恐れで心を冷やした。

（私を助けるために、白月様は境界の糸を切った）

鬼里を隔離するほどの強力な糸だ。手を出せばいかに大妖であろうと無事でいられるはずがない。その証拠に、口角から血を流している。

一瞬、白狐がこちらを振り向いた。

燃えるような目だ。――見るな！　と怒鳴る声が聞こえてきそうな強い眼差《まなざ》し。俺を見るな、今からとても残酷になる、顔を背けてしまうようなことをする、だから見るな。そういう感情がしっかり伝わってきたのに、しかし雪緒は目を逸《そ》らせなかった。

白狐はあきらめたのか、乱暴に尾を振ると、顔の向きを変えた。滑らかな動きで高く飛び跳ねると、襲いかかってきた鬼たちの攻撃をかわし、距離を取る。白狐は鬼たちを冷静な目で観察した。

しばし互いに相手をうかがっていたが、最初に動きを見せたのは小面の鬼だった。白狐はまずそちらを先に片づけようと決めたらしかった。長刀が振り下ろされる前にあえて大胆に突っこんでいき、小面の鬼の脇腹に威勢よく噛みつく。牙が皮膚を食い破り、肉を引き裂いて、骨まで噛み砕いた。腸を引き出し、それを吐き捨てる。

小面の鬼は、どうっと重い音を立てて倒れたけれど、戦意はまだ失っていない。すぐさま身を起こそうとする。けれども白狐は立ち上がることすら許さなかった。前脚で背を押さえ、ちぎれかけの脇腹にふたたび噛みついて、小面の鬼の胴体をねじ切ってしまう。

どす黒く染まる雪の地面の上で痙攣《けいれん》する小面の鬼にはもう見向きもしない。今度は怪士の鬼に飛びかかる。狙ったのは首元だった。ばきっと骨の折れる音が響いた。

怪士の面が、へたりこむ雪緒のそばに転がってきた。首を折られた怪士の面の鬼も、倒れたのちはしばらく痙攣していたが、すぐに動かなくなった。

あっという間の勝負だった。若い鬼が大妖の白狐にかなうはずがないのだった。

「し、白月様――」

掠れた声で呼びかけると、白狐はなぜか自分の尾を噛み、毛を引きちぎった。

えっと驚く雪緒を無視して、その毛をふうっと勢いよく吹き飛ばす。淡く輝く真白の毛は宙を泳ぐと、樹幹に巻きつけられている赤い標縄に付着した。そのときはじめて、木々のあいだに張り巡らされている『境界の糸』を目にした。それは黄金の細い糸に見えた。

雪緒を通すために噛みちぎった部分に毛がしゅるっと絡みつき、元通りに繋《つな》ぎ始める。修復が終わるとまた、雪緒の目には『境界の糸』が見えなくなった。ちぎれたままだと鬼が次々と下山する恐れがあるので直したのだろう。

ほうっと息をおろすと、白狐が慎重な足取りで近づいてきた。思わずびくっとしてしまったせいか、白狐は微妙な距離を置いて歩みをとめた。

（……助けに来てくれたんだ。でもどうして私がここにいるとわかったんだろう。それに、宵丸さんは無事だろうか）

尋ねたいことがたくさんあったが、どれも言葉にならなかった。

白狐がふいに鼻先を雪の地面に突っこみ、ぐりぐりと押しつけた。なんの真似なんだろうと呆気《あっけ》に取られたが、口のまわりの血を雪で拭《ぬぐ》っているのだと少し遅れて気づく。雪緒が怯えているると誤解したらしい。

思いがけぬいじらしさに切なくなり、雪緒は知らぬうちに立ち上がっていた。転がるような勢いで駆け寄り、血を拭い切れていない白狐の顔を抱きしめる。白狐の戸惑う気配を感じたが、気にせずその毛並みに顔をうめる。

(もうだめかと思った。死ぬの、怖い)

ずっと恐ろしかった。——設楽の翁が天昇して一人になってから。もっと前から。

寂しくて心が死にそうだった。でもやっぱり、どんなに寂しい夜だって死にたいとは一度も思わなかった。今と同じように、ひたすら生きたいと願っていた。生き抜くためには、寂しくならないよう精一杯強がっていなきゃ。そうしたらいつかきっと、生きていてよかったと心から思えるようなあたたかい愛が手に入る。打算も欲もない、生まれたての赤子のような丸くてやわらかい愛。雪緒が持っていないもののひとつ。

でもそれはまだ、月のように遠いところにある。

白狐が困ったように雪緒の身を鼻で優しく押しのけた。頭を下げ、尾の先で地面を軽く叩く。ちらりとこちらを見る目の色で、言いたいことがわかった。背に乗れという合図だ。

雪緒はうなずき、白狐の背のほうへ移動した。疲労と恐怖におされ、とてもきびきびとは動けなかった。しがみつくようにして乗った。白狐がすぐさま走り出す。

（助かったんだ……）

このまま紅椿ヶ里《あかつばきがさと》へ戻るんだろうとぼんやり考える。鈴音はどこに行ったんだろうかという考えも脳裏をよぎったけれど、すぐに霞《かす》んでいった。宵丸の安否だけ確認できたら、もうなにも考えずに深く眠ってしまいたい。

そのうち、風の冷たさも気にならなくなってきた。手足の感覚がなくなってきたのかもしれない。少しずつ空が明るくなってくる。ということは、夜明けの刻だったのか。それとも鬼里を離れたせい？　……わからない、今はどうでもいい。とろとろと瞼が落ちてくる。気を抜いた途端に白狐の背から落ちてしまいそうだ。ほらこんなふうに揺れると、もう――。

ふと眠気が去った。

揺れているというより、白狐がよろめいた？

「……白月様？」

雪緒は顔を上げ、白月の頭を見つめた。狐耳が、どこか必死な様子でぴんっと後ろに倒れていた。嫌な予感に身がぶるりと震える。

「白月様、とまって。このあたりでちょっと休みましょう。もうじゅうぶん鬼里から離れました」

慌てて声をかけたが白狐はとまらない。息が異様に荒くなっている。こちらの声が届いていないわけじゃないようで、びびっと毛並みが揺れる。

(私がぐったりしていたから、少しでも早く里に帰ろうとしているんじゃ?)

雪緒は手を伸ばし、白狐の頭を撫でた。

「とまってください——私が疲れたんです、休ませてほしいんです」

今度は聞き入れてもらえた。逡巡《しゅんじゅん》するように狐耳が動き、やがて進む速度を落とす。

白狐はあたりをうかがうと、崖下《がけした》にある倒木へと近づいた。自分たちが今どの地点にいるのかまったくわからないが、ここらは木々があまり密集しておらず、地面の起伏が激しいようだ。地中を大蛇が暴れ回ったみたいに。

白狐の背からおりて顔を覗《のぞ》きこむと、思い切り背けられる。嫌がられたかと思ったが、そうではなかった。白狐が血の塊を勢いよく吐き出したのだ。何度か荒い息を繰り返したのち、人の形を取る。彼は手の甲で口元を拭うと、羽織りを脱いでこちらに寄越した。

「着ていろ」

「私は大丈夫ですんで、白月様が着ていてください」

「なにを言う、真っ青《まさお》な顔をしているのに」

どちらがだ。

言い返したいのに、言葉が出てこない。こうしたやりとりさえ白月の体力を奪うんじゃないかと思えてならなかった。そのくらい彼の顔色はよくないのだ。

「雪緒、おまえはいつも懐に刃を入れているというのは本当か？」

白月はそう尋ねると、億劫そうな動きで倒木の前に座りこんだ。雪緒もおずおずと彼の正面に膝を落とす。

「は、はい」

「なら、それで俺の尾を落とせ」

「えっ……？　尾!?」

なんの冗談かと思ったが、白月の表情は変わらない。倒木に背を預け、疲れた様子で髪を掻き上げる。

「大妖の尾だ。そこらの護符よりよっぽどおまえ様を守るぞ」

「も、もう白月様が守ってくれました」

「そうじゃない。俺からおまえ様を守ってくれるんだ」

白月がなにを言いたいのかわからず、雪緒は彼の羽織りを握りしめたまま首を左右に振った。

「俺はじきに堕《お》ちる」

「そ――そういう話、とてもたちが悪い！」

思わず耳を塞《ふさ》ごうとしたら、身を乗り出した白月に手首を掴まれた。真剣な瞳とぶつかる。

「聞くんだ。俺は護法の縄を噛みちぎった。その上、鬼の血も飲んでしまった。ちぎれた境界の糸を繋ぎ直すために妖力を大きく削った。無念ではあるが、すぐに俺は『耶陀羅神《やだらのかみ》』と化す。……いや、祥獣たる獬豸の毛で編んだ縄を切ったから、これは天罰対象になる。耶陀羅神どころか鬼神に化けるぞ。我ながら厄介だなあ」

白月はかすかに笑って、絶句している雪緒の手を離す。

「言っておくが、雪緒に責任はない。おまえ様は里の女なんだから、守られて当然なんだ。おまえ様でなくとも俺は助けにいった」

「――く、薬。私が薬を作ります。護符も作ります」

「煙管を持ってきてないだろう？　ここから紅椿ヶ里までは三つの谷を越えねばならぬ。間に合わないし、化けた俺を里に戻すわけにもいかない」

「どうしたらいいですか？　私になにができますか」

「ここで俺を捨て置け。尾を切ったあとは、なんとか近くの里へ向かえ。この斜面を上がるんだ。見送れずすまないが」

無理だと拒絶する前に、白月が厳しい顔を見せる。

「おまえ様のためだけに尾を切れと言っているわけじゃない。俺が正気を保っているうちになるべく力を削いでおくんだ」

「切ったあとでも、またくっつけることはできますか？」

思わぬ問いだったようで、笑われた。

「ばかだなあ。くっつけてどうする」

「……近くの里まで、どのくらい距離がありますか」

「俺の足で半刻か。人の子の足なら巳《み》の刻までかかる」

「じゃあ、それまでここで待っていてください。里の薬師を呼んできます」

「時間の無駄だ。俺の尾を切っていけ」

「嫌です！」

　この言い方だと、ひょっとして一刻も正気を保てないんじゃないだろうか。鬼が現れたときとはまた別の恐怖を感じ、喉の奥が震える。

「白月様は御館様じゃないですか、いなくなったら皆悲しむし、困るでしょう！」

「雪緒は悲しまないのか？」

「悲しむに決まって――ごまかさないでください！」

「雷王のそばに俺が控えていたように、不測の事態に備えて必ず跡継を指名しておく決まりだ。むろん俺にもいる。だから多少は混乱するだろうが、郷の危機には陥るまい」

　真面目《まじめ》くさった顔つきで説明されたが、そういう心配をしているわけじゃない。いや、今のは雪緒の言い方が悪かったのか。

「雪緒……、ほら、雪が降ってきた。急げ」

　白月が空を見上げ、急かす。風の勢いが強まると同時に雪雲が押し寄せてきたらしい。数滴の墨を落としたような薄暗い空に変わっていた。

（なぜこの狐様は、自分が鬼神に変わるかもしれないっていうのにこうも淡々としていられるんだろう！）

雪緒は腹立たしいような、歯がゆいような、うまく説明しがたい乱れた気持ちを抱く。普通は落ち着いていられないだろう。なんでもっと抗わないのか。生きたいと、懸命に手を伸ばそうとしないのか。

「……どうしてそんなに簡単にあきらめられるんです。おかしいじゃないですか」

雪緒は羽織りを握る指に力を入れ、言葉を重く絞り出す。

「まだなにも終わっていないのに」

前に白月から情が薄いだのつれないだのと責められたが、どの口が言うのかと。

雪緒から言わせれば、怪たちのほうがいざとなればよっぽど薄情だ。別れをちっとも惜しまない。設楽の翁だって飄々《ひょうひょう》とした態度で天昇を受け入れていた。寂しがる雪緒の気持ちなんかちっともわかろうとしない。

「なぜあきらめてはいけないんだ。雪緒こそおかしなことを言う」

「――なんでそんな軽い反応!?」

雪緒は愕然《がくぜん》とした。だが白月も白月で、雪緒の必死さに驚いている。

「なんでって、俺が間もなく堕ちるのはどうにも変えられぬ事実だ。たとえば奇跡的に雪緒が近くの里まで駆けて薬師を連れてくるのに成功したとしても、無理だ」

「無理じゃないでしょう！　薬師なら浄めの札くらい作れるし、それがあればお屋城にだって戻れる！」

「いや、無理だ。浄めの札なんてそうぽんぽんと簡単に作れるものじゃない。……そうか、おまえ様は作れるから自覚がないいんだな。お世辞じゃなくて雪緒は優秀な薬師だ。それだけの術を操れる薬師が他にいるものか」

「私が優秀なんじゃなくて秘術に価値があるだけで……ってそういう話はいいんです！」

「あぁ、なんだったか？　なぜあきらめてはならぬのか、という話だったか。じゃあ聞くが、終わりを変えられぬのに抗ってどうする。抗うことに意味があるなどとは言ってくれるなよ。道理の知らぬ幼子じゃないだろ」

　雪緒は言葉を失う。

「おまえ様だってちっとも俺に靡《なび》いてくれないし。だから、もうやめた。抗ってやるものか。俺は素直に堕ちる。堕ちてやる」

「……え……ええっ⁉」

　この狐様は今、なんとおっしゃった。

「この白月を袖にし続けるなんて雪緒は薄情だ」

「わ──我が儘なことを言わないでくださいね⁉　冗談にもほどがあります、そんな理由で鬼神になられたら里の皆に私も恨まれるじゃないですか！」

「してやったりか」

「本当なに言ってるんです⁉」

雪緒は心底呆れたし、腹も立ったし、焦りもしたし、わめきたい気持ちにもなった。なんなのこのお狐様。こっちの命を救っておきながら、自分の命は顧みることもしない。

握っていた羽織りを荒っぽく白月の肩にかぶせて、身を起こす。

「もういいです、白月様なんて知りません！　私が勝手にあきらめずにいますからね！　あなたなんてそこに座って私の戻りを待っていればいいんですよ！」

鼻の奥がつんとしてきた。白月がこちらを見上げようとしたので、雪緒は苛立ちのままに意地悪をした。きゅっと片側の狐耳を掴んでやる。白月がぴたっと動きをとめる。

「せいぜい人の子に救われたらいいんです！」

捨て台詞《ぜりふ》を吐くと、白月の返事を聞く前に雪緒は身を翻《ひるがえ》した。崖でも雪山でものぼってやるという破れかぶれな心境だった。

土地に起伏があるせいかここらは倒木が多い。雪緒は両手で裳《も》をたくし上げて横倒しになっている樹幹を越え、ゆるやかな傾斜をのぼっていった。

(白月様のほうが断然、薄情だ！)

ざくざくと音を立てて前進する。ただでさえ歩きにくいのに、空からも新たな雪が落ちてくる。怪と違って、速く走れる四肢なんかない。こうして一歩一歩雪を踏みしめながら歩くしかない。だいたい、あんな大口を叩いてしまったが、自分に大妖を助ける力なんかあるんだろうか。そんな不安も一緒に踏みしめてやりたい気分だ。

どうすればよかったんだろう。おとなしく復縁を受け入れていればこんな寒々しい景色を知らずにすんだのか。離縁後すぐに別の者と再婚していればよかったのか。自分こそが生きることをあきらめていればよかったのか。

（私はとても、翁に守られていたんだ）

設楽の翁と暮らしていたときは、命の危険なんてほとんど感じたことはなかった。やっぱり薄情なのは自分のほうかもしれない。こうして災難を前にしなきゃ肝心なことにも気づけないんだから。自分の本当の名前さえ思い出せないくらいなのだ。ゆきこ、だったか、ゆいこ、か、ゆうこ、なのか……。

雪緒は一度、振り向いた。白月は追ってこない。もはや立ち上がるのも難しいくらい弱っているんだろうけれど、きっとそれだけが理由でもないだろう。

鬼の血をちょっと飲んだところで大妖の力が穢《けが》れるわけがない。問題なのは、天罰のほうだ。白月自身、いつ鬼神に化けるか予想できないでいる。だから雪緒を早めに遠ざけようとした。

そうじゃなければ、妖力皆無の人の子を一人で歩かせたりはしない。

ここらの位置は不明だが、餌を求めて猛獣が現れるかもしれない。はぐれ鬼だって姿を見せるかもしれない。その前に遭難するかもしれない、凍死するかもしれない。

それらすべての危険よりも、白月は自分の存在が災いとなると考えたのだ。

目頭が熱くなり、視界が歪む。

雪緒は慌てて手のひらで拭った。

(泣いたら睫毛が凍る)

涙で瞼がくっつき、目が開かなくなるのだ。その恐ろしさを思えば、感傷なんてあっさり吹き飛ぶ。

雪緒はとにかく突き進んだ。雪は降ってきたが、夜じゃないだけまだましだ。

目印のために腰の紐飾りを抜き、懐に入れていた小さな刃でちぎって、それを木々の枝につける。紐飾りを使い果たしたあとは、布帯を裂く。

半刻も歩かぬうちに寒さで胸が苦しくなってきた。身体の内側から凍りつきそうだ。

雪の下に突起でもあったのか、ふいに雪緒は躓《つまず》いた。両手をついて、転がりそうになるのを防ぐ。雪は、静かな魔物である。転倒し、少し転がっただけで方向がわからなくなる。

「焦らずに、急ぐ……」

しばらく進んで、帯も使い果たしてしまった。迷った末、今度は表着の裾を裂くことに決める。裾を持ち上げたとき、指に挟んでいた刃が落ちた。それを拾おうとして、ふと自分の手を見下ろす。雪焼け一歩手前の状態になっている。息を吹きかけてもあたたかくならない。またじわっと目元が熱くなり、雪緒はきつく拳を握る。

あきらめるつもりも自棄《やけ》になるつもりもないけれど、悟りの境地にはほど遠い俗人だから、心の隅っこがほろほろと溶けそうになることだってある。でも一瞬だけだ。

（私は生きたいし、白月様にも生きてほしい）

刃を拾い上げ、表着の裾をちぎって枝に括りつける。枝は高い位置にあったわけじゃないが、指先がかじかんでいるせいでうまく結べず、するっと布の切れ端が滑り落ちてしまう。ちょうど寒風が押し寄せてきたときだったのでそれに切れ端が乗った。

「待って！」

雪緒は焦って手を伸ばした。掴んだ拍子に膝の力が抜けて、うつ伏せに倒れこむ。

（あぁっ、もう！）

切れ端を強く握ったまま、ごんごんと自分の額を拳で叩く。弱気になるよりとにかく歩け！

立ち上がろうとしてまた膝の力が抜けた。乱れた髪が、がさっと妙な音を立てて肩に垂れる。

雪がくっつき、束になって固まっていたのだ。握り潰したら枯れ葉みたいに砕けるんじゃないかと思って、歪んだ笑いが勝手に浮かぶ。

そして、一人待っている白月の髪にもこの冷たい雪が降り注いでいるのかと考え、ごそりと心が抉《えぐ》られた。

（立ち上がれないの、やだなあ……）

こんなに走り出す気満々なのに、なんでか足が動かない。吐き出す息は雪の色。臓腑《ぞうふ》に雪がめいっぱい詰まっているような気分になってくる。瞼が重い、頭がぐらぐらする……。

——どのくらい座りこんでいたのかわからない。もしかしたら少し意識が落ちていたのかもしれない。ふと、小さな足音が近づいてきて、それで意識がはっきりした。獣の足が目の前にあった。ゆっくりと視線を上げると、見たこともない大型の動物が雪緒の正面にいた。

鹿《しか》……いや、羊？　でも体躯《たいく》は犬っぽい。

「おまえは……？　怪？」

顔には黒い尉面《じょうめん》をつけている。頭頂部には捩《ね》じれた角が一本。前脚も後ろ脚も枝のように細い。その反面、胴体は大きくて毛は羊のようにくるくるしているのだが——水晶のように透けている。いや、毛どころか皮膚や血肉まで透けていて体内が丸見えだった。

けれどそこに臓器はなく、代わりに、小さな青い泉と木々がおさまっている。蝶が飛んでいた。小鳥が飛んでいた。鹿が飛び跳ねていた。すべて生きていて、動いてもいた。森の一部を体内に閉じこめているかのようだった。

また、長く太い尾は、すすきを束ねているみたいだった。

雪緒は言葉なく見つめた。ただの怪じゃないことは明白だった。

面越しに目が合った瞬間、脳の奥まで覗きこまれたような錯覚に陥った。ぐぅんと動物の面が近づいてきて、鼻先が触れ合った。雪緒は息すらできなくなった。

しばらく見つめ合って、もう息をとめていられない、と思ったとき、その不思議な動物が飽きたように顔を遠ざけ、横を向いた。

動物はぶるっとやけに獣くさい動きで首を振った。その途端、体内から一頭の鹿が外へ飛び出してしまった。雪緒はとっさに鹿を両手で包んだ。こんな寒い中、迷子になったら可哀想《かわいそう》だと思ったのだ。なにせその鹿は、親指の爪くらいの大きさしかない。

貝のように両手を合わせて鹿を閉じこめ、動物へ視線を戻して――呆気に取られる。

動物は跡形もなく消えていた。

「ど、どこに?」

雪緒は混乱した。音もなく雪が降る世界で、動いているのは自分だけだ。

はっと我に返って、手の中の鹿を確かめる。

そこには鹿の代わりに、ころりとした薄紅色の宝珠が乗っていた。

――天啓に打たれたように、唐突に悟る。

(あれは祥獣、獬豸だ)

宝珠を握りしめ、立ち上がる。戻ろう。白月のもとに戻らなきゃ。

(私は、神なるものの慈悲を得た)

雪を蹴散らし、よろめきながらも次第に足を速くしてゆく。

(慈悲を得たのは白月様のほうか)

白月は雪緒を救うために境界の糸を噛み切った。それが天罰の対象になった。けれども獬豸は、白月を救いたいという雪緒の前に現れ、この宝珠を渡した。

白月を許したという意味だ。

早く早くと、気ばかり急くが、白月のもとまでは距離がある。駿馬になれたら。鳥になれたら。この雪道を軽々と越えていけるのに。

そう思う雪緒の前に、いきなり狼の群れが現れた。怪ではない。山に棲み着く野生動物だ。獲物を探しておりてきたのだろう。

(こんなときに――!)

次から次へと災難が降ってくる。隠れられる場所はない。木の上に避難する? だがのぼり切る前に襲われるだろう。立ちすくみ、こちらへ突進してくる群れを青ざめながら見つめた直後のことだった。雪緒の背後から新たな獣が走ってきた。

雪緒は小さく声を上げた。黒獅子だった。あっという間に狼の群れを蹴散らし、追い払う。

黒獅子は荒々しく息を吐くと、雪緒を見つめてその場を一周した。ぼふんと白煙を広げ、黒髪の青年に変身する。

「薬屋。迎えにきた」

「――宵丸さん、無事で……」

「無事さ。腹立たしいことに」

怒りを押し殺しているような低い声に、雪緒は肩を揺らす。その様子を見て、宵丸は顔を背けた。雪緒に苛立っているのではない。自分自身に怒りを向けているのがわかる。

「白月はどうした？　あいつは助けに来なかったのか？」

雪緒は、慌てて彼の腕を引いた。話はあとだ。

「宵丸さん、白月様のところまで乗せてください！」

❁

(どちらでもよい)

怒りをまとって去ってゆく雪緒の背を見送りながら、白月はそう考える。どちらでもよい。

雪緒が無事に里へ着き、薬師をこの場に連れてきても。

あるいは間に合わずとも。

――あるいは、雪緒が途中で死に絶えても。

どの結果になっても白月はかまわない。

確かに白月は鬼里の境界を壊し、天罰の対象となった。一度は鬼神に化けるだろう。その後は当然、見過ごせぬとして誰かが白月を討ちに来る。おそらく宵丸あたりが。

(それでいい)

真の望みは、その後だ。

鬼神として滅ぼされたのち、白月は間違いなく天昇する。常闇には落ちない、むろんよもつ國にも。災神《さいじん》にだってならない。神階を駆け上がるのだ。天罰を厭わず、か弱い人の子を救ったことで。これこそが因果だ。

(雪緒、おまえはやはり俺の特別だ)

生きても死んでも役に立ってくれる愛《いと》しい人の子だ。

確率は低いが、仮に雪緒が奇跡でも起こして白月を救うのに成功したとしても、それはそれでかまわない。白月に損はない。

この忙《せわ》しない時期によくも面倒を起こしてくれたものだとはじめは腹立たしさを感じていたが、蓋《ふた》を開けてみれば、楽しめることばかり。鈴音も宵丸も、見事に都合よく躍ってくれた。

白月はふと笑いをこぼす。

(にしても、雪緒って、おかしい)

自分のせいで白月が鬼神に成り果てるという罪悪感に苛まれている。自身も攫われたり襲われたりしているのに、白月の身のほうを心配するのだ。

(この俺が、そんな優しい存在に思えるのか?)

かわいいものだ。求婚を断るくせに、ひたむきな眼差しで白月を見つめる。たびたび見惚《みと》れては切なげに睫毛を震わせる。俯く頬の、瑞々《みずみず》しいこと。

鈴音を羨み、一人前に嫉妬《しっと》もしているようだ。
（おまえ……、それは恋だろう？　そうでなくて、なんだという）
こんなにわかりやすいものはない。つられて、白月までくすぐったくなる。
白月は、雪を落とす空を見やり、ふさりと尾を揺らす。
――どちらの結果になるだろうか。
奇跡を起こす？
起こさない？
どちらであっても、おもしろい。
もしも天昇の道を辿ることになるのなら。
「一度くらい、口づけでもしておくべきだったかな」
そんなことを思って惜しんでしまったおのれがまた、おかしい。
俺のかわいい人の子、できるなら、予想以上の胸躍る道を見せてくれ。

❁

雪緒は帰ってこないと思っていたのだろう。
ずいぶんぐったりしていたのに、黒獅子の背に乗る雪緒の姿を見て、白月はひどく驚いた表情を浮かべた。

「――雪緒、本当に戻ってきたのか。おまえ様は強運だな」

「強運を超える強運を持ってきましたんで！」

雪を蹴散らして勢いよくとまった黒獅子から、雪緒は急いで飛びおりる。呆気に取られている白月の前にしゃがみこみ、じっと見据える。

「死なせませんよ」

なにかを言おうとした白月の口に、強引に宝珠を突っこむ。彼は満月みたいに目を丸くした。

――そこからは、ほぼ宵丸まかせ。

忘れていたが両手は雪焼けの一歩手前という状態で、震えもとまらない。髪の毛だって凍りついてぱりぱりだ。白月のほうも宝珠の力で鬼神化は防げたようだが、不調までは改善できず休息が必要だった。

いつもであればここで戯言のひとつやふたつ口にする宵丸が、今日はおとなしい。

「紅椿々里まで運ぶ。乗れ」とふたたび黒獅子に変じて、雪緒たちを背に乗せてくれる。

（あきらめないでよかった）

雪緒は白月の腕に囲われながら、そうつぶやいた。

◎伍・蔓々《つるつる》釣る瓶を引きたくり

紅椿ヶ里《あかつばきがさと》に戻った直後はてんやわんやの状態で、すぐさま白月《しろつき》の禊《みそぎ》が始まった。が、事情が事情なだけに騒ぎを大きくせぬほうがよい。屋敷中の者たちは今回の騒動とその顛末《てんまつ》を伏せておくことに決め、下里の者に気取られぬよう屋敷中の板戸をしばらく閉め切った。

白月は三日目に回復したが、どれほど禊を繰り返しても完全に体内の瘴気《しょうき》を清めることはできなかった。これについては、彼の腹心である楓《かえで》が溜息《ためいき》まじりに教えてくれた。

「天罰に触れましたからね、やはり償わねばなりませんよ。ただ、妖力《ようりょく》自体は濁っていない。正気さえ失わなければ大丈夫でしょう。注意すべきは、気が乱れやすい新月の夜ですね」

じゃあ俺《おれ》は御館《みたち》の座を跡継に譲って隠居すると白月は退く意思を伝えたが、楓もお屋城の者たちも当然、聞き入れるはずがない。

代が替わったばかりというのに、ここでまたさらに替わるとなれば郷が揺らぐとのこと。ひょっとしたら郷存続のために御館様は生かされたんじゃないですか、と楓がなかなか辛辣《しんらつ》な意見を言う。でもそのあとで「あなたがあなたであるのなら、鬼神であろうと白狐《びゃっこ》であろうと誰《だれ》も気にせんでしょうし」と甘やかすことも言う。

それでまんざらでもなさそうな顔をするのだから、白月は案外手玉に取られていると雪緒《ゆきお》は思う。

こういった理由で表面上は平穏そのものだ。

変わったのは、雪緒を騙《だま》した鼬《いたち》の安曇《あずみ》が行方《ゆくえ》知れずとなったこと。

白桜《しろざくら》々里《がさと》の長となった鈴音《すずね》もまた姿を消したこと。

宵丸《よいまる》の不機嫌が続いていること。

白月が、雪緒に過保護になったこと。

そうして、五日がすぎた。

✵

「雪緒は俺を好きだろう？」

金色の座布団の上に座っている白月が、狐耳《きつねみみ》を揺らして嬉《うれ》しそうに尋ねる。

雪緒は無視して、作業に集中する。

なにをしているのかというと、白月のお炊き上げの準備。体内にたまっている瘴気を払いたい。ほとんど効果はないが、やらないよりはいい。

場所はくすり堂の座敷。亥《い》の刻である。部屋の四隅に蝋燭《ろうそく》を立てているので明るい。

「だっておまえ様、俺のために命懸けで走ったものな？」

ふふと妖《あや》しく笑う白月なんか、絶対に見るものか。――上半身、裸だし。

悪鬼払いの札を囲炉裏の火で軽く炙《あぶ》り、トントンと小刀で刻む。それを丸めて愛用の真っ赤《まか》な煙管《キセル》に詰めこむ。

「阿礼《あれ》よ張れよと申す事。つみこそあらじと解き放て」

火をつけ、吸って、ふうと煙を吐く。

これはいつもと違い、護法の術だ。煙はゆらゆらと宙を漂うあいだに呪文《じゅもん》と化し、白月の肌にぺたりと張りつく。ん、と白月が目を細める。

全身に墨で文字を書きこんだような状態になっているが、すぐにさらさらと消えてなくなる。

雪緒は顔をしかめた。かなり強力な護法を用いたつもりなのに、こんなにあっさりと崩されるなんて。

「具合はどうですか？」

「うん？　もう問題ない。むしろ前よりも力は増しているな」

白月は微笑《ほほえ》んでいる。無理をした様子はない。本当に調子は悪くないのだろう。

「で、嫁に来い」

「嫌です」

もう一回、お炊き上げしてやる。意地になって新しい護符をトントンと刻む。

「雪緒、白湯をくれ」

「あ、はい。その恰好《かっこう》、寒いですよね、すみません。すぐに用意します」

「あとで湯も入りたい」

「はい。焚《た》くだけですので、これが終わったあとで入れますよ」

「それから嫁になってほしい」

「は――嫌です」

「惜しい」

「おとなしくしていてください！」

こういったやりとりを毎日繰り返している。負けてなるものか、と雪緒は思っている。

二度目、三度目とお炊き上げをした。四度目に挑戦しようとしたところで、白月がしおしおと力なく尾を振る。

「そろそろ本当に寒くなってきた。ここまでにしてくれ」

「はい……」

「落ちこむな。さあ、来い」

白月が両腕を伸ばし、慰めてやるというように雪緒をじっと見つめる。

(……いやいや、つられて腕の中に飛びこんだり抱きついたりしないですからね!?)

危ない。一瞬そちらへ向かいかけた！　しなやかな牡鹿《おじか》を思わせる引きしまった上半身から急いで目を逸《そ》らし、横に置いていた羽織りを手に取る。肩にかけてやろうと近づいたところで、白月に溜息を落とされた。狐耳もぺたーと倒れている。

「雪緒がつれなくて切ない」

「魚じゃないので、私、釣れません」

「じゃあ連れ添うのは？」

「嫌です」

「なんて我が儘《まま》なんだ。俺は驚いたぞ」

笑いながら言われてもあらためる気になんかなれない。楽しそうな白月の瞳《ひとみ》に企《たくら》みの色を見つけたので、遊ばれてはたまらないと慌てて話を変える。

「ところで白月様、宵丸さんが全然顔を見せてくれないんですが……身体《からだ》のほうは大丈夫なんでしょうか」

「あいつ、ばかだな」

今度こそしっかりと白月の肩に羽織りをかけつつ尋ねると、さっきまでとは打って変わって厳しい声を聞かされる。

「木天蓼《またたび》なんかにあっさり惑わされたのはおのれの力を過信していたせいだ。放っておけ」

「でも、宵丸さんは捕らえられたあと、すぐに正気に戻って自力で脱出したんですよね？」

「脱出というか、怒り狂った末、攫《さら》った者たちを皆殺しに」

それは聞かなかったことにして、白月の正面に座り直し、さらに説明を求める。

「白月様に知らせを出してくれたのって宵丸さんじゃないんですか?」

「違う。おまえ様に渡した葛《くず》の葉だ。あれに術を仕込んでいた。雪緒が攫われたと知ったあとは、子狐たちに頼んで不審な動きをしていた者がいないか探し出し、追った。まあ鈴音が手を出してきたんだろうとは察しがついたから、追跡はそう難しいことじゃない」

「そうだったんですか」

「だが途中で鈴音に邪魔されたからな、それで遅れてしまった。尾を一本だけなんて手ぬるかった、全部食いちぎってやればよかった……」

思いもよらぬ物騒な発言に雪緒は目を見張った。白月のほうも、しまった、というように顔をひそめる。どうやら聞かせるつもりではなかった話らしい。すぐに表情を取り繕い、ひたっと雪緒を見据える。

(鬼里へ来る前に、鈴音様と一度衝突した?)

そのあたりの話をもう少し詳しく聞きたいが、白月が身を乗り出してきたのでつい引いてしまった。白月の、肩にかけた羽織りがするりと上腕を滑り落ち、まるで誘い慣れたしどけない遊女の風情。とはいえ彼の眼差《まなざ》しには色気よりも不満がたっぷりこめられている。

「さっきから、おまえ様はなんなんだ?」

「な、なんなんだと申しますと」

「俺が求婚しているのによその心配ばかりして」

ずいっと膝《ひざ》がくっつくほど詰め寄られる。ふさふさの尾が苛立《いらだ》ちを示すように畳を忙《せわ》しなく叩《たた》いている。

「俺の耳まであんなにきつく握っておきながら……。あれは狐族にとって求愛に等しい行為なんだぞ。俺をすっかりその気にさせて、このよそよそしさか。どうしてくれる」

「誰が聞いても嘘《うそ》とわかることをそんな真顔で言わないでください」

「嘘じゃない。雪緒は責任を取れない子だったのか？」

なに言ってるんだろうこの狐様、と雪緒は冷たい目をした。もしも本当にそれが求愛行為なんだとしたら、自分はとうに十頭以上の子狐たちに「結婚して」と申しこんでいることになるじゃないか。懐いてくれる子狐たちがかわいくていつもいじり倒していたのだから。

「雪緒、俺のなにがおまえ様をそれほど頑《かたく》なにさせている？」

白月が態度を変え、真面目《まじめ》に尋ねる。

「……別に、頑なになっているわけじゃありません」

ごまかすために、腕からずり落ちている白月の羽織りをかけ直す。

「なっていないのなら、雪緒はとうに俺を受け入れている。拒むのは俺がおまえ様になにかしてしまったか……あるいは、俺の言動のどこかに不信感を抱かせるものがあったか。そのどちらかではないか」

冷静に尋ねられて、頬《ほお》が熱くなる。おまえが俺に心を奪われていることは知っている、と指摘されたも同然だ。だが動揺しているのはこちらだけで白月のほうはいささかも心が揺れていない。

(不信感というなら、その熱を感じさせない反応こそが……)

誠実だということはわかる。歩み寄ってくれていることも。

「詰《なじ》っているわけではないぞ」

雪緒は俯《うつむ》く。同情や義務の中にも偽りのない愛はあると思うし、それを軽んじるつもりはないが、自分がひっそりと胸に抱いていた恋とはどうあっても重ならない。恋であるからこそ、白月が寄せる愛と重ならない事実に落胆し、戸惑う。

つまり自分は恥ずかしいほど奥手であり、恋で傷つく覚悟がまだできていないのだ。それで自分がどう変わるのか予想できず、身が竦《すく》む。一度、その舞台からおりてしまっただけになおさらだった。

「気長に誑《たぶら》かしていこうと思うが、あまり素っ気なくしないでくれ」

「そういうことを本人に伝えるのはどうかと思います！」

「雪緒以外に伝えても意味がないだろう」

「なにか私のほうが間違っているっていう気がしてきた——いえ本当、そんなに誑かさないでください、心臓に悪いです。……私の心臓が家出して戻ってこなくなったらどうしてくれるんですか」

白月が明るく笑った。

「では、その心臓は俺がもらいうける」

「私の心臓を手懐けようとするのはやめてください」

「でも俺の心臓は雪緒にもう手懐けられているんだが」

「手懐けた覚えはありません。白月様、今日《きょう》は嘘しかつかない日だと決めているんですか？」

「おまえ様の意外な辛辣さが癖になる。なあ……、心臓の次はなにを手放す？」

不穏な発言に本気で引いていると、白月は顔を伏せるようにして、べそっとこちらの膝に寝転んだ。乱れる白い髪が美しい。剥《む》き出しのうなじも白粉をはたいたように白く艶《なま》めかしいが、やはり女とは骨格が違う。そこに儚《はかな》さはない。しなやかな雄々しさがある。肩幅も男らしい。

(無駄に色っぽい)

つい狐耳を撫《な》でそうになり、はっと正気に返る。……これが求愛行為にあたるって、本当なんだろうか？

「楽しいなあ。ひとつひとつ雪緒を手に入れていこう」

白月がもぞもぞと向きを変え、言葉通りの楽しげな顔で雪緒を見上げる。

「なにも手放しませんからね!?」

「無駄だ無駄だ。俺は狩りも誑かすのも得意だぞ。そうだなあ、まずはその目を誑かそうか……、俺以外見ないように」

油断していたわけじゃないのに、完全にふいをつかれた。白月が身軽に頭を起こす。一瞬顔に影が迫ったと思ったら、ちゅっと瞼《まぶた》の上にやわらかな湿った唇が触れた。雪緒は固まった。ほんの少し瞼の上がすうすうして、その感覚に背筋が震える。

「次にこの指を誑かそう」

身動きできない雪緒の手をとらえて、指先にまた軽く口づけ、「俺以外に触れないように」と笑う。瞳がきらきらしていた。静かな興奮を伝えるように、きゅうっと瞳孔《どうこう》が縮んでいる。

「あぁもちろん心臓は返さないぞ。俺以外に高鳴るなんて許せない。躾《しつけ》終わったら返してやるかな」

白月の指が、雪緒の唇に触れる。ふくらみをなでなでしながらひそやかに微笑む。

「この唇は……どうしようか？」

「え——」

「囁《ささや》くことを禁じるか？　食むことも禁じてしまうか？」

白月はこちらのどんな些細《ささい》な変化も見逃すまいというような表情を浮かべている。口調は優しげだが、喉元《のどもと》に牙《きば》を突き立てられているような気分だ。なぜかここで鈴音の顔を思い出す。

（こういう酷薄そうな目つきが本当に好きだな、私って……！）

自分の好みが偏りすぎている。妙な虚《むな》しさを感じてうちひしがれていると、「雪緒、なにを考えているんだ？」と責めるような声で問われた。つい素直に「私、鈴音様の顔が好きだなと

……」と答えてしまう。もちろん、やられたことは許せないが。

「……なんだって？　俺じゃなくて、鈴音？　どういうことだ、雪緒。聞き捨てならない。どういう意味なんだ？　鈴音となにがあった？」

「え？　いえ、別に。ただ、鈴音様の気持ちがわかるときがあるなって」

白月を巡って互いを激しく意識している。怒りも嫉妬《しっと》も、劣等感も、また執着のうちだ。

「普通に男の名を出されるより衝撃を受けた。嘘だろう？」

「誤解しないでください。鈴音様とか白月様の、本音では人を雑草以下にしか捉えてなさそうな冷たい眼差しが好みというだけなんですよ」

「新たな波紋を広げないでくれないか。雪緒ってわけがわからない。俺はどうすればいいんだ？　鈴音を殺してくればいいのか？」

「失言でした、すみません」

「失言ですむか。もう絶対鈴音を狩るからな。俺は本気だぞ、雪緒のばか」

「いえ、それはけっこうです」

「姦通罪《かんつう》」

「言葉の威力がすごすぎる。どこが姦通罪ですか。全然違います」

「じゃあ俺となら、そういう罪を楽しむ？」

「予想外の弓矢を放つの本当やめてくださいね!?」

撫でてよいぞ、というように白月が笑いながら雪緒の両手を掴《つか》み、自分の耳に触れさせる。

「雪緒、これ、好きだろ？」

なにを言っているんだろうか？　好きに決まっている。ふっかふかで手触り抜群だ。この、内側の毛のちょっと長いところが、なんとも。

悪の誘惑に屈しかけたときだ――「そこだ、いけっ」という小さな声が響いた。雪緒と白月はとっさにぱっと身を離す。

「あああぁっ御館様ってば、焦《じ》れったいっ」

「雪緒様にはもっと押してもいいのに！」

「強引に奪われたいという女心がわかっていないっ」

……という第三者の声が聞こえ、雪緒は唖然《あぜん》とした。室内に満ちていた、そこはかとなくいやらしい空気も途端に掻《か》き消える。慌てて視線を巡らせば、少年姿に変じた子狐たちが襖《ふすま》の隙《すき》間《ま》から覗《のぞ》き見をしていた。白月が、愕然《がくぜん》と彼らを見つめ返す。

狐耳の少年たちは悪びれもせず頬を膨らませ、「なぜ有無を言わさず押し倒さない！」「ここで決めるべきなのに！」と悪態をついて去っていった。

室内に沈黙が広がる。一瞬前までの、全身を炙るような熱は幸か不幸か消え去っていたが、違う意味で動揺がおさまらない。

（いったいいつから覗かれていたんだろう）

護法に集中したいからと人払いをしていたのだ。でももしかして、怪しい意味で人払いをしたんじゃないかと誤解されていたとか？　そう思い至って雪緒は顔を覆いたくなった。子狐たちに言い訳したい。護法のために白月に来てもらっただけで本当に他意はないって。

（というか白月様、なにするんですか、もぉぉ!!）

恥ずかしさで顔が発火しそうだ。一方の白月も子狐の辛辣な捨て台詞《ぜりふ》に色々なものを抉《えぐ》られたらしく、ふたたびべそーっと雪緒の膝に潰《つぶ》れる。

「雪緒」

「……は、はい」

「俺はやつらを甘やかしすぎた。屋城の者どもは、もう少し俺のありがたみを知るべきだ」

「そうです、ね……？」

「紅椿ヶ里には、七つの有名な温泉がある。ぐるっと里を巡るような位置にだ。知っているだろう？」

「え、はあ」

「俺としばらく湯治に行こう。湯巡りをして、そうだ、うまいものも食べるんだ」

「湯治は確かにいいと思いますが。私も一緒に？」

「当たり前だ。禊を手伝ってくれるだろう？」

「はい。でも、如月の祭りがまだ残っているんじゃ……？」

「俺がいないと皆、困るかな。困るだろうな。困らせてやろう」

「だめですからね!?」

「だめと言っても行くと決めた。そのくらい、さっきは許せなかったぞ」

人の膝に突っ伏しながら駄々をこねている。まあ、自由な狐様ではあるが根本のところは真面目だし、よほどのことがない限り本気で他者を困らせるような真似《まね》はしないだろう。

明日《あす》になれば機嫌も直るはずで。

――と楽観的に考えていたが、間違いだった。

我慢に我慢を続けた反動なのか、白月は有言実行の狐だった。翌朝、白狐姿でくすり堂に現れると、慌てふためく雪緒を背に乗せ、子狐たちの制止を振り切って上里を飛び出したのだ。

そして本当に、七日間の湯巡りを堪能した。

(お屋城に戻ったら子狐たちや楓様に誠心誠意謝ろう……)

胃をきりきりさせながら雪緒は湯巡りにつき合った。

それでも、うまいものを食べると豪語しつつ実際には身体によい粥《かゆ》をおとなしく口に運んでいたあたり、かわいい狐様だなあとしみじみする。

✿

恐ろしさというのは、気持ちが落ち着き、日常を取り戻したあとでふいに蘇《よみがえ》るものだ。

雪緒が突如不安に襲われたのも、鈴音に攫われてから半月ほどが経《た》った夜のことだった。季節は桜月。狐の嫁入りをした月。

雪緒は引き続きお屋城の離れの庵《いおり》に居候しており、数日前からはくすり堂も再開している。商売中は子狐たちがぴったり寄り添ってくれるし、いつの間にか白月の補佐をまかされていた鵺《ぬえ》の由良《ゆら》も番をしてくれる。夜更けには、白月も顔を見せに来る。

相変わらず忙しいようだが、護法の効果を期待しているのか楓たちは白月がくすり堂へ通うことを咎《とが》めない。

鈴音はあれ以来姿を見せなかった。白月たちも話題に出さない。こちらが尋ねてものらりくらりとかわされる。もしかしたら雪緒の知らないところで捜索しているのかもしれない。

だが少なくとも表面上は平和そのもので、里を覆っていた雪が少しずつ解けていくように雪緒の心からも緊張感が失《う》せ始めていた。そういうときのことだった。

その夜、雪緒は土間の片づけをしていた。今夜は白月が来ない日だ。明日に桜花祭を控えているため、お屋城の奥に朝からこもっている。

桶《おけ》の水を捨てようと縁側から外へ出て、空を見上げる。月がずいぶん細くなってきていた。もう少しで新月がくる——。

そう思った瞬間、背筋に寒気が走った。自分を連れ去ろうとした狒狒《ひひ》男の姿がまず脳裏をよぎる。次に、血まみれの狐の青年の姿。その次は、人のよさそうな安曇の顔と背中。戸の開かない輿《こし》。鈴音の冷酷な眼差し。面をつけた鬼たち。黒ずむ炒《い》り豆。口元を赤くそめた白狐。凍えるほどの寒さ。雪。宙に流れる布の切れ端。指も凍り、髪も凍り、空さえも……。

「──！」

桶が腕から落ちた。汚れた水が衣の裾にはねたが、そちらを気にする余裕はなかった。後ずさり、その場にへたりこむ。

(怖い)

純粋にそう感じた。夜の暗さが怖い。この静けさが、深さが。なんでこんなに暗いんだろう。耐えられない。もっと明かりがほしい。明かりがないと、怖いものが寄ってくる。蝋燭に明かりをつけなきゃ。あぁ手間がかかる。どうしてここには、すいっち、がないんだろう。不便でしかたがない。昔は、ぼたんをぱちっと押すだけで天井にまばゆい明かりがついたのに。夜であろうと道には明かりがたくさんあった。お店も開いていたし、くるまだって通っていた。くるま──くるまってなんだっけ？　思い出せないことばかりだ。自分の名前さえ曖昧《あいまい》なまま。ゆきこ、なのか、ゆいこ、なのか……。

(頭が痛い)

恐怖がじりじりと胸を焼く。嫌だ、呑《の》みこまれたくない。

胎児のように身を丸めたときだった。

ざくざくと地面を踏む音が聞こえた。全身が粟立《あわだ》つ。誰だろう。こんな時間に、白月以外の誰が庵へ来る？　ここはお屋城の敷地内だ。悪い者は入れない。でも、安曇は入ってきたじゃないか。里の者ならここへ足を運べるんだから。

足音はまっすぐに雪緒のほうへ近づいてきた。動けなかった。顔を上げることもできない。ぼんやりと、心臓を白月にあげていてよかったなあと思った。今ここで殺されても自分の心は壊されないですむ。

足音はうずくまる雪緒の前でとまった。

「……薬屋、こんなところでなにをしてるんだ？」

頭上に落とされた声は宵丸のものだった。その声音を聞いた瞬間、非現実から現実へと舞い戻ってきたような感覚が全身を満たす。憑《つ》き物が落ちたというような感覚でもあった。

顔を上げると、宵丸もこちらを見つめていた。学士か書生かというような涼しい目元の青年は、なぜか肩に白月の眷属《けんぞく》である子狐を乗せていた。尻尾《しっぽ》の先端が青白く光っているので、提灯《ちょうちん》代わりに連れてきたのかもしれない。

そう思っていたら急に子狐が「おれは見張りですよ！　二人きりになんてさせませんっ」と息巻いた。宵丸はちょっと迷惑そうな顔をした。

「それで、なにをしている。転んだのか？」

「……はい。水を捨てようと思ったら、月が細くて、足元がよく見えなくて、躓《つまず》いたんです」

「ふうん。人の子は夜目がきかないんだったな。不便だなあ」

「はい……明かりがないと」

またぼんやりしそうになったが、宵丸に腕を掴まれ、ひょいと立たされる。

「そら、提灯だ」

宵丸が肩の子狐を引き剥《は》がし、雪緒に渡す。子狐は目を潤ませて抗議した。

「おれは提灯じゃありません！　由緒正しき白狐一族の怪《かい》！」

「酒をくれ、薬屋」

「宵丸様、雪緒様に甘えすぎ！」

「ついでに飯も寄越せ。空腹なんだ」

「雪緒様は宵丸様の奥さんじゃないんですよ！」

「できれば風呂も入りたいなあ……」

「うわあああん！　聞いてくださいってばあ！　いけずですっ」

怪たちのまったく噛《か》み合っていないやりとりに、雪緒は知らず微笑んでいた。宵丸の気ままさに翻弄《ほんろう》されて疲れるときもあるが、今はありがたい。名前のない恐怖に怯《おび》えずにすむ。

「ところで薬屋」

勝手知ったるくすり堂という様子で縁側から上がろうとしていた宵丸が振り向く。

「探し出すのに時間がかかったが、あれは狩ったぞ」

「狩った？」

「おまえがもう攫われることはない」

ぽかんとしたのちに、じわじわと理解が追いついた。あれ、とは鼬の安曇のことじゃないだろうか。

（このところ顔を見せなかったのは、捜索に集中していたためだったのだな）

それで由良が頻繁に番をしてくれていたのか。安曇に対して同情はわかない。自分も白月も死ぬ思いをした。顔なじみの宵丸をも欺いた。狩られて当然の行いだった。

宵丸が顔を背けて吐き捨てる。

「鼬野郎は、白月に執着している牝狐《めぎつね》から妖力をわけてやると誘われて、おまえを連れ出す策を立てたんだと。酒を振る舞われ、まんまと口車に乗せられた」

「そうでしたか」

そんなところじゃないかと思っていたが、微妙な気持ちにはなる。怪にとって妖力はなにより重要なものだ。金塊以上に価値があるんだろう。

「……教えてくれてありがとうございます」

これで、恐怖の種はひとつ減った。お客がくすり堂に来るたび、安曇じゃないかとびくりとすることもなくなる。

「礼を言うようなことじゃない。久しぶりの恥辱を味わったから、その報復だ。一族も狩ったぞ」

おっ、と雪緒は感心した。木天蓼に惑わされたことが相当悔しいようだ。宵丸は思ったよりも誇り高いらしい。

「でも、異形からは守ってくれました」

「薬屋が攫われたのは俺の過信ゆえだ。当分、しっかり守ってやる」

純粋にびっくりした。

「ええっ、宵丸さんからそんな殊勝な言葉を聞くなんて。もう酔ってるんじゃないですか？」

「素面《しらふ》だ」

「本当に驚きました。宵丸さんでも本気で腹を立てることがあるんですね」

「大妖《たいよう》の俺がその辺の猫のように木天蓼なんかによろめいたんだぞ。これが恥でなくてなんだ。顔も真っ赤になるさ」

「へぇえ！　真っ赤！」

「なんで喜ぶ？」

「だってあの宵丸さんがこんなに感情的になっていますし」

先ほどまでの寂寥《せきりょう》感や恐怖が完全に吹き飛ぶ。それどころか雪緒はかなりうきうきした。

「……前から思っていたけれど、おまえってよくも俺に平然と図々しいことを言えるよなあ」

「耳を疑いました。私のどこが？」

むしろ酒なり飯なり風呂なりと、甲斐《かい》甲斐しく世話をしていると思う。

「俺を怒らせたら殺されるとは思わないのか？」

なんとなく言いたいことはわかる。

怪の中には宵丸を恐れる者もたくさんいる。彼は荒くれ者として知られる大妖だ。弱い人の子なのになぜ怯えないのかと不思議なのだろうが、種を明かせばなんてことはない。

「人の子は夜目もきかないし、妖力も感知できないので、他の怪が抱くような怖さを感じられないんですよ」

「そんなもんか」

納得したようなしないような顔をして、宵丸がうなずく。

「ところで。鼬野郎とその一族だが、皮を剥《は》いでそっちの木々に吊《つ》るしている。……肝がほしいなら持ってくるぞ」

「あっすごく怖い。怖くなりましたよ宵丸さんのこと」

「でも今日は、肉より魚が食いたいんだが」

「怖いですからね⁉　どういう意味かわかりたくないですしね！」

さっさと縁側に上がる宵丸を追いながら雪緒は震えた。

「もおおおっ、二人でいい雰囲気にならないでくださいよお！　他の怪との火遊びなんて許しませんからね！」

腕の中の子狐が妙な叱責《しっせき》をする。

雪緒は、笑った。今夜は久しぶりにぐっすり眠れるだろう。

✿

一寸先は闇《やみ》と言うが。

「花は潔く散ってこそ」

夜明けの縁側で、宵丸は酒杯を口に運びながらつぶやく。

「人の子は寝る時間だからな。くすり堂の女主はすでに、子狐を抱えて夢路を渡っているぞ。おまえの出る幕じゃないさ」

ざああっと真っ赤な桜の花が風に流れてきたが、ひとひらもくすり堂に落ちることはない。この庵は守られている。宵丸に、白月に。

桜の花びらが渦を巻く。竜巻のように捩《ね》じれる。

それらは一瞬怨霊の顔のような形をなしたが、宵丸が気怠《けだる》げに杯の中身をふりかけるとじゅうじゅうと音を立てて消滅した。

「怨《えん》に負けたか。……俺も気をつけねばな」

くあ、と宵丸は欠伸《あくび》をして、縁側に寝転ぶ。

桜花祭とは、穢《けが》れ払いの行事である。

雪緒の頭には、ひなまつり、という言葉があるが——その要素も兼ねている春の大行事だ。この祭りを境に、里には春の花々が咲き乱れる。里の象徴である椿は年がら年中咲くのだが、他の春花はこの祭りをもって息吹を吹きこまねばならない。

祭りの中身はというと、晴れの衣を身にまとって男雛《おびな》や女雛《めびな》に扮《ふん》した者たちが、春に咲く草花の絵札に色を入れる。これは上里の者のつとめ。お屋城を御殿に見立てる。下里ではなにが行われるかというと、厄除《やくよ》けの札を里中の木々に吊るす。木を、鬼《き》に見立て、札に災いを吸い取らせる。札は実の見立てである。実とは、神《み》に通ずる。穢れを清めてもらう。

これを三日続けて、その後は優雅に花見。……飲み食いしたいがためにこの行事が開かれるんじゃないかと雪緒はちょっと疑っているが、どうだろう？

今年の雪緒は上里に厄介になっているので、屋城の者たちと晴れの衣をまとい、絵札作りを手伝っている。日頃《ひごろ》、薬屋として草花を描いていることもあり、この作業は苦にならない。

(そうだ……絵札作りが終わったら、下里に一度戻りたいな)

『くすりや』の周囲の木々にも厄除け札を吊るしておきたい。しかしこのあいだ襲われたばかりで、上里を出るのは恐ろしくも思う。未《いま》だ鈴音の行方も知れぬまま……らしい。それとなく白月たちに尋ねても曖昧に濁され、正確な情報を掴めていないのだ。

それに番をしてくれる宵丸も、雪緒がくすり堂から一歩でも出ると厳しい顔を向けてくる。絵札作りだって、主屋ではなくこのくすり堂でやるよう命じられてしまった。

(ううん、無理かな。下里の『くすりや』には戻れないかな)

悩みながら絵札を作っているうちに顔料がなくなった。主屋までもらいにいくか、それとも宵丸に頼むか、子狐が来たときに頼むか。

気分転換もしようと、雪緒は立ち上がった。

朝から座敷にこもり、いつの間にか昼の刻。小腹も空いてきたので昼餉《ひるげ》の準備もしよう。

愛用の煙管が帯にあることを確認し、障子を開いて座敷から縁側へ出る。

縁側には、見張り番の宵丸がこちらに背を向ける形で座っていた。彼も桜色の晴れ着をまとっている。

黙っていると文句なしにいい男なんだけどなあ、といささか失礼なことを考える雪緒を振り向き、宵丸がわずかに眉《まゆ》をひそめた。まさか心の声を聞かれたか。動揺をごまかすために微笑みかけると、宵丸は身軽に立ち上がって雪緒と向かい合った。

「宵丸さん、昼餉はどうしましょう？　こちらで食べていきます？　それとも主屋で——て、近い。近い近い。ぶつかる」

雪緒は手で宵丸の胸を押し戻そうとしたが、逆に手首を取られ、そのままずずずと座敷の中へ後退させられた。

宵丸は後ろ手でぴしゃんと障子を閉めると、雪緒を囲炉裏のそばに座らせ、自分も腰をおろした。

「ここで食べる」

「そ、そうですか？　それなら準備を――」

立ち上がろうとしたら、また手首を掴まれた。

「いや、やっぱりいらん」

「私、空腹です」

「ほら、そこの机に菓子があるじゃないか。それを食べていろ」

「えー…、あれ、子狐たちにもらったあられと餅《もち》ですよ」

桜花祭で使う菓子や菱餅《ひしもち》は雅《みやび》やかな色合いでかわいらしいが、昼餉のかわりにはならない。

「ほら食べさせてやるから」

「いえ、ちょ、やめて！　自分で食べる！」

嫌がったのに、口の中に無理やりあられを突っこまれた。必死に噛み砕き、飲みこんでから宵丸を睨《ね》めつける。なんてことをするのか、この獅子《しし》は。

「本当宵丸さんて、宵丸さんですよね！」

「腹が満たされたなら、おまえ、ちょっと寝ておけ。疲れているだろ」

「いえ、疲れてもいないし、眠くもないです。絵札用の顔料がなくなったので主屋にもらいに行きたいです」

「俺が膝枕《ひざまくら》をしてやる。朝まで眠れ」

「膝枕より意思の疎通を求めたい」

「この宵丸の膝枕が受け入れられぬというのか。これだけ長生きしているが、そういえば女に膝枕をするのははじめてだぞ、なんか面倒臭いし。いわば初物だ。おまえにくれてやるから、とにかく寝ろ」

「本人すら価値を見出していない初物とか。びっくりするくらいときめかない」

宵丸の話のひどさに、雪緒は思わず真顔で返した。なにがしたいんだこの黒獅子。

「大丈夫、主屋以外には行きませんよ。すぐにこちらへ戻ってきます。……宵丸さんも一緒に来てくださいね」

たとえ敷地内でも一人歩きはしない。攫われるのはもうごめんだ。そう思って宵丸につき添ってもらえるよう頼んだわけだが、彼は首を横に振った。

「行きたくない。おまえの言うときめきとやらをくれてやるから、ここで、俺のそばにいろ」

「うえっ⁉」

これほどぞんざいな扱いをされているのに、ふいうちの「俺のそばにいろ」発言に少しどきっとする。今日の晴れ着がよく似合っているせいかもしれない。いつも濃い色の衣を着ているから、たまにこうした華やかな装いをすると、ぐっと男ぶりがあがるというか。

（いやいや！　私の心にはもう白月様という方がいて――って違う。そうじゃない！）

変な想像をしてしまったおかげで、ちょっと混乱した。男前って目に毒だ。

自分を戒めて距離を取ろうとすると、また宵丸に手首を掴まれる。

「そばにいろと言ったのになぜ逃げる？　聞こえなかったか？　そばに、いろ」

「聞こえてますんで、耳元で囁かないでください！」

……正直に言うと、この頃では宵丸のことをくすり堂の置物みたいな存在として見つつあったので、思いがけず意識してしまった自分に本気で驚いたのだ。子狐たちに何度「いい雰囲気になるな」と注意されても全然気にならなかったのに。

（あー！　余計なことを思い出した。この黒獅子も婿候補だったんだよね）

今日に限って子狐がいない。祭り支度で誰も彼も忙しいのだ。

失敗した、子狐たちに一緒にいてくれるよう頼んでおけばよかった。よく考えたら未婚の怪と閉め切った座敷で二人きりになるなんて、浅慮な行動だ。

一瞬焦るも、相手は鈍さ極まれりというか色事にまったく興味のなさそうな宵丸である。恥じらうだけ損だと自分を納得させる。ところが。

「うん？　なんだ薬屋。今、俺を男と見たのか？」

「こういう方ですよね宵丸さんて！」

触れてほしくないところのど真ん中を悪気なくぶち抜く。

「俺はそこまで伽《とぎ》が好きってわけじゃないんだが、まあ、朝までならなんとか……？」

「どうしてそんな驚愕《きょうがく》の決意をしたのか、私にわかるように説明してくださいね⁉」

「白月には薬屋から熱心に誘ってきたと言ってやろう。あいつの絶望顔が見たい」

「思いとどまって。怖い未来しか見えない」

「なあ、俺も案外、薬屋を年頃の娘と思えてきたぞ」

天を仰ぎたくなるほど情緒も思いやりもないのに、そこはかとなく色っぽいのが理不尽だ。

「おまえって見かけによらず肝が据わっているし、俺に対しても遠慮がないし、図太くておかしいよな」

「それをほめ言葉として言いましたか？　ありえないですから。ときめき崩壊しますから」

「難しいな……」

「逆にこうまで外すほうが難しいと思います」

「じゃあ、おまえならどう言うんだ」

「私ならもっと！　心をこめて、あなたの髪に触れたいとか、ずっと見つめていたいとか、笑った顔が好――って、なにを言わせるんですか！　今のは喩《たと》えですよ‼」

「よくわからん」

「焦る必要全然なかった」

宵丸に繊細な感情を期待するほうが間違っている。そう確信したときだ。

腕を、強く引っぱられた。彼の胸に手をあてるような恰好《かっこう》になる。

「よくわからんが、ちょっと今、鼓動が跳ねたぞ。どうだ、感じるか？」

耳元で囁かれ、雪緒は息を呑む。

「衣の上からでは感じにくいか？　じゃあ、じかに」

「ぬっ、脱いじゃだめです!!」

大声を上げてしまった。

（どっち？　この黒獅子、わかってやってる？　天然!?）

このままだと宵丸に流される。雪緒は急いで気持ちを立て直すと、彼の手首を掴み返した。

「宵丸さん！　要するに私をしばらくのあいだ、くすり堂にとどめておきたい、外へ出したくないってことですか？」

宵丸は一瞬目を細めたが、横を向いてつまらなそうにした。

「そうなるな」

「主屋に行くのもだめ？」

「だめ」

「……それはいつまで？」

「俺の考えでは、桜花祭が終わるまで」

浮ついていた心が、急速に冷えてゆく。

「鈴音様が関係していますか？」

「さて、白月に聞け」

「白月様は今、主屋にいますか」

「薬屋」

宵丸が、やや強い語調で雪緒の問いを遮る。彼ももう、先ほどまでのどこか華やいだ空気を消し去っていた。

「あまり考えるな。薬屋は、論をもって物事を正しくはかろうとする。それはいかにも人らしい考え方だが、今はやめておけ」

「……なぜ？」

「論とは万葉の言魂《ことたま》。言挙《ことあ》げそのものだ。事事《ことごと》を動かす。吉凶問わずにくみ上げる、いわば井戸の釣瓶《つるべ》のようなものだ」

「吉凶？　いったいなにが起きて――」

「だから問うなって。問答に終わりも区切りもない。頭の中に言魂を溢《あふ》れさせるな。――と禁じても、どうせしつこく考えずにいられんのだろうから、床の中で忘れさせてやる。作法くらいは知っているさ。ともに夜着にもぐれば、そこが最果ての夜だ。そういう夜を教えてやる」

「!?　か、考えません、おとなしくしてます！」

宵丸に身を引き寄せられて、雪緒は慌てた。押しのけたが、またもや手首を握られる。先ほどからお互いに、おかしい。握られたり握り返したり握られたり。妙な方向に意識しそうになったので、視線を床の板敷に向ける。

深く息を吐いて気持ちを落ち着かせると、もやもやと疑念が胸に広がった。

論とは言挙げ、延《ひ》いては釣瓶か。確かに宵丸の言うことは正しい。考えまいと戒めたそばから、「でも、なにが起きているんだろう」と想像してしまう。それをとめられない。

(朝は普通だった。主屋にも行けた)

けれど絵札を受け取ったあとは、皆に急《せ》かされるようにしてこちらへ戻ってきたのだ。あぁまだ自分は主屋の者たちに拒絶されているんだなあと、あきらめ半分にしんみりもしたのだが、どこかはらはらした目で見られていた気もする。

そういえば、お屋城に仕える者たちの大半が入れ替わっているようだった。

——というより、宵丸が鼬の安曇を狩った日から、ほとんどくすり堂の外へ出ていない？

なんだかんだで子狐や宵丸が必要なものを持ってくる。出る必要がなかった。そう仕向けられていた？

(ぼんやりしすぎだ、私)

どうも設楽の翁が天昇して以来、容易《たやす》く心が揺らいでしまう。

しっかりしないと。とにかく今はなにかが起きていて、宵丸はそれを隠そうとしている。考えることさえ禁じられた。それはなぜかというと。

「……薬屋、言いつけを守れ」

「は、はい」

考えてはいけない、というのはかなり難しい。呼吸するようにつれづれと、なにかを考えてしまう。ある意味、思考とは欲望に似ていて、だから修行者はそれらを断ち切るために無の境地を目指す。やがて至る地を暁悟《ぎょうご》と呼ぶ。あるいは暁月《ぎょうげつ》を見るとも。ほぅ、奥が深いなあ……とか考える時点でいけない、自分は聖人からほど遠い俗物だ。いや、考えちゃいけないって思ったそばから考えてどうする。そうか、それで宵丸ははじめのほうで、寝ろと言ったわけだ。寝たらなにも考えなくてすむよね。あれ、こう考えると宵丸って実はめちゃくちゃなようでいてかなり真理を突いていた？　私のほうの理解が足りないだけだった……？

（——だから！　考えない！）

「伽が必要か？」

宵丸が冷静に見下ろす。

「だ、大丈夫です」

ぎこちなく返事をしてしまった自分を罵《のの》りたい。信じていない目で見られている。

「……ですが！　考えたらだめだと思うほど考えたくなるので、ここは逆に、他愛ない話題で気を逸らすほうがいいんじゃないかなと」

それも一理あるか？　というように宵丸が首を傾《かし》げる。

「で、提案ですが宵丸さん。獅子の姿になりません？」

獅子姿だったら宵丸を妙に意識せずにすむし、毛繕いを手伝うことで時間も潰せる。いい案じゃないかと思ったが、宵丸は耳を疑うというような表情を見せた。

「薬屋はすごいな……、さすがの俺でも、獅子姿で人の子と交わろうとは思わなかったのに」

「なに言ってるんですか冗談にもほどがあるしそんなこと他の方に一言でも漏らしたら絶対に許しませんからね」

「本気で照れた。期待に応《こた》えて、やってみるか……」

「えっ、照れるところなんですか!?」

「おもしろいから、あとで白月に自慢してやろう」

「私の話を聞いてましたか。絶対に、話さないでくださいね！」

とんでもない発言をするあいだも宵丸の視線は障子から離れない。

雪緒は不安になってきた。不吉な想像をしてしまいそうになるので、むしろこの怪しい話を続けたいくらいだ。

悪いことに、というべきか、雪緒は言魂の威力をじゅうぶん以上に信じている。設楽の翁から受け継いだ秘伝書にもこう記されている。言魂とは、穹《あめ》に葺《は》くもの及《また》幸弓のごとし。求める未来を打ち抜き、狩るのである。

表現は違うが宵丸の言った、論とは言挙げと同じような意味だ。わかりやすく言うと、悪いことを考えればそれが現実に変わる、天井のしみが幽霊のようだと怯え続ければやがてそれが力を持って『本物』に化けてしまう、というやつだ。

人の子は妖力を持たないかわりに、『事』と『物』に魂を吹きこむことができる。怪より人の子が作る護符のほうが強力なのはこの理屈によるのだと思う。

(子狐たち、来てくれないかな……)

賑《にぎ》やかにしてくれたら、ずいぶん気が紛《まぎ》れるだろう。

そう嘆息したとき、突然、宵丸が片腕で雪緒を引き寄せ、強く抱きかかえた。また思考の罠《わな》に落ちていたのを気づかれたのか。本当に伽を!?　というばかな焦りが生まれたが、そうではなかった。障子の向こうで風が慟哭《どうこく》した。ざああ、と木々の葉が叫んでいる。

それが次第に、おあぁ、おあぁ、という数多《あまた》の人の叫びのように聞こえ始めた。身を緊張させて耳を澄ませるうち、その不気味な音色は途絶えた。

「……宵丸さん、今のって、なんでしょう?」

乾いた声が自分の口から漏れる。知らず言葉がたどたどしくなっていた。

「考えるな」

「そ、そうですね。考えないことが一番ですよね」

——でも難しい。頭の中で勝手に色々な仮説が組み立てられてしまう。

今のは怨霊《おんりょう》の声？　桜花祭の当日に？　祭りの名が示すように、主役の花は当然桜だ。桜を象徴とする里は、隣の白桜ヶ里。この季節になると、そちらから淡い花びらが風に乗って流れてくる。春を祝う浄化の花びらだ。だが今年は？

長はなにをしているんだろうか、いや、白桜々里の新たな長となったのは鈴音で、ただし今も行方知れずで――。

おあぁと風がふたたび泣き叫び始めた。鬼哭《きこく》の音色に寒気が走る。やがて雨でも降り出したのか、ぱたぱたぱたと小気味よい音も響き始める。雨粒が屋根にぶつかっているのか。

しかし、障子のほうに目をやって、見なきゃよかったと後悔する。花びらしきものが礫《つぶて》のように障子にぶつかっていたのだ。それもしばらくすると、静まった。

音はやんだが、嫌な予感しかしない。

(考えたらだめなんだって。悪いものを誘《おび》き寄せる)

わかっている、わかっているのにとまらない！

いっそ宵丸に気絶させてもらおうか。そうすればなにも考えずにすむ。

決心してその頼みを口にしかけたとき。

「つぷ」

という変な音がした。

「つぷ、つぷ、つぷ、つぷ」

障子が破れる音だった。誰かが向こう側から指でつぷつぷと穴を開けている。その数が増えていく。

「え――」

知らぬあいだに、障子の向こうは薄暗い。

雪緒は、障子から突き出た白い指を見つめた。「この指とまれ」と障子の外で、誰かが期待を孕《はら》んだ声を出す。宵丸が眉をひそめ、雪緒の目元を手で覆った。その直後のことだった。

障子の向こうからなにかが激しく争う音がした。断末魔と咆哮《ほうこう》。宵丸の手が目元から外された。雪緒は何度か目を瞬《まばた》かせると、おそるおそる障子のほうをうかがった。

すぐに争いの音は途絶えた。宵丸が雪緒を抱えたまま、じっと障子を見つめた。

――障子の外に、誰かが立っている。

「あけないのか」

先にそう声をかけたのは、宵丸のほうだった。

障子を？

雪緒は、宵丸に目を向けた。彼は油断なく障子を見据えている。

「――あぁ、あかぬ」

静かな答えが返ってくる。これは白月の声だった。

「あけられないか」とまた宵丸が問う。

「あかしたい」と声が返る。

一拍置いて、宵丸が舌打ちした。雪緒の肩を抱いた状態で障子に近づき、乱暴に開け放つ。縁側に、紅の晴れ着をまとった白月が立っていた。いや、血に染まった晴れ着だ。彼の髪の先から、ぽたりと血のしずくが落ちる。

「言っておくが、俺は白桜ヶ里の長にはならないぞ。煩わしいことは嫌いだ」

宵丸が渋面を作り、白月を牽制《けんせい》する。

「わかっている」

「ならいい」

「おまえをこの里の長にしたい」

「それもごめんだ」

宵丸はそう吐き捨てると、雪緒を軽く白月のほうへ押しやった。そして自分はさっさと縁側を出て、沓《くつ》も履かずに庭先におりる。が、唐突に振り向いた。

深刻な表情は消え去っており、なぜか勝ち誇った微笑が代わりに浮かんでいる。

「白月、薬屋が俺を男として見たぞ。獅子の姿でもいいから相手をしてほしいそうだ」

「は……？」

白月も厳しい表情を消して唖然としたが、雪緒だって目を剥いた。

（この獅子、本当に言った！）

そうだった、そういう獅子だった。わかっていたけど！

「宵丸さん、あなたっていう怪は……っ」

お説教だ！　と縁側のぎりぎりまで庭のほうに近づいた直後、宵丸が腕を伸ばしてきた。がつっと縁側の縁に片足を上げ、身を乗り出して雪緒の頬に触れる。

「──雪緒」

いつも「薬屋」と呼ばれていたので、名を口にされ、息がとまった。

「うかうかするなよ。最果てに引っぱりこむぞ」

鼻先が触れる距離で微笑まれる。そのとき、吐息が唇を撫でた。突き飛ばす前に宵丸がさっと身を引き、驚いている白月をちらっと見やる。やけに挑発的な薄笑いを浮かべると、宵丸はすばやく黒獅子に変身し、どこかへ駆け去った。

重い沈黙ののち、白月が我に返った様子で雪緒を見つめる。物言いたげに眉根《まゆね》を寄せたが、すぐにかぶりを振った。宵丸の言動に突っこんでもしかたないと意識を切り替えたようだ。

「雪緒、混乱しているだろうが、言うことを聞いてほしい」

「は、はい」

「今、里は危険な状態にある。和を乱されたというべきか」

早口で告げると、白月は雪緒の腕を引っぱって庭へ出た。雪緒はそこでようやく外の様子を目にする。

お屋城は上里の中で最も小高いところに立てられており、たいそう見晴らしがよい。晴天の日には隣里の境となる山々を見渡せる。

「んん……？」

雪緒は目を眇《すが》めた。山の一部が赤い。木々に花がついているのかと思ったが、桜にしては赤すぎる。おまけにその赤がこちらへ移動しているようにも見えた。喩えるなら、野火が広がっているかのような。

それだけではない。隣里から飛んできた赤い花びらが下里のほうへ流れていったが、ひらひらとした儚げな雰囲気とは違っていた。蜂《はち》の群れのような、なんらかの意思を持った動きだったのだ。あれはもしかしてさっき障子に衝突していた花びらのようなものと同じなのでは。

「里の護法が壊された。他の月なら保てただろうが、今は桜月。どうしたって白桜ヶ里に分がある」

白月もそちらを見つめながら説明する。

「雪緒が攫われた日、俺は報復に鈴音の尾を噛み切った。これでもはや、和解はない。鈴音はすぐに行方をくらましたが、あのときは追う余裕がなかった」

「……私を助けに来てくださったから」

「ああ。――強い恨みを抱えるあいつに、白桜ヶ里をまかせるのは危険だ。だが俺は鈴音を探し出して討つことよりも、紅椿ヶ里の護法の強化を優先した」

「なぜですか……？」

「俺が身を清めていたあいだに、白桜ヶ里に瘴気が満ち始めていた。気づいてはいたんだが、俺の身も瘴気を帯びていて、不用意に動けぬ状態だったろう？」

「はい」

神妙にうなずきながらもひっそりと落ちこむ。

(白桜ヶ里の変化に全然気づいていなかった……)

人の子の雪緒には、瘴気の類《たぐ》いがわかりにくい。目に見える場合もあるが、基本的には無理だ。

「おそらく鈴音が耶陀羅神《やだらのかみ》に堕《お》ちたのだと思う」

難しい顔をする白月に、驚きの目を向ける。

「どうしてですか。尾を切っただけで死ぬはずは……」

「堕ちるほどの恨みを持ったということだろう」

雪緒は言葉を失う。我を失うほど白月に恋着していたのか。その白月に尾を落とされ、心を黒くそめ上げた？　あの美しい女妖《にょよう》が……。

「白桜ヶ里に瘴気が広がり始めたのなら、そこに鈴音がいるのは間違いない。しかし幾度か眷属に探りに行かせたが、見つけられぬ」

「そちらの里の者たちは大丈夫なんでしょうか」

「いや、恐れている。だからこそ、刺激するのはやめてくれと、向こうの屋城に住む長老らに乞《こ》われてしまってな」

見つけられないというより、手出しできない状況になっていたようだ。

「やはり俺が直接向かうべきかとも考えたが、天罰を受けたばかりの身だ。俺を恨む耶陀羅神に近づけば、それこそどんな影響が出るか。俺の七尾の力は郷全体に満ちている。けれども跡継にすべてを託すには時間が足りない」

白月はそこでいったん言葉を切ると、雪緒の手を引いて足早に歩き出した――主屋のほうでも下里へ通じるほうでもなく、白桜ヶ里側にある東の鳥居のほうへ。

雪緒は従いながらも主屋のほうを振り向いた。お屋城仕えの者たちはどうしたのかと不安になる。もうどこかに避難した？

「雪緒が救おうとした鵺の由良に、おまえ様を娶《めと》れば父を常闇《とこやみ》から救ってやると鈴音が持ちかけていたんだろう？　だが由良はその案を受け入れなかったな。利口な怪だ。何者にも救うことなどできない。常闇に堕ちれば、蘇るときには災神《さいじん》となる。蘇らせるには面倒な手順が必要だ。祀《まつ》り祈り畏《おそ》れ、そうして祭神《さいじん》に変えねばならない。一朝一夕でかなうものではない」

白月はどこへ行くつもりなんだろう。足を動かし、説明を聞きながら考える。

（あ、考えないほうがいいんだっけ……）

「鈴音は、常闇から鵺の父である蓮堂《れんどう》を呼び覚ました。むろん祭神としてではない。ほら、白桜の花が赤くそまっているだろう。鈴音に唆《そそのか》されて、災神と成り果てたものがこちらへおりてきているんだ。あちらの里でも護法が崩れた。俺は、ここの里長でもあるからこれは見逃せない。討伐せねばならぬ」

「はい」

膨れ上がる不安をごまかすように、白月の手を掴む指に力をこめる。

急に、白月が足をとめた。

「……白月様?」

白月は振り向くと同時に、雪緒を抱きしめた。

「嫁に来い」

真剣な響きだったが、雪緒は困った。

「それ、今言うことじゃないと思います」

「今じゃないとだめなんだ。嫁になれば、俺はそれを大義名分として振りかざし、雪緒を果てしなく守る」

——考えてはいけないのに、人の子だから我慢できない。どうしてもできない。

そして、気づきたくないことに気づいてしまう。

(よめにこい)

言葉通りに受け取ってはいけない。

「嫁じゃないから……万が一に備えて、私を囮《おとり》にするんでしょう？」

鈴音が殺したいのは雪緒だ。白月はあえて災神に雪緒を狙わせ、なるべく被害の少ない場所まで導くつもりでいる。そこで始末するために。この計画を早い段階で持っていたから、雪緒には情報を伏せ続け、まがい物の平穏を見せてきたのだ。

上里に暮らす者たちはお屋城内に身を隠しているのかもしれない。下里にも似たような社がある。災いが訪れたときに逃げこむ場所だ。そのために里全体が奇妙に静まり返っている。白月以外にお屋城から誰も飛び出してこないのはこういう理由なんだろう。

「くすり堂……私がお借りしているあの庵って、本当は放置されていたんじゃなくて、いざというときの御供所《ごくうしょ》なんですよね」

言葉が自分の胸を貫く刃になる。傷つくとわかっているが、確かめたくなってしまう。

「……なぜそう思った？」

「今朝方《けさ》、子狐たちが菱餅やあられを置いていったので。つまり私ってお供えされたんだなあと」

ただし、宵丸は違う。雪緒を守ると宣言したから、最後までそばにいてくれたのだ。めちゃくちゃなようで義理堅い。

「それに、くすり堂のまわりにだけ胡桃《くるみ》の木がたくさん生えていたんで。胡桃って魔除《まよ》け……身代わりを意味する呪具《じゅぐ》として使われます。板戸の鱗《うろこ》模様も、そういう理由ですよね」

ひとつ気づくと、他のものにも目がとまる。

白月が今、熱心に嫁に来いと誘ったのは、ここで人身御供にしないためか。御供か嫁か。そのどちらかでなくては、ただの人の子を上里で守るわけがない。お屋城の者だって許さない。

「それがわかっていても嫁にならないのか？」

「なりません」

「頑固だなあ！」

「だって白月様は、勝つじゃないですか」

ほんのひと匙《さじ》の切なさを振り払い、きっぱり告げると、白月に変な顔をされた。こっちこそなんでそんな顔をするんだと言いたい。

「……ずいぶん俺を信用しているんだな」

「信用っていうか、実際白月様は強いですすし」

囮にされるのはもちろん恐ろしいが、悲愴《ひそう》感は長続きしない。白月は狡猾《こうかつ》だが、囮を死なせるような弱い怪じゃないのだ。雪緒自身も死ぬつもりはない。

「雪緒、おまえ様ってやっぱり俺をとても好きじゃないか？」

「そんな話はしてません。それより、早く行きましょう。ここで争うのだめですよね。お屋城に被害が及ぶと、復旧も大変でしょうし」

「雪緒の辛辣さがまことにたまらんな」

白月が思わずというように笑った。次の瞬間、白狐に変じる。雪緒は迷わず背に乗った。

(信じてますんで、勝ってくださいね！)

ええいっ、と激励のつもりで軽く耳を引っぱると、まさかそうされるとは思っていなかったのだろう。白狐は、ぴゃあっと毛並みを揺らして振り向いた。雪緒を睨み、勢いをつけて駆け出す。景色が流星のように去ってゆく。

あっという間にお屋城の敷地を抜け、護杖《ごじょう》の森に設けられている東の鳥居に迫る。瘴気の影響か、五色の瑞雲《ずいうん》である舟雲がまったく流れてこない。風神も雷神も、海老《えび》も蟹《かに》も鯛《たい》も、金魚も流れてこない。

(うわぁぁ……)

ずらりと縦一列に並ぶ鳥居を進んですぐに、雪緒は顔をしかめた。

さすがに鳥居の内部は空気が澄んでいる。しかし護法が壊れたというのは真実らしく、外側には赤い花びらが舞っていた。それらが地面に落ちた途端、蜘蛛《くも》に変化する。悪い意味で圧巻だった。大量に蠢《うごめ》いている。

(き、気持ちが悪い！　……でも捕らえて乾燥させたら、薬にならないかな)

悩める雪緒を乗せて、白狐は四十九の鳥居をくぐり抜けると、隣里の境の峠に向かった。

その途中、踊る黒獅子を見た。この機に乗じて侵入を果たした悪鬼を狩っている。他に、里で剛の者と知られる怪たちの姿も目撃した。

白狐は、彼らには目もくれずひたすら走り続け、やがて獣道の脇《わき》にある小さな祠《ほこら》の前でとまった。そこで雪緒におりろと合図する。祠のまわりには、赤蜘蛛が寄ってこない。

白狐はぶるりと頭を振り、雪緒を見つめた。顎《あご》の下を両手で撫でると、なぜか拗《す》ねたように目を細めて、つんっと鼻先を雪緒の顔に押し当てる。

(……今の、口づけかな!?)

まさか宵丸の発言を真に受けて、獣姿にしか恋しない特殊性癖の娘とでも思われているんじゃないだろうか。

違いますからと言い訳する前に、白狐が背後を向いて唸《うな》った。密生する木々が一斉に落葉し始めていた。はらはらと葉が降る中、五つの尾を持つ黒ずんだ大蛇がこちらに迫ってくる。

「な、なんです、あれ……!」

いったい何尺あるのか。

ちょっと鎌首《かまくび》をもたげただけでも雪緒の頭上を余裕で超えるだろう。伸び上がれば、背の高い木々すら超える。

背の部分にはまるであでやかな扇を開いたように、無数の赤い枝が生えていた。珊瑚《さんご》のごとき赤さだ。同じ色の花も咲いていた。それもまた、ひっきりなしに散って宙に舞っていた。

雪緒は知らず見入った。気味が悪いのに、どこか幻想的で美しい。

この大蛇はきっと、力ある怪だ。そうしたものは正邪問わずしばしば独特の魅力を持つ。

それを皆知っているから、妖力の増加を望み、『仙人草』を求めるのだ。

言葉なく見惚《みと》れていると、大蛇がふいに雪緒に視線を向けた。新月の夜のような黒い目だった。圧倒され、無意識に一歩後退してしまう。それと同時に白狐が矢のような勢いで駆け出した。その動きを大蛇が目で追う。

白狐はとんっと地を蹴《け》ると、大胆にも大蛇の頭を踏んで近くの木の枝に飛び乗り、また地上におり立った。それを何度か繰り返す。

(すごく挑発していない!?)

はらはらしていると、大蛇がついに怒気を放ち、喉の奥まで見えそうなほどに口を開けて牙を剥いた。怒りのままに噛みつこうとするも、白狐はひらりひらりと身軽にかわす。

(もしかしてもっと怒らせたいのかな)

葉を落として裸になった木々のあいだをぐねぐねと縫うように逃げ回っている。

どうやら大蛇に追わせて、その胴体を樹幹に絡ませようとしているらしかった。だが、大蛇を怒らせすぎたようだ。数本の木々をぐるっと囲む体勢になり、五尾が絡まったことで、より逆上したんだろう。そのまま胴体で樹幹をしめ上げ、ばきりと折ってしまったのだ。

(あんなに太い木をいっぺんに……)

地響きのような音を立てて、木々の根が持ち上がる。その際に、木片や土塊《つちくれ》、小石などが礫のごとく四散した。あたっただけで大怪我《おおけが》をしそうだ。慌てて雪緒は祠の陰に回った。

だが、いきなり背後から誰かの腕が伸びてきて、肩を抱きかかえられた。驚きのあまり叫びそうになったが、すんでのところでこらえる。

「――大声を出すなよ」

低い声が耳朶《じだ》を打つ。振り向くと、背後にいたのは鵺の由良だった。硬直する雪緒をちらりと見下ろしたのち、白狐たちのほうへ顔を向ける。厳しい表情だった。

(どうして彼がここに)

疑問に思ってから、すぐに納得する。白月は迷わずここの祠を目指した。前もって由良と落ち合うよう取り決めをしていたに違いない。

「あれは俺の父であった者だ」

彼の硬い言葉に、雪緒も大蛇へ視線を注ぐ。災神と化した蓮堂なのか。

「白狐の白月には礼を言う」

「お礼……?」

「欲深く、救いようがないほどにくだらぬ者だが、あれでも父だ。祭神に変える機会をくれると言った」

「祭神に?」

はっとする。由良の片手には、刀身がぐねりと歪《ゆが》んでいる不思議なつるぎがあった。それに見覚えがある。

（婚儀の日に触れた）

お屋城に祀られている神器で、〈ちはふちからしばのつるぎ〉という。ご神木たる梛《なぎ》の枝から作られた剣だ。祝言を挙げた日、雪緒たちはそのつるぎに、夫婦の誓いをした……。

「まさか父を討つはめになろうとは」

由良が白狐らを見つめたまま少し笑う。

「だが、白月は狡猾な大妖だなあ。討つ機会をくれる代わりに、腐り果てた白桜ヶ里を立て直せと俺に命じた」

「長になれって――？」

由良は返事をせず、彼らへ向かって駆け出した。飛び回って地面におり立った白狐が、由良の気配を察してか、振り向いた。大蛇が頭を下げて噛みつこうとする瞬間をぎりぎりまで待ち、ざっと飛び退《の》く。

そのとき由良が追いついた。つるぎで大蛇の頭部を切断しようとする。

けれども、角度が悪かったのか、つるぎが首に食いこみ、切断しきれなかった。由良は慌ててつるぎを引き抜こうとしたが、その動きより早く大蛇が尾の一本で彼の身を打つ。衝撃に耐え切れず転がった由良を、別の尾が狙う。

離れた場所に下がっていた白狐がすばやく駆け戻り、太い尾に体当たりして由良を庇《かば》う。間を置かずに飛び上がって、大蛇の首に食いこんだままのつるぎを咥《くわ》え、引き抜く。そのまま切断しなかったのは、由良との約束のために違いなかった。

でも、切るべきだったのだ。

「白月様‼」

雪緒は悲鳴を上げた。

大蛇の牙が白狐の尾を噛む。彼は八尾の大妖だが、そのうち七尾は郷の維持のために切り落とされている。だから今は一尾。

その尾が引きちぎられそうになっている。

白狐の口からつるぎが落ちた。激しく暴れて、大蛇の牙から逃れようとしている。

由良はようやく立ち上がったばかりで、すぐには助けに行けないみたいだ。

白狐もだが、由良も妖力をいっさい使おうとしていない。ひょっとして、と気づく。はらはら舞うこの赤い花びらが、妖力を抑えこむ役割を果たしているんじゃないだろうか。

(どうすれば――――！)

人の子にも、なにかできることがあるはずだ。

慌ただしくまわりを見て、目にとまったのは自分の帯に差している赤い煙管だった。

雪緒は思い切って、駆け出した。途端に襲ってきた赤蜘蛛を見て、ぎええとおののきながらも遠慮なく踏み、白狐のほうへ。

駆け寄る雪緒に気づいた白狐が一瞬動きをとめ、焦った眼差しを寄越す。来るとは思っていなかったんだろう。すごく毛が膨張していた。

（絶対、あとで、お説教される……！）

雪緒は帯に挟んでいた煙管を引き抜き――「すみません！」と、大蛇の目にずっぷり突き刺した。

大蛇が咆哮する。牙から逃れた白狐が全身の毛を逆立てて、雪緒の袖《そで》を噛んだ。「わあっ⁉」と叫んでしまったが、白狐は取り合わず、雪緒を乱暴にひきずって大蛇から離れた。

「哭《な》くな、父よ」

ふっと目をやれば、つるぎを掴み直した由良が、今度こそ大蛇の首を刎《は》ねていた。


――それで、終わったかに思えた。

大蛇の背に生えていた木々も次々と枯れ始めたから。

けれども、それらの木々の枝から落ちた赤い花びらがぐるりと竜巻のように動き、一人の女の姿を取った。雪緒は愕然とした。

現れたのは、鬼面で半分顔を隠した鈴音だったのだ。大蛇となった蓮堂を操るために、背の木々と同化していたらしかった。

（あぁ、この赤は、彼女の怒りなんだ）

怒りに変わった、変えられた恋の色だ。

『ねえ、白月。おまえは私の男でしょう？』

鈴音が、伸びた爪の先で自身の唇を撫で、静かに問う。

立ち尽くす雪緒の前に白狐が進み出て、不可思議な静けさをまとう鈴音と対峙《たいじ》する。

妖狐《ようこ》としての本質を失って耶陀羅神に化け、なおかつ蓮堂と同化していたのなら、もはや鈴音自身も災神に近しい存在になったと言っていいだろう。

その証拠に、ずいぶんと人外感が増した姿になっている。もともと髪は長かったが、今は地面の上にたっぷりと乗るほどで――さらには腰の位置あたりの長さから、雪の色を持つ孔雀《くじゃく》の羽のようなものに変わっており、そこに真っ赤な椿の花が無数に絡みついている。

それを見て雪緒は、紅椿ヶ里を一望できる小高い場所で白月から復縁を申しこまれた日のことを思い出した。あのときも、雪をかぶった木々の枝がまるで白孔雀のように美しかった。純白の世界に、花々が彩りを与えていた……。

『ねえ、なんとか言ったらどうなの？　白月のせいで、私はこんな外道に成り果てたというのに』

鈴音が婉然《えんぜん》とした笑みを浮かべて髪を掻き上げる。その動きに合わせて、ぽとぽとと椿の花がいくつか落下した。

白狐に動じた様子はない。雪緒はというと、鈴音の下半身に視線が釘《くぎ》づけになっていた。

ふっさりした狐の尾と耳はもとのままだ。ところが腰から下が鳥獣の脚に変化している。それも、左は青毛の猿の脚、右は黄緑の鳥の脚に。

けれど美貌《びぼう》は研ぎ澄まされている。災神と化した蓮堂同様、不気味ながらも心奪われるほどのいびつな美しさだ。

『白月、私の手を取らぬというなら、せめて人の子をここで殺して』

鈴音の視線が雪緒に向かい、白狐にまた戻る。

『我慢ならないのよ、その娘がおまえのものになるのは』

白狐が鼻の上に皺《しわ》を寄せて唸る。威嚇の様子を見て、鈴音が揶揄《やゆ》するような薄笑いを浮かべた。

『殺してくれたら、おとなしく封じられてやってもよい。あぁそうだ、白月の護神となってやってもよいわ。悪い話じゃないでしょう？』

静観していた由良が警戒の表情でこちらに近づき、雪緒を庇うように腕を取る。一瞬、白狐が振り向いたが、すぐに鋭く鈴音を見据える。

『なあに？　私を滅ぼしたいという目つきね。でもそんなことができる？』

鈴音は勝ち誇った顔をして、自分の髪から椿をひとつ手に取った。

『私を殺すために、白桜ヶ里に手下を寄越したわね。でも里の者は手下を追い返したはずよ。当然だわ。だって私が、大量の命を食らったんだもの』

「命を――？」

とっさに口を挟んだ雪緒のほうへと、鈴音が視線を流す。

『わからないの？　こんなに命が私の髪に咲いているでしょうが』

鈴音が口角を吊り上げ、手の中にある椿の花を握り潰した。

呆気《あっけ》に取られたあとで、雪緒は愕然とした。由良も鈴音の行動の意味を呑みこんだようで、大きく肩を揺らし、頬を強張《こわば》らせた。

「それは、白桜ヶ里の者の命か？　里の者たちの命運をおのれに結びつけたのか」

『そうよ。麝香《じゃこう》揚羽の鱗粉《りんぷん》と花精の翅《はね》を使ったわ。私を滅ぼせば、白桜ヶ里の半分の命も滅ぶわね』

軽やかな笑い声を聞かせて、鈴音は由良の問いを肯定した。

「――おまえに結んだのなら、すでにその者たちの命も歪められている」

『だから？　歪んでいようが、私が握っていることに変わりない』

由良に冷たく言い捨てて、鈴音は白狐へ視線を投げる。

『どうするの、白月？　おまえが私に頭を垂れるなら――』

「待って、鈴音様……！」

雪緒は声を張り上げた。

（だめだ。その言い方は）

この狐たちは造作も性情もよく似ている。だからだめだ。鈴音が、恋した白月にさえ頭を下げられなかったように、白月も決して屈しない。頭も垂れない。

そして彼は前に、雪緒に誓っている。鈴音を殺すと。

白月の本質を雪緒は知っている。一見、寛容だ。仲間思いだ。責任感もある。優しく笑ったりかわいげを見せてくれたりもする。

けれど本当は他のどの怪よりも獣じみていて残忍だ。眷属さえも、その気になれば平気で殺せる大妖なのだ。

このまま争わせてはいけない。そんな焦りとともに、鈴音のほうへ一歩踏み出そうとしたときだった。突然顔色を変えた由良が、乱暴に雪緒を抱きかかえた。

驚いてもがく雪緒の目元を、彼は手で覆った。

しかし、指の隙間からその光景を見てしまった。

(白月様――――!!)

白狐がためらいなく鈴音に飛びかかり、腹を食いちぎる。

ところが鈴音は慌てず嘆かず、天を仰いで大笑いした。

『私がそう簡単に滅ぶはずがないわ!』

瞬く間に、穴を開けられた腹部が再生する。けれども。

白月は大妖らしく、残虐を極めた。首を噛みちぎる、蘇る、腕をねじ切る、蘇る、髪を引きちぎる、蘇る、脚を――。あたりが血で染まる。鈴音の笑い声が引きつる、血肉の再生速度が遅くなる。白狐の毛並みが深紅にそまる。

「化け物の鑑《かがみ》か」

由良が、畏怖《いふ》をまぜて感嘆する。

繰り返される殺戮《さつりく》の様子に、雪緒はとうとう目を瞑《つむ》った。最後まで見ていられない。

――やがて、しんと静まり返った。

「他愛ない」

白月のつぶやく声がした。

雪緒は瞼を開き、由良の手を顔からどかした。

いつの間にか、人の姿に変じた白月が立っていて、足元を見下ろしていた。鈴音の姿は、ない。血だまりだけがそこにあった。白月自身も全身を真っ赤に濡《ぬ》らしていた。

「……祭神にするのか？」

由良がためらうように白月に問う。

狐一族は身内に甘い。

「どうしようかな……。どうしたい、雪緒？」

白月は、視線を足元に落としたまま、雪緒に聞いた。

「なあ、嫁に来い―

「――行きません」

「本当、おまえ様って……！」

白月が片手で口元を覆って笑う。

そのとき、白月に感化されたか、地面に転がっていた大蛇の頭までもいきなり笑い出した。

それが鈴音の声であるとわかり、雪緒は飛び上がるほど驚いた。

『うふふ。知っていたわ。白月は私を滅ぼすだろう。そんなこと、知っている』

楽しそうな声だった。大蛇の濁った目は、雪緒をとらえていた。恋ではなくとも手足に絡みつくような執着の目だ。

『でも白月、おまえが滅ぼしたのは私だけじゃない。大事な大事な人の子の、〈もとの世の影〉も滅ぼしたのよ！　そうよ、おまえも知っているわね、雷王が隠したものよ。その影が入った壺《つぼ》を私が盗んでやったのよ、だから雷王は私を疎んじた、ああ、いい気味だ！　私がおまえを恨んだように、おまえも人の子から恨まれるといい！　――惚《ほう》けていないでよくお聞き、雪緒！　私が、いまや私だけが、おまえのまことの名を知っている、だが渡すものか、ふふ、おかしいったら！　白月よりも私がおまえの心に傷を与えてやったんだわ、失われた名と影を恋うたび私を思い出すだろう、そのたびおまえの中で私は蘇る。白月、もうわかった？　私はおまえに殺されてやったのよ！　この鈴音が一番、おまえたちに』

白月が、由良の手から勢いよくつるぎをもぎ取った。そしてそれを翻《ひるがえ》し、ざくりと大蛇の頭に突き立てた。

「鈴音、見事だ。最後に本気で俺を怒らせたな」

そう言いながらも白月は笑っていた。つるぎの柄から手を放さずに、雪緒を振り向く。白月は血だまりの中に立っていながら、すうっと澄んだ美しい目をしていた。

「すべて戯言《ざれごと》だ。狐はこうして誑かす。わかったな、雪緒？」

「――はい、白月様」

きっと、戯言といったその言葉も、戯言なのだ。

◎陸・雨師御師尉面《うしおしじょうめん》、誰そ彼や

大蛇の首を一刻も早く首桶《くびおけ》に入れ、腐り落ちる前に祀《まつ》らなければならない。

雪緒たちは首を持って急いで上里のお屋城へ戻った。

それからは息つく間もないほど忙しくなった。桜花祭に鎮魂祭、里の浄化を同時に行うことになったためだ。

お屋城に到着すると、くすり堂の前でうろうろしていた子狐《こぎつね》たちに泣きながら飛びつかれ、謝罪された。

「よくぞ無事に戻られました！　ううっ、薄情なこの子狐を、さぞや恨んでいるでしょうね。もうお稲荷《いなり》はくれませぬ？　餅《もち》も金平糖もくれませぬ？」

「たくさんお稲荷さん作るから、また食べてね」

「天女か！　好きぃ!!　おれは雪緒《ゆきお》様にどこまでもついてゆきますよっ」

ひしっとしがみつかれた。どうやらこの様子だと、子狐たちはおそらく雪緒を御供にすることに反対してくれていたんじゃないだろうか？　かわいいやつめと撫《な》で回して慰めておく。

出迎えに現れた楓《かえで》からは、「ゆっくり休んでほしい」と気遣われ、主屋の離れに通された。

嫁いだ頃《ころ》と同じように、今回の騒動で調子を崩した者たちの薬作りに追われたが、寂しさは感じない。前と違って、顔を出す皆が優しくしてくれたためだ。
でも――それから七日すぎても、白月《しろつき》だけは姿を見せなかった。楓たちに白月の様子を聞いても曖昧《あいまい》な表情でごまかされる。忙しいだけではないだろうと、わかっている。

❁

そして新月の晩。

囲炉裏の片づけをしていると、困り顔の子狐がやってきた。

「雪緒様、少しよろしいですか？　白月様が呼んでます」

「こんな時間に？　なにかあったの？」

片づけの手をとめて首を傾《かし》げると、子狐がちょこりと襖《ふすま》の前に座って尾を振った。

「はい、どうも白月様、調子がよくないそうで、甘茶がほしいって」

「うん、わかった。すぐに用意する」

雪緒は軽く請け負うと、壁に吊《つ》るしていた薬袋から葉を取り、手早く適量を包んだ。ふと考えて、雁首《がんくび》に詰めるために刻んだ札と煙管《キセル》もそっと帯に差しこんでおく。次に鉄瓶へ手を伸ばしたら、それは子狐にとめられた。

「あ、こちらで煎《せん》じずとも、白月様は茶室にいるので、そちらで」

「そう？　じゃあ、持っていくのは茶葉だけでいいの？」

「はい、はい。急いでください」

ぴょんぴょん飛んで急《せ》かす子狐に先導されて部屋をあとにし、薄暗い渡り廊下を進む。雪緒は、子狐の青白く光る尾を見つめながらひっそり吐息を漏らす。

（お狐様は、皆、誑《たぶら》かすのが好き）

――嘘《うそ》なんだろうなあ、と確信している。白月はきっと雪緒を呼んでいない。この子狐がなんらかの理由で雪緒を白月に会わせたいと思っているのだ。

雪緒自身も白月の容態が気になっていたので、ここで嘘を指摘するつもりはない。白月が調子を崩している可能性はじゅうぶんにある。大蛇に尾を噛《か》まれていたのだ。それに、この新月。前に、新月がどうのこうのと楓が口にし、警戒していた気がする。

「さあ、着いた。ここですよ」

案内されたのは、主屋ではなかった。渡り廊下をぐるっと巡って別の離れの部屋にやってきたのだ。もちろん茶室でもない。

子狐は小声で「中でお待ちですよ」と伝えると、突然ぽんっと音を立てて消えた。

（まだまだ誑かし方が甘いなあ。あんなに後ろめたそうな顔をしちゃって。白月様を見習ってもっと平然としていなきゃ）

わりかたひどいことを考えていると、室内から「誰《だれ》だ」という押し殺した声が聞こえた。

「雪緒です、夜分すみません。……開けてよいですか」

誰何《すいか》に答えると、白月が息をひそめたのがわかった。

「開けますね」

「いいと言っていない」

「聞こえません」

強引に開けてしまったわけだが、そこで雪緒は戸惑った。明かりがついていない。提灯《ちょうちん》代わりの子狐も去ってしまったために、なおさら内部の様子がわかりにくい。

「……入ります」

「入るな」

これも無視して、ゆっくりと室内に足を踏み入れる。

部屋は八畳か。隅のほうに飾り棚などがあるようだが判然としない。白月はどこだろう。

——行灯はどこに。いや、それよりも、ひどく血腥《ちなまぐさ》い。血肉の中に身を突っこんでしまったみたいだ。

「白月様？」

薄ら寒い空気を感じ、不安になって腕を前方に伸ばしたときだ。ふいに横からぐっと手首を掴《つか》まれ、あっという間に押し倒された。腰の下には座布団の感触があった。

一瞬、全身が粟立《あわだ》つほど驚いた。目を瞬《まばた》かせても、闇《やみ》が深いせいでなにも見えない。障子は開きっぱなしなのに、と焦ったところで今日《きょう》は新月なんだったと思い出す。

「なんで来る」

白月に耳元で問われた。息が荒い。苦しそうだ。抑揚のない声にまた肌が粟立ち、白月を押しのけようとしたが、よりきつく抱きしめられてしまう。

「ばかなのか。なぜここに来たんだ」

「白月様、苦しいんですか」

「苦しいに決まっている。穢《けが》れが身にたまりすぎた。災神に尾を噛まれ、その後に鈴音を噛み砕いたんだぞ。壁に護符を貼《は》りつくしても浄化が終わらない。よくもまだ堕《お》ち切っていないものだと自分に呆《あき》れる。楓め、ここまできたら俺を手放せばよいものを……」

苛立《いらだ》ちのこもったその言葉で、楓たちが彼をここに閉じこめていたのだと気づく。跡継ぎは決まっているという話だったが、できる限り代替わりを回避したいのだろう。白月の状態も里の皆には伏せておきたいはずだ。

「ここで何羽、御供の兎《うさぎ》を食い殺したと思う。たらふく食ってもなお足りぬ」

悪寒がとまらない。咽《む》せるほどの血腥さはそのせいか。

「雪緒も御供に志願しに来たのか。じゃあ、望みのままに食ってやる」

がりっと首に歯を立てられた。かわいらしい戯《たわむ》れの気配など皆無だ。獲物を押さえつけた獣のように、本気で首を噛みちぎる気だ。

「し、白月様!!」

――だから、混乱と恐怖のあまり、力いっぱい狐耳を掴んでしまったのはしかたないと思うのだ。

びくっと、覆いかぶさっていた白月の身が揺れる。その隙《すき》に逃げ出そうと、雪緒はとにかくぐいぐい狐耳を引っぱった。すると。

「ふ、んぁ」

……かなり、いけない声を聞いてしまった。

白月の身体がぶるりと震え、弛緩《しかん》する。押し倒されている状態だったため、胸に白月の体重がずっしりと乗り、ますます抜け出せなくなった。が、胸を圧迫する重みよりも問題なのは、白月の反応のほうだ。

(なっ、なに!?)

ぶわああと頬《ほお》に熱がたまる。考えちゃいけない、これは本当に考えちゃいけない！　でも、とても甘い声というか喘《あえ》ぎ声のように聞こえた！

「……お、おまえ……！　そこは、前に急所と、言ったろうがっ……！」

あっこれはきっと素の声だ。本気で怒っている。おまえ様って言わなかったし。

そんな余計なことを考えて雪緒は少し現実逃避した。

「すみませんでした！　でもまさか本当にそうだとは思わないじゃないですか！」

「ふ、ふざけるなよ……！」

「わなないているのか喘いでいるのかそこははっきり！」

なにを言っているんだと自分でも思った。

「ばか！　どっちもだ！」

「はい！」

この狐様もすごく混乱している。吐息のぶつかる首筋がくすぐったい。そして熱い。

「──嫁になれ！」

「なりません！」

「ばか！」

この状態で求婚するほうがどうかしていると思うのに、なぜ雪緒が責められるのか、さっぱりわからない。だいたいにおいて白月が悪いと思う。

(こんなときにまで誑かそうとする。脅して、私にうなずかせようとする。誰が受け入れられるものか)

──誑かすから、靡《なび》かないのだ。

恋じゃないから。純粋な愛情じゃないから。それが、とても切ないから。

こちらの恋心なんてお見通しのくせに。

本当の自分の名前さえ思い出せないのに恋心はずっと薄れぬままだ。あぁなんだったか、ゆいこ……？

「ここで暴いてやろうか、そうすればおまえは鬼神の嫁だ！　誰もおまえに触れようとしなくなるだろうな!!」

「求婚するなら正気のときにしていただきたい！」

本当に自分はなにを言っているんだろうか。

でも、首を洗って待っていろ、と怒鳴り返す白月もどうかと思う。それってもはや求婚じゃない。

先ほど噛まれたところに強く唇を押し当てられた。ぞわっと恐怖が走ったが、ただ押しつけられているだけだと気づく。間抜けなやりとりが功を奏したらしく、白月にいくぶん理性が戻っているのがわかる。

「私が、白月様を浄化します！」

このまま楽に鬼神になどしてやるものか。——鈴音のもとには、行かせない。

「おまえなどに俺《おれ》を変えられると思うな——！　ん、んっ!?」

腹いせに尾を掴んでやったら、白月の身がまた悩ましく震えた。一拍後に、「許さないぞ、雪緒!!」と怒鳴られる。耳元だったので、きーんときた。

「だいいち宵丸《よいまる》と妙な雰囲気になっていたことも許していない！　大妖《たいよう》の狐に見出されて、他《ほか》の男とつき合えるわけがないだろう！　祟《たた》られたいのか!?」

「もっと手加減！」

「するか！」

「して!!」

言い合ううちに雪緒もなんだかむかっとしてきた。何度も怖い思いをさせられ、怖いものも見せられ、それでも逃げずにいるというのに、このお狐様はちっとも満足してくれない。あんなに恋着《れんちゃく》していた妹の鈴音でさえ顧みない。信じられないほど冷酷な怪《かい》だ。

そんな男を、雪緒は好きになってしまったのだ。

このっ、と勢いに乗って狐耳も引っぱると、激昂《げっこう》したらしき白月にがぶっと喉元《のどもと》をやられた。

……手加減はしてくれているのだが、かなり痛かった。

首を何度も狙ってくるあたり、ひそかに本気で殺しにきているんじゃと疑われてもしかたないと思う。でも、脇腹《わきばら》を撫でてくるこの手は。

「…………子狐たちー!!」

そりゃあ叫ぶ。叫びますよ。

障子は開きっぱなし。雪緒の大声は、外までよく響いたに違いない。

すぐさま複数の足音が近づき、楓たちが姿を見せた。どうぞ、たっぷり叱《しか》っちゃって。

❁

――その後。

束縛の呪文《じゅもん》を綴《つづ》った縄でがんじがらめにされた白月に睨《にら》まれながら、雪緒は煙管を使い、護法の術に勤《いそ》しんだ。

誑かさずに求婚してくれるまで、打算が純愛に変わるまで。絶対にうなずかない！　とあらためて固く誓う。

❀

そうして六日後の正午。場所は、くすり堂の土間。

白月は、雪緒を睨む。

六日にわたる屈辱的な強制護法のおかげで、鬼神に成り果てずにはすんだ。

が、人の子に与えられたこの恥辱は忘れるものか。いつか返り討ちにする。

（……しかしこの程度の天罰ですんでよかったというべきか？）

――天罰。

祥獣の編んだ境界の糸をちぎったから。

鬼の血を飲んだから。

災神に尾を噛まれたから。

眷属《けんぞく》を消滅させたから。

――いったいいくつの嘘をついて、欺いてきたか。

（八尾の大妖が、その程度で崩されるものか）

真の天罰は、異人をとどめたからだ。そして獬豸《かいち》の怒りを買ったせいだ。

異人。ことひと――鬼里とはまた異なる境界の外から訪れ、福を運ぶ者。あるいは、禍いを招く者。

それが雪緒だ。

人の世では神隠しと呼ぶ。

別々の世の『境界』が重なったとき、神隠しは起きるという。

すぐに雪緒を、もとの世へお返しすべきだった。今までこちらに訪れた幼い迷い子は皆、そうしてきた。

迷い子は、二つの影を持つ。こちらの世が作る影と、もとの世が作る影。

けれども先の郷長たる雷王が欲を出した。雪緒を我が世にとどめようと、向こうの世が作る影を禁忌の呪法《じゅほう》で奪い取り、壺《つぼ》の中に隠してしまったのだ。

羽衣を奪われた天女のように、雪緒は帰るすべを失った。その原因を作った雷王《らいおう》は、重い天罰を受けるはめに。だから、急激に妖力《ようりょく》が衰えた。皆には言い繕ったが、理を歪めたゆえにもはや天昇も許されぬ。

このため急遽《きゅうきょ》、白月が跡を継がねばならなくなった。雷王の衰弱の速さが郷の地全体に大きな影響を及ぼす恐れがあり、余分に妖力を使わなければいけなかった。

（本当は、すぐさま雪緒を殺すべきだった）

過ちをおかしたのは雷王だが、神隠し自体は偶発的なものだったのだ。白月からすれば、雪緒は禍いを招く厄介な侵入者にすぎなかった。

だが設楽《しだら》の翁《おきな》が娘を引き取ろうと申し出た。生かしてやろう、幼子に罪はないだろうと哀れんだ。神に近い彼でなくては雪緒を預かることはできない。

切り離された〈もとの世の影〉が雪緒を恋しがり、こちらの世を祟ろうとしていたのだ。それを防ぐために翁は養女に迎えた。

はじめは単なる義務と哀れみだけであったろう。ところが翁は、しだいに本気で雪緒をかわいがり出した。かわいいだろう、愛せば福をもたらす子だ。影をひとつ失った雪緒は、怪の目にひどく無垢《むく》に映る。また、〈ことひと〉特有のかぐわしさもある。

白月も、橋の下で震える幼子を見て生かしてもいいかと考え直した。確かに罪はない。里で育てればいい。

雷王はもはや常闇《とこやみ》に堕ちる定めだが、紅椿《あかつばき》ケ《が》里《さと》に住む無実の者たちまで沈めたくはない。

――ここから、長い神事が始まった。

大妖の宵丸には、常に悪魔払いの『獅子舞』をさせた。宵丸自身は普通に狩りとして暴れ回り、楽しんでいたが。また、神使たる百足《むかで》も里にばらまかせた。雪緒のもとへは魔除《まよ》けの鈴を運ばせもした。里の者が飼う家畜が障気にやられたときは、それが知られる前に始末もさせた。

設楽の翁は、雪緒を娶《めと》れと白月に言った。もっと里になじませろ。そうすればいずれ雪緒は本当の意味で里の子になる。それもそうかと受け入れた。ことひとを手に入れたら、白月は神獣以上の存在になれる。確実に神階が上がる。悪い話ではない。

（雷王の致命的な過ちが、結果として俺の糧に化けた）

彼の罪を肩代わりする状態だ。

おかしくて、ならなかった。

だが、少しずつ狂いも見え始めていた。翁が他の怪にも声をかけるようになったのだ。これには本当にむっとした。こちらはすっかり嫁に取る気だったのだから。

桜月の輿《こし》入れも当然、雪緒のための〈鎮魂祭〉のひとつだ。七つの里を巡らせての御祓《おはらい》。怨《えん》がとどまらぬよう循環させる。そのための祭り。『獅子舞』にも使われるささらを鳴らし、豆をまいた。回れ巡れと花嫁行列の狐たちには、かさを回させた。雪緒を〈御輿《みこし》〉の結界に閉じこめて。

雪緒は――というより、もとの世の影は、それでも雷王を許さなかったが。雷王は常闇に沈んだ。

雪緒との正式な祝言は風待月に延期した。これも当然である。大祓《おおはらえ》は本来、六月に行うものだ。

うまくいくかと思った矢先に鈴音《すずね》が暴走する。当初は苛立ちしかなかった。時間をかけて繰り返した祓えの儀を台無しにしかねなかったのだ。

だが、鈴音の急激な妖力増加は懸念すべきことだった。あれは仙人草よりもっと危険で効果の高い麝香鹿《じゃこうじか》を使っている。鹿は貴い獣。狩りすぎれば、山神の怒りを買う。鈴音はこの時点で破滅に向かっていたのだ。

が、そうとわかっていても白月が優先したのはやはり雪緒だ。理由をつけて雪緒とともに里を『巡り』、甘味処へも赴いている。見世《みせ》の主《あるじ》に事前に用意させた干菓子——御食となる菓子を、雪緒に手ずから食べさせるために。

少しずつ雪緒の気は里に溶けこみ始めていた。それに焦ったのか、ふたたび鈴音が暗躍し、雪緒を鬼里へいざなった。

しかし、この世ならざる者の雪緒は、本当に奇跡をたぐり寄せた。獺㺢だ。あれはもともと雪緒同様にこちらへ迷いこんできた祥獣である。それをかつての郷長がとどめた。

帰り道を失った獺㺢の怒りが、鬼を生んだとされている。おのれと同じようにこちらの世にとどめられた雪緒を哀れんで当然だった。

その雪緒を鈴音が殺そうとする。郷長たる白月は、獺㺢の怒りをもろに浴びる結果になった。

でも当の雪緒が許そうとする。白月も、命懸けで雪緒を救おうとした。思った通り、獅子の怒りがやわらぐ。湯巡りでの御祓、七草粥《がゆ》による浄め、雪緒による護法。白月は、鬼神にならずにすみ、さらなる大きな力を得た。

ところが、ここで終わらない。禊《みそぎ》がすまぬうちに鈴音が桜花祭を引っくり返そうとする。里の護法が壊れ、時が滞る。忌みが明かぬ。白月は、明かしたかった。

その手助けを雪緒がしてくれた。すべては因果だ。鈴音の暴挙すらも、白月のためになる。

――こうして、結末に至った。

(だが俺は雪緒を、本音ではどうしたいんだ)

いずれは御食にすべき人の子だ。

しかし、困った。ともにいるうちに、どうも情が生まれてしまった。これでは設楽の翁を笑えない。

(人の子は、一途《いちず》で、おかしくて、かわいい……)

ただかわいいだけじゃない。なんとなくからかいたくなったり、ちょっといじめたくもなったりする。心が掻《か》き乱される。

(だから、俺を愛するな)

今後も誑かし続ける。油断するな、疑い続けろ。求婚を受け入れないでくれ。……まったく自分に呆れる。嫁にほしいと言いながら、心を守り通せと忠告するとは。

知らず溜息《ためいき》が漏れた。

護法の煙を作っていた雪緒が、なぜか得意げに白月を見る。

「白月様って、耳より尾のほうが弱いですよね。……いい毛皮、作れそうな量もあるし」

「……本当に、俺の心も知らないで」

胸のざわめきを、どうしたものか。


「……私の心も知らないで」

雪緒は、薬屋である。神事の作法にだって詳しい。

(白月様は、なにもわかってない)

恋心はかなりこじらせてしまったが、雪緒は一貫して『薬屋の雪緒』になりたいと言ってきている。〈ことひと〉の雪緒ではなく。

——それが答えなのだといつわかってもらえるだろう？　ここにいること、白月のそばにいることを選んだのだ。

途中で鈴音に誑かされて多少心を揺らがせてしまったけれど、どこかへ帰るつもりなんてない。

(あなたがどれだけ私を欺いてきたか。今もまだなにかを隠していることだって、気づいている)

白月は繰り返し「嫁に来い」と雪緒に伝えてきた。

嫁とは、夜女《よめ》だ。この場合は、神に身をひさぐ者――濁さず表現するなら、神饌《しんせん》になれという意味だ。とするなら、神は誰に当てはまるのか。言うまでもない。

それに、最初に復縁を申しこんできたときも、白月はわざわざ「旦那《だんな》にしてくれ」と口にしていた。これは布施を意味する言葉でもある。……こちらも解釈すると、今はかしずかせろ、いずれ食らってやるからそれまでにとびきり美味《おい》しくなれ、と言われたも同然で。

まったく怪って、白狐って、とんでもない。

でも、判断に悩むところもある。

なぜ鈴音に対して、最後に本気で怒りを見せたのか。あれは、振りじゃなかった。純粋な激情だった。まるで鈴音に嫉妬《しっと》でもしたみたいに。雪緒に、恋でもしているみたいに。……そんなはずはないだろうけれども。

この胸のざわめきを、どうやって隠せばいいだろう？


「雪緒、人の姿の俺と、狐姿の俺、どちらが好き？」

「いきなり妙な質問をするのはやめてくれませんか、手元が狂います」

「答えによっては、俺も大きな覚悟を決めねばならないかと……」

「どういう覚悟かなんて絶対聞いたりしませんからね！」

狐……、いや、どっちもに決まっている。好き。

どっとはらい、と自棄《やけ》になって札に書き、炙《あぶ》って、刻んで、火をつけて、煙管でひとふき。

その煙を、二人で悩ましげに見やる。

あとがき

はじめまして、あるいはお久しぶりです、糸森です。

今作は、もふもふパラダイス……もとい狐の（元）嫁取り物語です。

けもけもしいものともふもふしいものと異形が大好きです。

他、色鮮やかなのにどこか仄暗い雰囲気があるような、そんな感じの民俗的要素が好きでして。心躍ります。


現在の住居のそばに狐がひょっこり現れるので、「そうだ、お狐様の話を書こう！」というきっかけでこのお話が生まれました。あとリスとか鳥とかその他色々、ひょこっと現れます。かわいいです。

ちなみに、登場人物の白月を長髪にするか短髪にするか、そして狐耳を何色にするかで、しばらく悩んだ記憶が。黄金のもふもふもよいな、でも黒も甲乙つけがたい、しかし茶色もやぶさかでは…！　という感じで、最終的に白狐です。

謝辞を。

担当者様には大変お世話になっております。ご助言等、いつも感謝しております。今後ともどうぞよろしくお願いいたします！

凪かすみ様、ご一緒にお仕事をさせていただけて光栄です。とても素敵なデザインに胸が高鳴りました。どの挿絵も美しく魅力的で、うっとりです。キャラクターに息吹を吹き込んでくださり、ありがとうございました！

編集部の皆様、デザイナーさん、校正さん、本を置いてくださる書店さん。本書出版にあたり、お力添えくださった各関係者の皆様に心よりお礼申し上げます。家族、知人にも感謝を。

本書を手に取ってくださった読者様方、ありがとうございます。

読んでくださる方々に取って、楽しい物語になっていたらいいなと願っております。

またお会いできますように。

お狐様《きつねさま》の異類婚姻譚《いるいこんいんたん》
元旦那様《もとだんなさま》に求婚《きゅうこん》されているところです

2018年7月1日　初版発行
2020年10月5日　第3刷発行

著　者■糸森 環
発行者■野内雅宏
発行所■株式会社一迅社
〒160-0022
東京都新宿区新宿3-1-13
京王新宿追分ビル5F
電話03-5312-7432(編集)
電話03-5312-6150(販売)
発売元：株式会社講談社
(講談社・一迅社)

印刷所・製本■大日本印刷株式会社
DTP■株式会社三協美術

装　幀■AFTERGLOW

ISBN978-4-7580-9078-0

●この作品はフィクションです。実際の人物・団体・事件などには関係ありません。

この本を読んでのご意見
ご感想などをお寄せください。

おたよりの宛て先

〒160-0022
東京都新宿区新宿3-1-13
京王新宿追分ビル5F
株式会社一迅社　ノベル編集部
糸森《いともり》 環《たまき》 先生・凪《なぎ》 かすみ 先生